德語
文法大全

初級、中級、高級程度皆適用

前言

　　「德語好難」，這是我在教德語時最常聽到的一句話。我們已經太習慣透過母語來認識這個世界，透過母語來表達世上的萬事萬物，因此對於突然要改用其他外語來認識這個世界，內心多少會感到些許困惑，這是很正常的反應。學習外語的過程，就像是在以母語建構出的世界地圖上，再以其他語言重新描繪出新的地圖。這兩張地圖，有彼此相符的部分，也有差異很大的部分。而像中文與德文這樣兩種完全不相干的語言，這兩張地圖想必會有更多的差異。

　　學德語文法，可以說是學習如何利用德語來理解這個世界，同時也是掌握描繪、描述此地圖規則的不二法門。也正因為德語的思考模式及表達方式對我們來說比較陌生，所以有些部分可能沒辦法一下子就完全理解。不過，這也就是外語之所以是外語的原因。「咦？原來德語是這樣來理解事物的啊」、「原來德語是這樣表達的啊」，就讓我們帶著興奮與期待的心情，一起去探索全新的世界吧。

　　我以自己在德語世界中摸索、探險的經驗寫下這本書，希望能為學習者解答文法中不清楚或感到疑惑的部分。德語與中文一樣，不是擺在博物館裡展示的標本，而是用來溝通的工具。本書也以此概念作為撰寫的出發點，所以能用在生活當中來溝通的例句在書中隨處可見。此外，本書在例句的選擇上，也特別精心挑選了一些較為活潑及生活化的句子。書中絕大部分的例句，只要將單字做適當的替換，即可適用於各種場合及情境。以上種種的用心，都是希望當各位在開拓德語世界時，本書能夠為各位指引出一條明路。

　　撰寫本書也讓我再次體驗到自己當時剛踏入德語世界時的感受。在此，由衷感謝這一路走來陪我一起探索德語世界的編輯北澤尚子小姐，以及在我描繪這張德語地圖的這段期間，給予我指教的每位貴人。

鷲巢 由美子

▎本書的使用方法

　　本書可以從頭開始讀，也可以從自己有興趣的章節開始讀。在進行各項文法解說時，若牽涉到其他文法，都會標註相關文法章節的頁碼，供讀者交互查詢，本書的最後也附上詳細的索引資訊，方便各位查閱。不過請各位優先閱讀第 0 章的內容。這一章的用意在於說明各個章節中所使用的文法用語，並陳述本書所採取的立場。

　　辭典是一本蘊藏大量資訊的工具，要熟悉一項外語，靈活運用辭典是不可或缺的。因此在幾個章節中所安插的 Column 欄位中，解說了要如何在辭典中查詢與該章節文法相關的文法重點。而另一個欄位 noch mehr（**進階學習**），則是額外補充的相關小知識。讓讀者偶爾可以學到一些小知識，加深對德文的瞭解。

　　由於本系列書籍的概念是以文法學習為主，因此本書並未安排發音的章節。不過發音、文法、字彙都是學習外語時不可或缺的部分。所以讀到例句時，也請務必要唸出聲音當作練習。

▶ **用語**

本書的相關用語將於第 0 章說明。 🖝 p.10

▶ **詞條、單字舉例**

原則上，名詞會列出主格單數形，而動詞及助動詞類則以原形列出。若
非上列情況，會另外加上附註表示。

▶ **名詞的性別標示**

以主格單數形定冠詞的字尾表示，陽性名詞為 *r*，中性名詞為 *s*，陰性名
詞則為 *e*。

▶ **變格表**

依照使用頻率，依序為主格（第一格）、受格（第四格）、與格（第三
格）、屬格（第二格）。

▶ **動詞人稱變化表**

表示第二人稱敬稱的 Sie，由於經常與第三人稱複數的 sie 同形，故省
略。

▶ **中文翻譯**

每一個例句皆會附上中文翻譯。在例句下方的解釋部分，若提到例句中
出現的主要單字及片語，會在該單字或片語後標示括弧（　），括弧裡
面放其中文翻譯。

▶ **重音**

在文法解說中提到與重音有關的單字時，會在重音所在的母音字母下，
以底線標示，就像是 a̲ufgehen（上升）這個字重音處底下會標示底線。

▶ **主要的縮寫及記號**

et⁴	表示事物的受格受詞（直接受詞）
j⁴	表示人的受格受詞
～⁴	受格受詞。可代表人或事物
sich⁴	反身代名詞受格
usw.	und so weiter（～等）
×	表示非德語的表達方式
🖝 p.00	請依指示的頁碼，參照相關內容

目錄

段落與句子之構成要素

敍述一件事或是向別人提出要求這類以溝通為目的的一段文字，就稱為段落。段落這個概念，與冠詞的選擇及語序的安排有相當密切的關係。

1. 段落

當我們說出或寫下一句話時，是為了用於某種溝通的情境，因此這些句子會有各種不同的作用，如「維持關連性」、「確認」、「說明」、「敍述」等。而且這些發話的內容，都是我們為了配合某個目的或主題，將數個句子互相建立關聯並組合而成。一段口頭對話，一般會有兩個人或以上參與，如果寫成文章，雖然通常是由一個人寫，但在寫作時多半會預設寫作的對象。

像這樣將句子組合而成的一段文字，即為段落。

例如「今天早上的報紙你看了嗎？請你開燈」這樣的一段文字，既沒有主題，語調也前後不一，頂多只能算是把兩個句子排在一起，不能算是一個段落。相對地，「今天早上的報紙你看了嗎？有一則和照明有關的科學報導很有意思」這樣的句子，不管是在主題上，或是「報紙」、「科學報導」等用字上，都具有整體性，就可以說它是一個段落。

段落這個概念，在學習及使用德語時非常地重要。不管是語序的安排、不定冠詞或定冠詞的選用、代名詞的選擇…等等，都會受到段落的影響，我們最容易搞混的情況，大多其實都和段落的組合及順序有關。

2. 句子與句子元素

段落是由**句子**所組成的，那麼句子又是由什麼組成的？如果現在有人突然喊了一聲由單一名詞所構成的 Hilfe!（救救我！），有人會將之視為一個完整的句子，但也有人認為這不過就是一個單字而已。還有像是 Setz dich!（坐下！）這種省略主詞（即主詞 du）的命令式，也是句子的一種。本書原則上是把以單一述語動詞為中心所構成的組合，視為句子的基礎。

構成句子的基本要素就稱為**句子元素**。以下所列舉的項目都屬句

10

子元素的一種。各類句子的組成元素有「主詞」、「補語」等，而這些元素有的是由單一單字所構成，也有由數個單字組成的片語而建構而成。

主詞 相當於「某人」或「某物」的句子元素。會以〔冠詞＋名詞〕、〔冠詞＋形容詞＋名詞〕、代名詞等以名詞為主的詞語來當作主詞。

述語 表示主詞「做了什麼」、「處於何種狀態」的句子元素。有以單一動詞表達的述語，也有以〔助詞＋過去分詞〕或〔助動詞＋原形動詞〕等以動詞為中心並由數個單字所組成的詞組當作述語。主詞與述語為一組，就是句子的基本骨幹。

補充語 trinken 這個單字通常必須配合受詞（正確來說是受格受詞，也就是直接受格）使用，gehen 可單獨使用或者搭配表示目的地的副詞或是介系詞片語。這種隨述語動詞而存在的句子元素，也因為其作用為「補充述語動詞使句意更完整」，故稱為補充語。至於要添加什麼樣的補充語，則視述語動詞而定。另外，有一些形容詞也可用來當作補充語。補充語的部分將會在第 9 章進行說明。

受詞 為補充語的一種，特別是述語動詞之動作或行為所作用的對象的句子元素。

主詞補語 A ist B.（A 是 B。）這個句子中的 B，就是補充語中特別用來說明主詞為何或是主詞的狀態為何的句子元素。在英文文法中，則被歸類在補語這項元素之下。

說明語 Die Reisezeit beginnt sehr bald.（旅遊旺季即將開始）中的 bald，是用來更詳細地說明述語所表示的行為及狀態，通常是副詞或介系詞片語。說明語可大致分為四種，分別為**地點或方向、時間、原因或理由、方法或情狀**。另外，像 sehr bald 的 sehr，針對形容詞或副詞的範圍加以修飾的元素也是說明語的一種。一個句子即使缺少說明語也不影響句子成立，說明語可算是次要的句子元素。

定語 對某個名詞加以修飾的句子元素即稱為定語。像形容詞、die Mitarbeiter der Firma（公司的員工）之類的名詞受格、Parks in der Stadt（城市中的公園）之類的介系詞片語都屬於這個類別。

以下就以例句來具體說明句子的成份。

a. Die Berlinale **ist** eines [der bedeutendsten
    主詞   述語 主詞補語   定語

Filmfestivals] {in der Welt}.
              定語

柏林影展是世界上最重要的影展之一。

b. Dort **haben** bislang [zwei japanische Regisseure]
  說明語 述語 1   說明語   主詞

[den Goldenen Bären] **erhalten**.
  補充語（直接受格）   述語 2

至今有兩位日本導演曾在此影展得到金熊獎。

    a. 句中作為述語 **ist** 的主詞補語，為不定代名詞 **eines**，藉由 **der bedeutendsten Filmfestivals** 這個定語加以限定之後，再利用另一個定語 **in der Welt** 來限制其內容。

    b. 句則是由述語 **haben ... erhalten** 這兩個字所構成。**dort** 與 **bislang** 都是附加在述語上的說明語。

    再者，**a.** 中的說明語 **der bedeutendsten Filmfestivals**，本身就是由名詞再加上形容詞說明語所構成的。像這類以名詞為核心及說明語所構成的名詞子句，將在下一節說明。

3. 片 語

    由兩個以上的單字組合而成，但此組合並未包含〔主詞－述語〕的關係，且具有某種作用的詞組，就稱為**片語**。在先前的例句 **a.** 中，**in der Welt** 就是由介系詞、定冠詞、名詞所組成的介系詞片語，並具有定語的作用。而例句 **b.** 中，**den Goldenen Bären** 則是由定冠詞、形容詞、名詞所組成的名詞片語，為補充語。

    以名詞為主的片語，若插入多個定語（如形容詞），或是再加上由某個定語加以限制的定語或說明語，就會形成更複雜的片語。

das abstrakte Gemälde　抽象畫

das berühmte abstrakte Gemälde　有名的抽象畫

das von Klee gemalte, berühmte abstrakte Gemälde
由克利（Klee）所繪製的有名抽象畫

　　理論上，定語可以無限制地添加。即使沒有像上述的片語那麼長，但加上多個定語的名詞片語並不算少見。像上面第三句這樣的片語，要是不弄清楚每個字之間的接續方式，就會不清楚這句話的意思。

　　複雜的名詞片語，如果如下圖一般，利用括弧或箭頭標示單字之間或單字與片語之間的關係，會較容易正確地理解整個片語的意思。

das {von Klee} gemalte, berühmte [abstrakte **Gemälde**]
　冠詞　　　說明語　　　　定語 1　　　定語 2　　　定語 3　　　　名詞

　　要理解複雜的名詞片語的結構，線索在開頭及結尾。名詞片語大部分都是以零冠詞或是以冠詞類開頭，並以名詞結尾。首先將這兩個部分做一個記號，可以就冠詞與名詞在性別、單複數、格是否一致當做判斷的依據。☞ p.58　接著，再確認對名詞加以修飾的形容詞，確認的重點則在於形容詞的字尾。☞ p.103　通常須視情況而定，可能是過去分詞（此處為 **gemalt**），也可能是以現在分詞當作定語。☞ p.272

　　像下面的例句，也有可能再加上副詞以修飾形容詞，或是將形容詞視為補充語。

an **einem** unerträglich heißen **Tag**　難以忍受的大熱天
　　　　　　說明語　　　　定語

die {mit ihrem Gehalt} unzufriedenen **Fußballspieler**
　　　　形容詞補充語　　　　　　定語

對薪水感到不滿的足球球員

13

4. 詞類

如果說句子元素是以句子的角度思考其構成要素的基本單位，那麼相對的，以單字的角度思考其在句中的作用時，就是**詞類**登場的時候了。以下為主要的詞類。

動詞 為述語。在句中大多負責表達最主要的資訊，而且也是組合句子時最重要的元素。動詞中除了以受格作為受詞的**及物動詞**之外，其他皆為**不及物動詞**。

名詞 在句中大多負責表達最主要資訊的詞類。可用來當作主詞、補充語（主詞補語、受詞）等。

冠詞 有不定冠詞、定冠詞、所有格冠詞等。置於名詞之前，替名詞添加已知、未知以及所有格關係等資訊。

代名詞 其中包含人稱代名詞或是指示代名詞等項目，都是用於代替名詞。與負責表達句中主要資訊的名詞相比，代名詞所表示的資訊量較少，但卻具備與前一個句子或是與欲表達言外之意的訊息建立連結的功用。

形容詞 表示某事物狀態的詞類，用來針對名詞加以修飾或限定。有時也會當成主詞補語（**A ist B.** 的 **B**）使用。

副詞 用於修飾動詞或形容詞並表現該詞情況的詞類，可作為說明語或定語使用。

介系詞 搭配名詞或代名詞一起使用，即可轉為補語、說明語、定語。

連接詞 用於連結單字與單字、句子與句子的詞類。

情態詞 如 vielleicht（也許）或 leider（遺憾）等詞，與全句的句意有關，用於表示說話者對於所陳述情況的主觀評論及想法。

語氣助詞 當要表達說話者的主觀感受或向聆聽者表達想法時，於句中添加的詞。像是表示驚訝的 ja，或是表示放棄語氣的 eben 等各式各樣的語氣助詞。而這些語氣助詞通常也都兼有形容詞或副詞等其他的功用。

感嘆詞 表示情感的詞。可放在句首或是放在句中，為獨立的元素，與句子本身的構造無關。如 Ach!（唉！）、Pfui!（喂！）等。

關於各種詞類的具體內容，將會在後續的各章節中做詳細解說。

動詞

動詞是在句子中作為述語的詞類。使用時要配合主詞的「人稱及單複數」、事件發生當時相關的「時態」、主動或被動「語態」，以及表示說話者態度的「語氣」而變化。

1. 動詞的特性

（1）動詞的作用

　　動詞在句中為述語，用來表示主詞的行為及態度、狀態、進展及變化等，在表達句意上是非常重要的詞類。一個句子中是否需要受詞，而受詞又要用哪一個格，或者是否需要用特定的介系詞片語，甚至是句子該以何種句法組成，都要依據動詞決定。動詞可說是整個句子的中樞。

（2）動詞的不定式（原形動詞）及動詞變位

　　述語動詞會隨著主詞的人稱、單複數、時態等變化成特定的形態，稱之為動詞的**動詞變化**。而相對地，動詞本身未包含主詞的人稱、單複數、時態等訊息的形態，則稱為**不定式**（即動詞原形）。已動詞變化的動詞又稱為定動詞，不定式的動詞則稱為不定詞。動詞的不定詞就像是黏土調整形狀前的形態，而將這塊黏土因應主詞或時態使其變化成某種特定的形態，即為動詞變位。

　　在德漢辭典或德德辭典中所列出的詞條，皆以動詞的原形表示，且大多都像 nennen（命名）、wählen（選擇）一樣是以 -en 結尾。這個 -en 稱為**字尾**，字尾之前的 nenn- 及 wähl 則稱為**詞幹**。動詞變化時會依主詞的人稱、單複數作相應的變化。動詞除了 -en 字尾之外，也有一些像是 wechseln（交換）、ändern（改變）等字尾為 -n 的動詞。

（3）動詞的屬性

　　動詞變化有以下三種屬性。

人稱、單複數　會配合主詞的人稱與數量而在字尾作變化。人稱是指第一人稱、第二人稱、第三人稱，共三種。數量則分為單數及

複數，共兩種。人稱的部分請參考第 4 章的內容，有更詳細的解說。 ☞ p.75

時態　指動詞所表示的行為或狀態等動作發生的時間。但是，這裡並非用來表示客觀的時間，而是一種以說話者的現在為基準來表現說話者的時間感。時態共有六種，分別為現在式、現在完成式、過去式、過去完成式、未來式、未來完成式。關於各時態所代表的時間範圍，請參閱本章的第 2 節，以及第 10 章至第 12 章的內容。

語氣　用於表示說話者在傳達事情時所表現出的態度。例如敘述一件事實的直陳語氣、表示命令的命令語氣、表示願望或轉述從第三者所得來之消息的虛擬一式，以及表達非事實假設的虛擬二式。

　　另外，許多動詞有一種屬性叫做**語態**。一般有主動以及被動之別，像是「X 做 Y 這個動作」，就是將敘述重點放在動作執行者與動作本身之間關係的主動態，而「Y 被～」，就是將敘述的重點放在動作本身的被動態。

　　接下來藉由具體的例子來說明以上提到的屬性。

Viele Eltern **nennen** ihre Tochter Sophie.　Der Vorname **wird** wegen seines schönen Klangs und auch seiner Bedeutung „göttliche Weisheit" **gewählt**.

很多父母都把女兒取名為蘇菲。選擇這個名字是因為它的發音很好聽，以及它代表「神的智慧」之意。

　　上面這個例句的述語動詞，含有以下的屬性。

- **nennen**：直陳語氣、主動態、第三人稱複數、現在式
- **wird ... gewählt**：直陳語氣、被動態、第三人稱單數、現在式

（4）動詞所表示的事件在時間上的性質

　　係指個別的動詞也含有時間上的性質，該動詞所表示的事件可能是瞬間發生，或是持續發生等。

有限的時間內、瞬間發生　係指動詞所表示的事件是在極其有限的時間之內或是瞬間發生。如 **anfangen**（開始）、**einschlafen**（入睡）、**finden**（找到）、**begegnen**（遇到）、**sich verlieben**（墜入愛河）、**sterben**（死亡）等。

持續發生 係指動詞所表示的事件是在一定的期間之內持續發生。如 haben（擁有）、wohnen（居住）、kennen（認識）、schlafen（睡覺）、behalten（保持）、sich interessieren（感興趣）等。

根據動詞所表示的事件在時間上的性質，再決定要搭配使用何種時間的說明語。例如 an dem Tag（當天）這個表示特定時間的說明語，就可以搭配如 sich verlieben 或 begegnen 等動詞一起使用，但是就不能搭配 kennen 或 behalten 一同使用。

而這類時間的性質，與不及物動詞完成式的形態尤其有關。

☞ p.171

2. 時態

動詞（Verb）也稱為 Zeitwort（時間詞）。是指帶有時態的動詞，其實就是負責表示時間的意思。直陳語氣的時態，就如同先前提過的，分為現在式、現在完成式、過去式、過去完成式、未來式、未來完成式六種。

（1）現在式

現在式所指涉的時間幅度包括說話者的「現在」在內，範圍十分廣泛。出現在各類文章中的動詞變化，約有五成為現在式，這應該是因為現在式的應用範圍較廣的緣故。有以下的用法：

● **現在正在發生的事或現在的狀態**

a. Viele Touristen **besuchen** Taipei.
許多觀光客到訪台北／正在台北觀光。

b. Ich **lese** gerade deine Mail.
我正在看你寄來的電子郵件。

「當下」、「這個瞬間」、含意廣泛的「今天」，或是某件事正在發生，現在式可表達的時間幅度，會依據上下文的脈絡而有各種不同的解釋。我們中文對於「現在」一詞可表達的時間幅度，一般也會依時間與場合而有不同的解釋，相同的概念同樣也適用於德文。另外，德文不同於英文，並沒有現在進行式的用法。如果要特別表示

「目前正在進行中」的語意時，會像例句 b. 一樣，用 gerade 之類的副詞表示。

- **發生於過去且現在仍持續的狀態**

Seit drei Jahren **lerne** ich Deutsch.
我從三年前開始學德語。

- **表示未來肯定會發生的事**

雖然是未來才會發生的事，但當說話者判斷事情會發生的時間是在與現在接續的未來時間當中，要用現在式表達。

Nächstes Jahr **kommt** meine Tochter in die Schule.
明年我女兒將就讀小學。

- **表示普遍適用的事實**

當說話者所描述的事情是「普遍適用的事實」時，用現在式表達。

Alle großen Männer **sind** bescheiden.
所有偉大的男性都是謙虛的。

（2）現在完成式

完成式是用於表示某個行為或事件「已經完成或結束」的時態。而現在完成式則是表示**眼前看來已經發生且已結束的**事件。通常會用於描述過去的事件。

Gestern **bin** ich ins Museum **gegangen**.
我昨天去了博物館。

（3）過去式

與說話者的現在無直接關聯，應該說是用於**描述發生在另一個時空的事件的時態**。經常出現在回憶錄、小說、童話等敘述性書面文章中。

Es **war** einmal ein König.　從前有一位國王。

用於表示過去的時態有現在完成式及過去式。關於該如何區分使用，請參見第 10 章及第 11 章的內容。p.166,169

（4）過去完成式

以過去的某個時間點為基準，描述發生於這個時間點之前（更早）的事。過去完成式的句子並不會單獨出現，而是會搭配作為表示時間基準的現在完成式或是過去式使用。

Ich **hatte** der Behörde mehrmals **geschrieben**, bis ich endlich eine Antwort bekommen habe.
我曾多次寫信給政府單位，直到我終於得到回覆。

（5）未來式

未來式是由助詞 werden＋原形動詞組合而成。就如先前所提到的，德文是以現在式表示未來肯定發生的事。若以未來式表達，是用於表示**推測**及**可能性**的語意。☞ p.186

Die Mannschaft **wird** bald einen neuen Trainer **bekommen**. 隊上應該很快就會有一位新的教練。

（6）未來完成式

表示推測的助詞 werden，若搭配完成式不定詞片語〔過去分詞＋haben/sein〕一起使用，是在對已經發生的事表示推測或預測，稱為未來完成式。

In einer halben Stunde **werden** wir zu Hause **ange-kommen sein**. 我們大概會在半小時後到家。

3. 動詞的現在式人稱變化

Ich **wohne** in Leipzig. Mein Bruder **wohnt** in Tübingen.
我住在萊比錫，我哥／弟住在杜賓根。

就如上面的例句所示，德語的動詞變化是隨主詞而變化，稱為**人稱變化**。這是包含德語在內的印歐語系的特徵，雖然其中的英語已經過大幅度的簡化，但法語、俄語等其他的語言仍保留人稱變化的用法。在這些語言中，主詞與述語是透過人稱變化建立緊密的連動關係。

德語的現在式人稱變化，詞幹基本上不做變化，而是在字尾配合

主詞的人稱及單複數做變化。我們試著藉上面的例句，看看句中的動詞 **wohnen** 會如何變化。

Ich　　wohne　　in Leipzig.

主詞：第一人稱單數

Mein Bruder　　wohnt　　in Tübingen.

主詞：第三人稱單數

現在式人稱變化，大部分的動詞都是規則變化，但當中仍有一些動詞是在詞幹的母音做變化。

（1）主詞的人稱代名詞與單複數

作為主詞的人稱代名詞，和英文一樣，有第一人稱、第二人稱、第三人稱三種，每種人稱又分單數及複數。個別的人稱代名詞如下表所示。

	單數	複數
第一人稱	ich 我	wir 我們
第二人稱	du 你 Sie 您	ihr 你們 Sie 您們
第三人稱	er 他 es 它 sie 她	sie 他（她）們

在此為求方便，我將第三人稱的 er, es, sie, sie（複數）分別譯為「他」「它」「她」「他們」。er, es, sie 又可當作事物的代名詞，其複數為 sie，例如 er 用於代稱陽性名詞 der Tisch（桌子）等名詞時，大多應該譯為「那個」、「這個」較為恰當。☞ p.76

此外，關於第二人稱的用法，對於較親近的對象會用 **du/ihr**；若對於較有距離感的對象則會用 Sie。前者用於稱呼熟識的人，後者則為尊稱。單靠字面上的意思很難完全表達兩者之間的分別，詳細的內容請參考第 4 章的內容。☞ p.76

（2）現在式的基本人稱變化

詞幹不做變化，而是僅在字尾配合主詞的人稱及單複數做變化。

wohnen（居住）詞幹-字尾							
單複數	人稱			單複數	人稱		
單數	一	ich	wohne	複數	一	wir	wohnen
	二	du	wohnst		二	ihr	wohnt
		Sie	wohnen			Sie	wohnen
	三	er/es/sie	wohnt		三	sie	wohnen

　　現在式人稱變化的字尾以不同的顏色表示。這樣的變化模式幾乎適用於所有動詞。若將字尾另外抽出來看即如下表所示。

動詞字尾變化的基本規則

不定詞：詞幹 -en							
單複數	人稱			單複數	人稱		
單數	一	ich	-e	複數	一	wir	-en
	二	du	-st		二	ihr	-t
		Sie	-en			Sie	-en
	三	er/es/sie	-t		三	sie	-en

　　另外，第二人稱尊稱的 Sie 與第三人稱複數的 sie，其人稱變化的字尾是相同的。　※本書後續的動詞變化表將省略表示尊稱的 Sie。

　　由於發音的關係，有些動詞的變化會與上表有些許不同，範例請見下表。

字尾為 -n 的原形動詞

	wechseln（更換）	tun（做）
ich	**wechsle**	tue
du	wechselst	tust
er/es/sie	wechselt	tut

21

wir	wechseln	tun
ihr	wechselt	tut
sie	wechseln	tun

以 -eln 結尾的動詞，因為發音的關係，在搭配 ich 使用時，詞幹的 -e- 會脫落。而像 ändern（改變）一樣以 -ern 結尾的動詞，若為 ich ändern 時，詞幹的 -e- 通常會保留不變。

另外，以 -n 結尾的動詞，遇上複數的 wir 及 sie 還有尊稱的 Sie 時，字尾與原形動詞相同，仍以 -n 結尾。

詞幹以 -d, -t, -chn, -ffn, -tm, -dn 結尾的動詞

	arbeiten（工作）	öffnen（打開）
ich	arbeite	öffne
du	arbeitest	öffnest
er/es/sie	arbeitet	öffnet
wir	arbeiten	öffnen
ihr	arbeitet	öffnet
sie	arbeiten	öffnen

主詞為 du 時，字尾改為 -est；主詞為第三人稱單數或第二人稱複數 ihr 時，字尾則改為 -et。與一般動詞變化的字尾不同之處在於，為了更容易發音，所以分別在 -st 及 -t 前多加了 -e- 這個母音。還有以下的動詞，也是因為要使發音更容易而多加了一個 -e- 的音。

finden（找到、覺得）	➡ du findest, er findet, ihr findet
rechnen（計算）	➡ du rechnest, er rechnet, ihr rechnet
atmen（呼吸）	➡ du atmest, er atmet, ihr atmet
ordnen（整理）	➡ du ordnest, er ordnet, ihr ordnet

詞幹以 [s], [tʃ], [ts] 的發音結尾的動詞

	heißen（稱為）	klatschen（打拍子）	tanzen（跳舞）
ich	heiße	klatsche	tanze
du	**heißt**	**klatscht**	**tanzt**
er/es/sie	heißt	klatscht	tanzt
wir	heißen	klatschen	tanzen
ihr	heißt	klatscht	tanzt
sie	heißen	klatschen	tanzen

這一類動詞，當主詞為 du 時，由於搭配人稱變化後的字尾 -st 中的 -s 被詞幹尾端的子音吸收合併，所以此處的人稱變化字尾為 -t。

此外，詞幹以 [ʃ] 發音結尾的動詞，會如同 mischen（使混合） → du mischst，搭配 du 時字尾為 -st。

（3）詞幹母音改變的動詞

Ich spreche Deutsch und Italienisch. Sprichst du auch Italienisch? 我會說德語和義大利語。你也會說義大利語嗎？

在這個例句中，sprechen 這個動詞，當主詞為 du，動詞變化為 sprichst，詞幹的母音（詞幹母音）的 e 則會轉變為 i 或者 ie。有部分的動詞，在**隨第二人稱單數（du）及第三人稱單數做現在式的動詞變化時，詞幹母音也會隨之變化**。

詞幹母音的變化有下列三種模式。

詞幹母音的變化	a ➡ ä	e ➡ i	e ➡ ie
	fahren（開車，搭車）	sprechen（説話）	sehen（看）
ich	fahre	spreche	sehe
du	fährst	sprichst	siehst
er/es/sie	fährt	spricht	sieht
wir	fahren	sprechen	sehen

ihr	fahrt	sprecht	seht
sie	fahren	sprechen	sehen

　　由於此類型的動詞多為常用動詞，在記憶時可連同人稱一同記住，如 **ich fahre, du fährst** 等。

　　各類型動詞的詞幹母音變化如以下所示。

- **由 a 轉為 ä**

schlafen（睡覺）→ **du schläfst, er schläft**

> **Psst! Das Baby schläft!** 噓！小寶寶在睡著！

laufen（跑、進行）→ **du läufst, er läuft**

※詞幹的 **au** 轉為 **äu**。

> **Im Kino läuft jetzt ein japanischer Film.**
> 電影院裡正在播放一部日本電影。

- **由 e 轉為 i(e)**

詞幹母音 e 為短母音：e ➡ i

essen（吃）→ **du isst, er isst**

※由於 **essen** 的詞幹是以 [s] 音結尾，所以隨 **du** 動詞變化的字尾為 **-t**。

> **Mein Großvater isst nicht gern Fleisch.**
> 我的祖父不喜歡吃肉。

詞幹母音 e 為長母音：e ➡ ie

sehen（看見）→ **du siehst, er sieht**

> **Meine Großmutter sieht jeden Tag mindestens einen Film.** 我的祖母一天至少看一部電影。

geben（給予）→ **du gibst, er gibt**

※**geben** 為例外，詞幹母音的長音 **e** 通常會轉為長音的 **ie**。

> **Gibst du mir bitte das Salz?** 你可以把鹽拿給我嗎？

- **子音也會隨詞幹母音一同變化的動詞**

　　下述的兩種不規則變化，不管是屬於哪一種類型，有時會因為發音的關係，詞幹的子音也會隨之變化，或是轉為特殊的拼字。這裡舉出幾個重要的單字。

halten（維持、認為）→ du hältst, er hält

※第三人稱單數字尾無變化。

Mein Vater hält von der Psychotherapie nichts.

我的父親完全不相信心理治療。

nehmen（拿，接受）→ du nimmst, er nimmt

※詞幹的長母音 eh 轉為短母音 i，詞幹的子音也由 m 轉為 mm。

Was nimmst du? – Ich nehme einen Kakao.

你要拿什麼？－我要拿可可粉。

（4）wissen 的現在式人稱變化

為特殊動詞變化，ich 與第三人稱單數的動詞形態相同。

wissen（知道）			
ich	**weiß**	wir	wissen
du	**weißt**	ihr	wisst
er/es/sie	**weiß**	sie	wissen

wissen 這個字除了 du 及第三人稱單數之外，主詞為 ich 時，詞幹母音也會變化。還有一項特徵是當主詞為 ich 及第三人稱單數時，字尾不做任何變化。詞幹母音會由 i 轉為 ei，且詞幹的子音 ss 也會轉變為 ß。

Was möchten Sie bestellen? – Das weiß ich noch nicht.

您想訂購什麼東西？－我還不知道。

進階學習　noch mehr

　　當主詞為第一、二、三人稱單數時，詞幹母音都會變化，且 ich 及第三人稱單數的變化相同，從這一點來看，wissen 的現在式人稱變化 ☞ p.177 與情態助動詞的現在式人稱變化 ☞ p.167 是相同的。

（5）haben, sein, werden 的現在式人稱變化

haben（有）、sein（是）、werden（變為）除了當一般動詞用，也可當作完成式及被動語態的助詞用，是使用頻率很高的動詞。三

者皆為不規則動詞變化，在此將各個動詞變化列舉如下。

	haben	sein	werden
ich	habe	bin	werde
du	hast	bist	wirst
er/es/sie	hat	ist	wird
wir	haben	sind	werden
ihr	habt	seid	werdet
sie	haben	sind	werden

sein 在變化上特別不規則。詞幹為 **sei**，字尾為 **n**，但不像其他的動詞，它在動詞變化時並非以〔詞幹＋人稱變化字尾〕的方式做變化。請直接將這個字所有的動詞變化都背起來。

Du hast Kopfschmerzen? Hast du Fieber?
你覺得頭痛嗎？你有發燒嗎？

Bist du's? – Ja, ich bin's.　是你的嗎？- 對，是我的。
（'s 為 es 的縮寫，常用於口語中）

Das Zimmer wird ab nächsten Monat frei.
這間房間下個月就空出來了。

另外，如 **sein** 及 **werden** 這類表示〔主詞＝主詞補語〕關係的動詞，就稱為系動詞。使用系動詞的句子，當主詞與主詞補語在人稱及單複數上不一致時，動詞變化要視情況以主詞補語為主，而非以主詞為主。例如以表示「它」之意的 **es** 或 **das** 為主詞時，動詞變化即以主詞補語為主。

Sind Sie Herr Otto? –Ja, das **bin** ich.
您是奧圖先生嗎？－是的，我是。

Wie viele Personen sind auf der Warteliste? – Es **sind** fünf Personen.
等候名單上有多少人？－有五個人。

Column

用字典查動詞 (1)

當你在文章裡看到沒見過的動詞而想知道意思，或是在寫文章時想知道某個動詞的人稱變化時，都會利用字典來查單字。接下來就一起來瞭解一下，在不同情況下該如何利用字典查詢想找的動詞。

●想知道句子中某個動詞的意思時

一開始要做的，就是從動詞變化中找出該動詞的原形。例如 Die ganze Nation trauert um den verstorbenen ehemaligen Präsidenten. （舉國哀悼已故的前總統）這個句子中，由其位置首先可判斷 trauert 為動詞變化。主詞 die ganze Nation 為第三人稱單數，因此將 trauert 去掉字尾後即為詞幹 trauer-，再加上原形動詞的字尾 -n 後即為 trauern，用此字查詢字典，即可找到此動詞的意思是「哀悼、悲傷」。若判斷詞幹可能含有變化過的母音，那就從詞幹母音的變化規則下手。以動詞 trifft（第三人稱單數形）為例，詞幹再加上原形動詞的字尾 -en 後，在字典卻找不到 triffen 這個字。這表示，這個字可能是由詞幹母音變化而來。在第三人稱單數的詞幹母音已轉為 i，再將其套用到詞幹母音變化的模式中，即可知該母音在原形動詞時應為 e。接著再從字典中查找 treffen，如此即可得知這個動詞是「會面、命中」之意。

●想知道某個動詞的現在式人稱變化時

像 rufen 這個字，詞幹母音不是 a 或 e，所以並不屬於詞幹母音音變的兩種模式，就可以依照基本的動詞變化規則在詞幹加上動詞變化的字尾。

而像是 tragen（搬、穿著）這種有可能發生音變的單字，首先要先試著查字典確認該字的原形為何。現在的字典，對於使用頻率較高的詞幹母音音變動詞，都會在該單字項目後列出現在式的人稱變化，或者也有可能會像 du trägst, er trägt 這樣，只列出第二人稱單數及第三人稱單數的動詞變化。若未列出，請確認一下是否在該字項目後有像 tragen*這樣，加上了一個「*」的符號。若有附上這個符號，就表示這個字有可能是不規則動詞

27

> ☞ p.33 變化的動詞，有很大的可能性會產生音變現象，即可透過字典附錄的不規則動詞變化表的「現在式人稱變化」的欄位來確認。
>
> 　像 **wagen**（敢於）這個字，雖然有發生詞幹母音變化的可能性，但查找字典後，發現字典中並未特別列出此字的現在式人稱變化。像這樣的情況，該動詞就不會在詞幹母音部分做變化。

4. 動詞的位置

在德文的語序中，動詞的位置非常地重要。

德文句子的種類，除了命令句 ☞ p.236 之外，還有四種句型，包含直接敘述的**直述句**、使用疑問詞的**補充疑問句**、未使用疑問詞的**是非疑問句**，以及**感嘆句**。而在直述句及疑問句中，動詞的位置都是固定的。

（1）直述句

在直述句中，動詞必定位於句中的**第二個位置**（第二位動詞）。雖說是第二個位置，但並非單純由句首往後數到第二個位置，而是以句子元素為單位 ☞ p.10 來計數。接著就以「我們從 2005 年開始住在雷根斯堡。」這個句子為例，來看動詞的位置。

前區	動詞	中間部分
Wir	**wohnen**	seit 2005 in Regensburg.
Seit 2005	**wohnen**	wir in Regensuburg.

動詞之前稱為**前區**，動詞之後則稱為**中間部分**。前區只放入一個句子元素，這裡可能是主詞，也有可能像第二個句子一樣，放表示時間及地點的說明語。而前區及中間部分分別要放入什麼句子元素，則視傳達資訊的重點而定。置於前區的內容，通常都是句子的主題；至於與動詞強烈相關的內容，則是放在中間部分最後的位置。若要以資訊傳遞的觀點來看句子的語序，請參考第 22 章。 ☞ p.287

（2）否定的直述句

即使加入否定詞，只要是直述句，動詞仍舊置於第二位。

Wir wohnen nicht mehr in Bern.
我們已經不住在伯恩了。

德文的否定句和英文不同，不會用 **do** 之類的助動詞表達。而 **nicht** 則須放在要否定的單字之前。有關 **nicht** 的位置，將在第 15 章詳細介紹。☞ p.202

（3）補充疑問句

使用疑問詞的疑問句，稱為補充疑問。原因在於，提問者想要藉由疑問詞來取得的資訊，是由回答句來補充。

補充疑問句也和直述句一樣，**動詞要置於第二位。疑問詞則必定置於前區。**

前區	動詞	中間區域
Wann	**hast**	du Geburtstag?

你的生日是何時？

Um wie viel Uhr	**fährt**	der Zug nach Wien ab?

往維也納的火車何時出發？

同樣是疑問句，在德文中並沒有使用像英文 **do** 一樣的助動詞來表達。要判斷一個句子是否為疑問句，補充疑問句是以疑問詞判斷，而是非疑問句，則以動詞的位置以及尾音是否上揚來判別。

（4）是非疑問句

不用疑問詞的疑問句稱為是非疑問句。因為這類句型是從 **ja** 或 **nein** 中二者擇一來回答提問。

是非疑問句是把**動詞置於句首**。是非疑問句的特徵是，句中沒有前區，並直接以動詞作為句子開頭。

動詞	中間區域
Haben	Sie einen Stift dabei? 您有筆嗎？
Bist	du erkältet? 你感冒了嗎？

● 是非疑問句的回答方式
是非疑問句的標準回答方式，就是以 **ja** 或 **nein** 回答。雖然可以

只用 **ja** 或 **nein** 來回答，但通常都會加上一些補充的資訊。例如這句 **Bist du erkältet?**，就可以以下列兩種方式回答。

Ja, seit dem letzten Wochenende.　　是，從上一個週末開始的。

Nein, es kratzt nur im Hals.　　不，只是喉嚨有點不舒服。

回答時不會像英文一樣，僅用 ✕ **Ja, ich bin.** 這種僅以主詞＋動詞或助動詞的方式回答。這樣的回答方式，在德文中被視為不合語法（文法上不成立）的句子。

- ● **含否定語氣的是非疑問句之回答方式**
  若疑問句中含有否定語氣的 **nicht** 或 **kein**，該怎麼回答？

Warum gehst du nicht zur Party? Hast du keine Lust?
你怎麼沒去派對？沒興趣嗎？

Doch, ich habe schon Lust! Aber ich habe keine Zeit.
想，我有興趣。不過我沒時間。

Nein, ich habe keine Lust. Das wird bestimmt langweilig.
不想，我沒興趣。反正一定很無聊。

對否定的是非疑問句（如例句中的 **keine Lust** 的 **keine**）的肯定回答，需要使用 **doch**。相對的，若答案是否定，就用 **nein**。

un- 是表示否定的字首，但若疑問句中使用以 un- 開頭的形容詞，請不要將其視為否定句，要視為肯定句。

Ist die Lage in dem Land noch unsicher?
那個國家的情勢還是很不穩定嗎？

Ja, sie ist noch sehr unstabil.
是，情勢仍不穩定。

Nein, sie ist wieder unter Kontrolle.
不，情勢又再次獲得控制。

（5）以確認為目的的疑問句

向對方確認某件事的疑問句，與單純要對方回答的疑問句，動詞的位置有所不同。

● **向對方確認說話內容是否正確的疑問句**

　　若說話者的目的是想向對方確認自己所描述的內容是否正確，造句時就要像直述句一樣，把動詞的位置放在第二位。不過說話時的語調，要像是非疑問句一樣，在句尾使音調上揚。有時也會添加 **nicht wahr**（～不是嗎？）之類的（反問）詞組。

　Sie kommen doch wieder? 　您還會再來嗎？

　Ich darf mit dir Tacheles reden, nicht wahr?
　我什麼話都可以和你說，不是嗎？

● **確認對方說話的內容**

　　還有一種疑問句，就是當你完全無法理解對方所說的話，或是因為太過震驚無法置信而反問對方「你認真的嗎？」。在這樣的情況下使用的疑問句句型，要把動詞放在第二位。

　Du fährst mit dem Zug nach Europa?!
　你要搭火車去歐洲？！

● **確認對方的提問內容**

　　為了向對方確認其提問的內容，而用同一句話反問對方時，就要把動詞置於句尾，以從屬子句的形式向對方提問。 ☞ p.211

　Was ich gerade mache? 　（你問）我在做什麼嗎？

　Ob wir mit Stäbchen essen können?
　（你是說）我們可以使用筷子用餐嗎？

（6）感嘆句

　　「多麼好的天氣啊！」這類表達強烈驚訝或感動情緒的句子，統稱為感嘆句。感嘆句有各式各樣的語序，有的句子與直述句相同，有的句子則是與疑問句相同。以下列舉幾個主要的句型來說明。

　a. **Du hast aber Glück gehabt!** 　你的運氣還真好呢！
　b. **Hast du aber Glück gehabt!**

　c. **Wie herrlich ist das Wetter!** 　天氣怎麼這麼棒！
　d. **Wie herrlich das Wetter ist!**

　　a. 與 **b.**、**c.** 與 **d.** 這兩組句子中，動詞的位置不一樣，但在語意上卻沒有太大的分別。另外，在感嘆句中，常會加入像 **a.** 與 **b.** 這兩個句子中的 **aber** 這類表示驚訝的語氣助詞 ☞ p.296 。

5. 動詞三大基本形態

　　原形（不定式）、**過去式**、**過去分詞**稱為動詞的三大基本形態。和現在式人稱變化是以原形動詞為基礎一樣，德文的過去式人稱變化也是以動詞的過去式為基礎來做變化。☞ p.167　利用過去分詞搭配 **haben** 或是 **sein** 即為完成式。☞ p.169　此外，過去分詞也可當成是用來修飾名詞的形容詞或是當成副詞使用。☞ p.274

　　這三大基本形態，分為規則變化以及不規則變化。規則動詞稱為**弱變化動詞**，不規則動詞則又分為詞幹母音變化較多的**強變化動詞**，以及同時有弱變化及強變化特徵的**混合變化動詞**兩種。

（1）規則動詞（弱變化動詞）

　　弱變化是指變化較少的意思。詞幹與原形動詞相同，在轉為過去式及過去分詞時的動詞變化規則也是屬於非常規律的形態。

原形　詞幹-en	過去式　詞幹-te	過去分詞　ge-詞幹-t
sagen（説）	sagte	gesagt
wechseln（更換）	wechselte	gewechselt
arbeiten（工作）	arbeitete	gearbeitet
öffnen（打開）	öffnete	geöffnet
fotografieren（攝影）	fotografierte	fotografiert

　　過去式為**詞幹-te**，過去分詞則為 **ge-詞幹-t**。不過若是詞幹以 -d, -t, -chn, -ffn, -tm 等字母結尾的動詞，就會和現在式人稱變化一樣，為了要更容易發音而會在詞幹之後再加上 -e- ☞ p.22 ，過去式轉為〔詞幹 -ete〕，過去分詞則轉為〔ge-詞幹-et〕。

　　過去分詞不會在字首加上 **ge-** 的情況有：以 -ieren 結尾的外來語動詞，如 1) **fotografieren, informieren**，2) 不可分離動詞 ☞ p.38 ，以及 3) **miauen** 等少部分的動詞都是屬於這一類。

（2）不規則動詞

● 強變化動詞

　　強變化動詞的特徵，是過去式與過去分詞兩者或任一方的**詞幹母**

音會轉變，過去式不加字尾，過去分詞以 -en 結尾。

詞幹母音的變化有以下三種形態。

三大基本形態中的詞幹母音全都不同

原形　詞幹-en	過去式　詞幹	過去分詞　ge-詞幹-en
finden（找到、想到）	fand	gefunden
gehen（前往）	ging	gegangen
nehmen（拿）	nahm	genommen
sitzen（坐）	saß	gesessen

原形動詞與過去分詞中的詞幹母音相同

原形　詞幹-en	過去式　詞幹	過去分詞　ge-詞幹-en
essen（吃）	aß	gegessen
fahren（搭交通工具前往）	fuhr	gefahren
kommen（來）	kam	gekommen

過去式與過去分詞中的詞幹母音相同

原形　詞幹-en	過去式　詞幹	過去分詞　ge-詞幹-en
bleiben（停留）	blieb	geblieben
stehen（站立）	stand	gestanden
tun（做）	tat	getan

　　強變化動詞中，像 stehen 或 essen 這類動詞，在轉為過去式或過去分詞時，除了詞幹母音，子音也會產生變化或是加上其他子音。而像是 sitzen 或 essen 這類動詞，詞幹的子音則是會配合母音的長短音，將拼字轉為 ss 或是 ß。而像 bleiben – blieb – geblieben 這一類，則會在 ie 與 ei 之間轉換。若為常用的動詞，這些小細節都得特別注意，一定要記下正確的形態。

- **混合變化動詞**

　　所謂的混合變化，是指動詞在構成過去式用法時，同時混合了弱

1
動詞

33

變化的特點（即過去式為**詞幹-te**、過去分詞為 **ge-詞幹-t**），也有強變化的特點（即**詞幹母音轉變**）。

原形　詞幹-en	過去式　詞幹 -te 母音轉變	過去分詞　ge-詞幹-t 母音轉變
bringen（拿來）	brachte	gebracht
kennen（知道）	kannte	gekannt
wissen（瞭解）	wusste	gewusst

混合變化動詞除了上述的動詞之外，尚有 **denken**（思考）、**nennen**（命名）、**senden**（送）、**wenden**（使轉向）、**brennen**（燃燒）、**rennen**（跑），以及助動詞當普通動詞用，如 **müssen-musste-gemusst**。

* haben、sein、werden
這三個動詞是作為完成式或被動語態中所使用的助詞

原形	過去式	過去分詞
haben（有）	hatte	gehabt
sein（是）	war	gewesen
werden（變為）	wurde	geworden（被動語態的助詞為 worden）

進階學習　noch mehr

只有極少數的動詞，即使原形的拼法一樣，但在構成三大基本形態時，會因語意及用法不同而有不同的形態。

原形	過去式	過去分詞
schaffen（創造）	schuf	geschaffen
schaffen（完成）	schaffte	geschafft

schaffen 這個動詞，若表「創造、建立」之意時為強變化動詞，若是表「完成」之意時為弱變化動詞。另外還有 **erschrecken**（驚慌／使受驚）及 **hängen**（掛著／把某物掛在某處）等動詞，也會因應不同的語意及用法而有強變化及弱變化之分。

第 **2** 章 # 複合動詞

動詞之前，若額外加上會使動詞語意改變的前綴詞，則這一整個動詞即稱為複合動詞。

1. 複合動詞

德文中的許多動詞，都是藉由在一般動詞之前添加特定語意的前綴詞的方式所形成，而這類動詞即稱為複合動詞。以 **kommen**（來）這個一般動詞為例，由這個單字所形成複合動詞就有 **ankommen**（抵達）、**bekommen**（得到）等字。

Der Zug **kommt** in fünf Minuten in Stralsund **an**.
火車五分鐘後抵達施特拉爾松德。

Alle Gäste **bekommen** heute einen Nachtisch gratis.
今天所有的客人都能免費獲得一份甜點。

像 **ankommen** 這類可拆開的動詞稱為**可分離動詞**；像 **bekommen** 這類不能和前綴詞分開的動詞稱為**不可分離動詞**。

英文裡也有像是 **impress** 與 **express** 這種，透過在一般動詞（**press**）前加上前綴（**im-**或 **ex-**）衍生出新語意的動詞，但這都僅限於拉丁字源的單字。而且在現代的英語中，動詞加上前綴產生新動詞的現象已不復存在。相較之下，德文則仍保有豐富的造詞能力，至今也仍一直持續不斷地生成新的複合動詞。

2. 可分離動詞

（1）可分離動詞的構成要素

可分離動詞，是由一般動詞結合副詞或介系詞等詞類所形成的動詞。我們就以 **auf** 這個表示「往上、打開」之意的副詞為例，了解可分離動詞的用法。

a. Das Fenster ist **auf**.　　窗戶是開著的。

b. Im Winter geht die Sonne erst gegen sieben Uhr **auf**.
冬天時太陽在七點左右才升起。

auf 在例句 **a.** 中是作副詞使用，但在例句 **b.** 中，則是與前面的 gehen 結合，表示「升起」這個單一的概念。像例句 **b.**這樣，將句中 gehen ... auf 這一動詞組視為單一的動詞，則該動詞即為**可分離動詞**。可分離動詞在字典中是以原形動詞的形態表示，亦即將原本為副詞的單字置於一般動詞之前，寫作 **aufgehen**，而置於一般動詞前的這個單字，則稱為**前綴詞**。一般字典多會以 **auf|gehen** 這樣的形式，將一條直線隔在前綴詞與一般動詞之間，表示此單字為可分離動詞。可分離動詞的原形動詞，其重音通常會落在前綴詞上。既非 <u>unter</u>gehen（下沉）也非 <u>zu</u>gehen（向～走近，關上），而是 <u>auf</u>gehen，在說這單字時，前綴詞一定得清楚發音才行。

※底線是表示重音處。

（2）可分離動詞的語序

可分離動詞若為句中的述語時，前綴詞會從中分離出去，這時一般動詞的動詞變化是置於第二位，前綴詞則置於句尾。

an|fangen（開始）

Der Tanzkurs **fängt** im April **an**.　舞蹈課程從四月開始。

述語會分成一般動詞變化與前綴詞兩部分，並分開置於句子的兩處形成句子的框架，而這也正是可分離動詞在語序上最大的特徵。此種句型結構稱為**框架結構**。

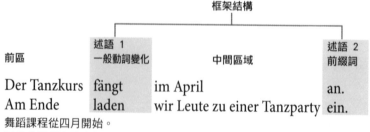

	述語 1 一般動詞變化	中間區域	述語 2 前綴詞
前區			
Der Tanzkurs	fängt	im April	an.
Am Ende	laden	wir Leute zu einer Tanzparty	ein.

舞蹈課程從四月開始。
最後我們所有的人都受邀參加舞會。

在框架之前是**前區**，由述語 1 及述語 2 包圍起來的部分則為**中間區域**。前區是用來提示句子的主題。 p.286 而由述語 1 到述語 2 之間的內容，則是傳達和主題有關的重要資訊。在聆聽／閱讀句子時，我們常是抱持著緊張又期待的心情，等待對方傳達而來的訊

息。但有時卻會發生一種情況，就是當聽／讀到句子開頭的述語 1 是自己認識的字，以為可以放心地繼續聽／讀下去時，卻在一大段話或數行之後的句尾，發現了前綴詞的存在，這時只好重新去查字典，我想各位應該都有過這樣的經驗吧。以「湯姆歷險記（**The Adventures of Tom Sawyer**）」聞名的美國作家馬克·吐溫（**Mark Twain**），就曾在一篇名為《可怕的德語》的文章中，以 **abreisen**（啟程）為例描述過類似的經驗，他說自己先是讀到動詞，然後是接續的受詞、等同受詞及其他說明文字等好幾行的內容之後，甚至都快忘掉動詞是哪個字時，才突然看到 **ab** 出現在眼前，當下，他真是又驚又怒。我自己也曾被可分離動詞騙了好幾次。但隨著愈來愈習慣德語的表達方式，就能在某程度上事先判斷之後是否會出現前綴詞，若真的出現，又會是哪一個前綴詞。就算無法預測，由於德語常常會把句中重要的資訊置於句尾，所以只要養成習慣，在查字典前先瞄一下句尾就好。另外，有關資訊傳遞及語序的部分，請參考第 22 章的內容。

（3）主要的前綴詞與可分離動詞

　　由前綴詞與一般動詞組合而成的可分離動詞，和中文字偏旁結構的概念有些類似。即使是首次看到的可分離動詞，只要對一般動詞與前綴詞的語意有印象，大致上就能推測出該可分離動詞的語意為何。

　　接下來，讓我們一起來看看幾個重要的前綴詞以及常用的可分離動詞。

ab　脫離、下去、結束
　abfahren　（交通工具／搭交通工具）出發
　absteigen　（從交通工具等）下來
　abschließen　結束
an　接近、連通著
　ankommen　到達　anmachen　開啟（開關）
auf　向上、打開
　aufgehen　（太陽等）升起；打開（門之類的）
　aufstehen　起床、起身
aus　由～向外，完全地
　ausdrücken　表達　ausarbeiten　擬定、使完善

ein　進去，進來
　　einsteigen　登上（交通工具）　　einladen　邀請
fest　堅固，紮紮實實地
　　festlegen　確定　　feststellen　確認
nach　在～之後，跟著，往
　　nachschenken　再注入
　　nachahmen　模仿
　　nachschlagen　查閱（字典等）
vor　在～之前
　　vormachen　示範　　vorstellen　介紹
zusammen　一起，總共
　　zusammenarbeiten　合作
　　zusammenhängen　關聯

3. 不可分離動詞

　　無法與前綴詞分離的複合動詞，稱為**不可分離動詞**。不可分離動詞的前綴詞常見如：be-, ent-, er-, ge-, ver-, zer-，這些都是無法當成獨立的單字使用的前綴詞。由於這裡的前綴詞無法單獨使用，所以重音都落在一般動詞上。常用的不可分離動詞如下所示：

besuchen　拜訪
Wir besuchen zu Neujahr unsere Eltern.
我們新年時要去探望父母。

gefallen　中意
Gefällt Ihnen das Buch?　您喜歡那本書嗎？

verlieren　失去
Der Politiker verliert leicht die Geduld.
那位政治家容易失去耐性。

　　不可分離的前綴詞，語意既抽象又多樣化，並不像可分離動詞那麼容易就能從前綴詞推測出動詞的意思。不過，若是能對前綴詞的

語意有所瞭解，有時也會成為判斷動詞語意的線索，所以在此還是將各個前綴詞主要的含意及功能列舉出來。但是並非每個動詞都能以下方所列舉的前綴詞含意來解讀。**ge-** 這個前綴詞本身並未含有其他語意，在這樣的情況下，像是 **gefallen**（中意）或是 **gestehen**（承認）這些動詞，一個一個背起來是最好的方法。

be-

　使不及物動詞或形容詞轉為及物動詞

　beantworten　回答　　　**beruhigen**　使放心

ent-

　(1) 脫離、去除　**entschuldigen**　原諒

　(2) 起源、開始　**entwickeln**　發展

er-

　(1) 取得、達到　**erkennen**　看清，辨認

　(2) 使形容詞轉為表示「使成為～的狀態」之意的及物動詞

　　ergänzen　補充（形容詞 **ganz**：全部的）

ver-

　(1) 將名詞或形容詞轉為及物動詞

　　verkörpern　體現（名詞 **Körper**：身體）

　　vergrößern　變大，增大

　　verarmen　變窮，使貧乏

　(2) 消失、消滅　**vergessen**　忘記

　(3) 使一般動詞所表示的動作產生「不好的結果」，大多會轉為反身動詞。　**sich verlaufen**　迷路

zer-

　破碎、破壞　**zerstören**　毀壞

進階學習　**noch mehr**

　　不可分離動詞的前綴詞，還有一個 miss- ，加上後會使一般動詞所表示的動作產生「錯誤、不良」的結果。因為是不可分離動詞，所以會像 misslingen（失敗）一樣，重音會落在一般動詞上。

　　不過和某些動詞組合使用時，也有可能出現重音會落在 miss- 上的情況。特別像是 missverstehen（誤解）這種由不可分離動詞再加上 miss- 所組成的動詞，即為此種類型。

2
複合動詞

4. 兼具可分離與不可分離特性之動詞

//

　　在前綴詞中，還有一種是同時兼具可分離與不可分離的特性。這些前綴詞如 durch-, hinter-, über-, unter-, voll-, wider-, wieder- 等，都是由副詞或形容詞轉為前綴詞使用。前綴詞若為可分離，則重音會落在前綴詞上；若為不可分離，則重音會落在一般動詞上。

　　而這一類型的前綴詞，在何種情況下為可分離，何種情況下又為不可分離，基本原則如下。

可分離：當動詞所表示的意思，是以更具體的方式加強前綴詞原本的語意時。

不可分離：當動詞所表示的意思，是以抽象的方式表達前綴詞原本的語意時。

　　我們就以 **über** 作為前綴詞的動詞為例來確認一下。

a. Das Wasser in der Badewanne **läuft über**!
水從浴缸裡滿出來了！

b. Die Angst **überläuft** mich.　　我突然感到不安。

　　在例句 a. 中的可分離動詞 **überläuft**，über 和原本的副詞一樣，都是表示空間上的「超過」之意。而相對地，例句 b. 中的不可分離動詞 **überläuft**，則是將 **über** 空間上「在～上方」的原意，轉為「侵襲」這種概念較抽象的語意。

　　不過，這樣的區分方式有很多模糊地帶，所以最好還是從語意與用法，以及原形動詞的重音位置來一一確認動詞的意思。

　　上述前綴詞的基本含義整理如下。其中，將會以【 】的標記方式，來表示該語意是屬於可分離動詞或不可分離動詞。

durch-　**穿過、滲透**
　　durchdringen　　（不及物動詞）穿過
　　durchdringen　　（及物動詞）使穿過

hinter-　**向後面、向後方、在背後**
　　hinterziehen　　往後拉
　　hinterziehen　　不繳納（稅金等）

über-
　【可分離】在～之上、超過、移動　<u>über</u>setzen　擺渡到（對岸）
　【不可分離】侵襲、超出、移轉　über<u>set</u>zen　翻譯

um-
　【可分離】轉換、翻覆　<u>um</u>kehren　返回、悔改
　【兩種皆有】圍繞、包圍　um<u>geb</u>en　包圍

unter-
　【不可分離】在兩者或多人之間
　　　　　　　unter<u>scheid</u>en　區分
　　　　　　　unter<u>schreib</u>en　（在文件下方）簽名
　【兩種皆有】在下面、來自下方
　　　　　　　<u>unter</u>schlagen [可分離] 交叉；[不可分離] 貪汙，侵吞

voll-
　【可分離】充滿　<u>voll</u>machen　使完整、裝滿
　【不可分離】完全地　voll<u>end</u>en　完成

wider-
　【可分離】反射　<u>wider</u>spiegeln　反映
　【不可分離】反對、違抗　wider<u>leg</u>en　反駁

wieder-
　【可分離】再一次　<u>wieder</u>sehen　重逢
　【不可分離】重複　wieder<u>hol</u>en　複習

2 複合動詞

　以上的前綴詞中，有像 durch- 這種大多屬於可分離的前綴詞，也有像 hinter- 或 über- 這種以不可分離佔壓倒性多數的前綴詞。此外，除了 wiederholen 是不可分離動詞，其餘以 wieder- 為前綴詞的複合動詞皆為可分離動詞。

5. 複合動詞的三大基本形態

　複合動詞的三大基本形態中，過去式及過去分詞，與一般動詞的過去式及過去分詞相同。一般動詞若為弱變化，那麼複合動詞也會是弱變化；一般動詞若為強變化或混合變化，則複合動詞也同樣會是強變化或混合變化。

（1）可分離動詞

可分離動詞的過去式，作為述語動詞用時是以與前綴詞分離的形態表示。過去分詞則是以〔前綴詞 + 一般動詞的過去分詞〕的形態表示。

原形	過去式	過去分詞
aufmachen（打開）	machte ... auf	aufgemacht
aufstehen（起床）	stand ... auf	aufgestanden
zurücknehmen（取消）	nahm ... zurück	zurückgenommen
beibringen（教，傳授）	brachte ... bei	beigebracht

若為過去式，就會如同下列例句，以動詞過去式做人稱變化。

1992 machte er ein Geschäft auf. 1992 年他開了一間店。

（2）不可分離動詞

不可分離動詞三大基本形態的特徵是過去分詞不加 **ge-**。既然不可分離動詞的重音不會落在前綴詞，而是會落在一般動詞上，那麼動詞的重音若是落在第二個字母之後的母音，就不會在過去分詞前再加上 **ge-** 的這條規則 ☞ p.32，也同樣適用於此。

原形	過去式	過去分詞
versuchen（嘗試）	versuchte	versucht
verstehen（理解）	verstand	verstanden

進階學習 ▷ noch mehr

有的動詞會在不可分離動詞前再加上可分離的前綴詞。這一類動詞會視為可分離動詞，而當其為現在式及過去式時會與前綴詞分離，但過去分詞則不會再加上 **-ge-**。

例如 **eingestehen**（供認）的三大基本形態即如下所示：

eingestehen – gestand ... ein – eingestanden

（ × **eingegestanden**）

第 3 章

名詞與冠詞類

名詞是當要指出某件具體存在的物品名稱,或是要為抽象的
事物命名時所使用的詞類。名詞大多會搭配冠詞一同使用,
並且常藉由形容詞等詞類加以限制。

1. 名詞的特性與種類

(1) 名詞的特性

名詞是當要指稱某件具體的物品,或是命名及稱呼抽象事物時所
用的詞類,可作為句子的主詞、動詞或介系詞的受詞、主詞補語
等。

Das alte Gebäude dort ist die Bibliothek.
　　　　　主詞　　　　　　　　　　　　主詞補語

那裡那棟老舊的建築物是圖書館。

Viele Touristen besuchen in Bamberg den Dom.
　　　主詞　　　　　　　　　介系詞的受詞　　動詞的受詞

許多遊客在班堡參觀大教堂。

在德文中,原則上**名詞的字首會以大寫表示**,這可說是非常方便
的一條規則。名詞經常扮演句子資訊中樞的角色,以特別顯眼的大
寫表示,可以讓人在瀏覽文章時,更容易理解文章的主題及內容
(儘管只是文章概略的內容)。

(2) 名詞的種類

名詞可依語意及特性分為下列數種。

專有名詞	**Käthe Kollwitz**（人名）	**Deutschland** 德國	
可數名詞	**Baum** 樹木	**Spaziergang** 散步	
集合名詞	**Gemüse** 蔬菜	**Menschheit** 人類	
物質名詞	**Wasser** 水	**Eisen** 鐵	
抽象名詞	**Aufrichtigkeit** 真誠	**Mut** 勇氣	

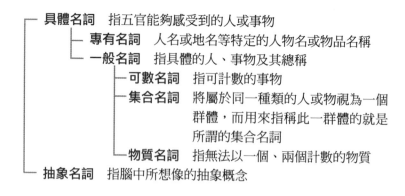

名詞這樣的區分方式，也會影響到其單複數和冠詞的使用。

2. 名詞的性別與複數形

（1）名詞的性別

　　德文的名詞都帶有**性別**這個屬性。性別的區分在印歐語系的語言中，是普偏存在的現象。基本上分為陽性、中性、陰性三種，這些分類與生物的雌雄無關，純粹只是文法上的分類。在現代的英文中，性別的區分幾乎已完全消失不見，法文整合成陽性及陰性兩種，德文則仍保留陽性、中性、陰性這三種性別。我們知道表示家庭成員的 **Vater**（爸爸）為陽性名詞，**Mutter**（媽媽）則是陰性名詞，**Kind**（小孩）為中性名詞；但家裡的 **Boden**（地板）為何是陽性名詞，**Fenster**（窗戶）為何是中性名詞，**Tür**（門）為何是陰性名詞，則沒有確切的答案。總之，在德文的世界中，所有的名詞都有性別的區分，而且會被歸入三種性別的其中一種，我們既然要使用德文，當然就得接受德文的世界觀。不過，若名詞為複數時，則不區分性別。

　　名詞的性別，會與用來代替名詞的代名詞，以及附加在名詞之上的冠詞及形容詞等詞類的形態產生連動，在書寫或理解文章的走向上扮演很重要的角色。

　　單看名詞很難判斷一個名詞是屬於哪一種性別，通常都要藉由冠詞（後續章節會談到）等其他的詞類才能清楚辨別。因此，背誦名詞時，基本上就是將名詞的性別一一背起來，這種方法雖然看似繞

了一大圈，但其實是最快的方法。不過，還是有一些訣竅可以提供大家做為判斷的依據。☞ p.48

※本書在標示各名詞的性別時，會從後續章節所談到的定冠詞，亦即表陽性的 **der**、表中性的 **das**、表陰性的 **die** 中，取其最後一個字母，並置於名詞之前來表示，範例如下。

陽性名詞：*r* **Boden**；中性名詞：*s* **Fenster**；陰性名詞：*e* **Tür**

（2）複數形

德文的名詞，除了性別之外，還有一項屬性叫做**單複數**，許多名詞都有複數形。複數形是由名詞加上特定的字尾所構成，而依不同的字尾，又可分為以下五種類型。

● 無字尾型

以 **-er, -el, -en** 結尾的名詞，幾乎都是屬於此一類型。特徵是若遇到重音落在母音 **a, o, u, au** 時，許多名詞的母音會產生變音。

單數		複數
r Garten	花園	Gärten
s Segel	（船的）帆	Segel
e Tochter	女兒	Töchter

● -e 型

有不少名詞的複數形都是屬於此一類型，重音所在位置的母音常會產生變音。

單數		複數
r Tag	（一）日，白天	Tage
s Jahr	年	Jahre
e Nacht	夜晚	Nächte
r Stuhl	椅子	Stühle
e Macht	權力	Mächte

● -er 型

此類型僅有可能為陽性與中性名詞。大多為單音節的短名詞，若母音為 **a, o, u, au**，則會產生變音。

單數		複數
r Wald	森林	Wälder
s Haus	房子	Häuser

● -[e]n 型

　　以 -e 或 -in 結尾的陰性名詞、由形容詞或動詞加上 -keit 或 -ung 等接尾詞轉化而來的陰性名詞、以 -or 結尾的陽性名詞或陽性弱變化名詞 ☞ p.53，複數形皆是屬於此類型，也不會有變音的情況。而以 -in 結尾的陰性名詞，複數形則會加上字尾 -nen。

單數	複數
r Monitor　監視器	Monitoren
e Bewegung　動作	Bewegungen
e Kollegin　女同事	Kolleginnen

● -s 型

此類型的名詞以外來語為主。

單數	複數
r Park　公園	Parks
s Auto　汽車	Autos
e Kamera　照相機	Kameras

　　雖然列舉了五種主要的複數形形態，但實際在背誦單字時，與其把名詞分類成「〇〇型」之後再背，倒不如先加上可幫助記住名詞性別的定冠詞，再連同單數形與複數形，以 **der Berg, Berge** 的形式一起完整背下來，才是最快的方法。

進階學習　noch mehr

　　一些源自拉丁及希臘文的外來語名詞，則仍保留其原本的複數形態。

單數	複數
s Museum　博物館、美術館	Museen
s Thema　主題、話題	Themen

　　另外還有一些複數形較為特殊的名詞

單數	複數
r Saal　大廳、禮堂	Säle
r Kaufmann　商人（舊式用法）	Kaufleute

（3）單複數上須特別注意的名詞

　　另外還有一些名詞是僅有複數形的，也有一些是雖然語意為複數卻以單數形表示。

- 僅有複數形的名詞

    有些名詞在語意上就只能以複數形表示，也有些名詞，雖然有單數形但卻相當少用。

    Eltern　雙親　　　　Leute　人們　　　　Kosten　費用

- 表示單位的詞

    像 **Kilo** 或 **Stück** 這種用來表示單位的名詞，通常會與數詞搭配並一併放在其他名詞之前。像這樣的單位名詞，即使語意是複數，其形態仍以單數形表示。

    Jede Woche kaufen wir zwei **Kilo** Kartoffeln und drei **Stück** Brot.　我們每週購買二公斤的馬鈴薯與三個麵包。

    只有 Scheibe（～片）或是 Flasche（～瓶）這種字尾為 -e 的陰性名詞，要用複數形表示。

    Geben Sie mir acht **Scheiben** Schinken.
    請給我八片火腿。

    當前述的這些名詞並非放在其他名詞前表示單位，而是做為單純的名詞使用時，要以複數形表示。

    Bei einem Puzzle setzt man viele kleine **Stücke** zu einem Bild zusammen.
    拼圖是由許多小片拼成的一幅畫。

（4）名詞的單複數與其搭配的動詞

    若名詞為句子的主詞，動詞將視該名詞的單複數來決定要用第三人稱單數形，或是第三人稱複數形。

第三人稱單數　Meine Familie stammt aus Franken.
　　　　　　　我們一家人來自法蘭克尼亞。

第三人稱複數　Viele Familien genießen im Park das schöne Wetter.
　　　　　　　好幾個家庭都在公園享受好天氣。

    句中表示單位的名詞，若是像 ein Kilo, eine Flasche 這樣表示單數，動詞就要用第三人稱單數；若是像 zwei Kilo, drei Flaschen 這樣表示複數，動詞就要用第三人稱複數形表示。

3
名詞與冠詞類

47

Ein Kilo Birnen kostet 2,15 Euro. Zwei Kilo kosten vier Euro. 梨一公斤是 2 歐元 15 分，二公斤則是 4 歐元。

（5）如何分辨性別與複數形

正如同前面曾提到過的，一般而言，光從名詞並無法得知該名詞的性別屬性。不過，仍是有些線索可以協助我們判斷部分名詞的性別屬性及複數形。

- **人類或動物的性別**

幾乎都是比照天生的性別。此外，雖然動物有分雌雄，但動物的通稱，通常都是中性名詞。表示幼兒的名詞，一般也是中性名詞。

	總稱	男	女	幼兒
人類		*r* Mann	*e* Frau	*s* Kind
牛	*s* Rind	*r* Stier	*e* Kuh	*s* Kalb
雞	*s* Huhn	*r* Hahn	*e* Henne	*s* Küken

- **天氣現象**

大部分為陽性名詞。

r Regen 雨　　　*r* Wind 風

- **四季、月份、星期**

皆為陽性名詞。

r Frühling 春季　*r* Mai 五月　　　　　*r* Freitag 週五

- **表示樹木或花卉的名詞**

大部分為陰性名詞，多以 -e 結尾，複數形則為 -n。

e Eiche 橡樹　　*e* Rose 玫瑰　　　　*e* Forsythie 連翹

- **金屬、化學物質、藥名等**

為中性名詞。

s kupfer 銅　　　*s* Vitamin 維生素　　*s* Aspirin 阿斯匹靈

- **以 -e 結尾的名詞**

大多為陰性名詞，複數形會加上 -n。

e Sprache 語言　*e* Ecke 角落

以 -e 結尾的名詞中，還是有陽性名詞，如 **Kollege** 及 **Junge** 等，不過由於為數不多，所以只要特別記住其中哪些單字為陽性名詞即可。

（6）由其他的詞類所衍生的名詞

還有一種名詞，是由形容詞或動詞等詞類再加上字尾所形成的，像這樣的名詞只要觀其形態即可分辨其性別屬性。此外，這類名詞也會因字尾的不同而有不同的複數形。以下便列舉一些主要的字尾。

- **動詞詞幹＋ -ung**
  用於表示某項行為且皆為陰性名詞。複數形為 **-en**。

  mitteilen　傳達　➡　Mitteilung　傳達，通知

- **動詞的核心＋ -ation**
  由 **-ieren** 結尾的動詞（外來語）轉換而來的名詞，用於表示某項行為或該行為的結果。 **-ation** 應該接續在動詞核心之後，也就是去掉原本的 **-ieren** 這字尾，而完成接續後形成的名詞，皆為陰性名詞，複數形會加上 **-en**。

  informieren　通知　➡　Information　資訊

- **形容詞＋ -heit/-keit**
  由抽象概念的形容詞轉化而來的名詞，性別屬性皆為陰性。一般用於表示具體的事物，複數形為 **-en**，但當中也有不少名詞沒有複數形。

  schön　美麗的　➡　Schönheit　美、Schönheiten　美人
  heiter　高興的　➡　Heiterkeit　喜悅
  ※ **Heiterkeit** 沒有複數形

- **主要為名詞＋ -schaft**
  表示具備某種性質的事物或狀態，皆為陰性名詞。複數形為 -en。

  Gewerk　同業工會　➡　Gewerkschaft　工會
  eigen　自己的　➡　Eigenschaft　特性

3
名詞與冠詞類

- **形容詞或名詞＋ -ismus**

  表示某種精神上的傾向、主義及制度，皆為陽性名詞。複數形為 **-ismen**，但並非所有名詞都有複數形。

  Buddha 佛陀 ➡ Buddhismus 佛教
  ※ **Buddhismus** 沒有複數形。
  Aktion 行動 ➡ Aktionismus 行動主義

- **動詞的詞幹或名詞＋ -er**

  意思是「從事～的人」，皆為陽性名詞。單複數同形（屬無字尾型且無變音）。此類的單數形皆指男性，若要表示女性，會在 -er 之後再加上 -in。

  besuchen 拜訪 ➡ *r* Besucher /*e* Besucherin 參觀者
  Musik 音樂 ➡ *r* Musiker /*e* Musikerin 音樂家
  ※ -er 也可能指機器類，如 **Bohrer**（鑽孔機，鑽孔工人）

- **名詞＋ -chen/-lein**

  -chen 及 -lein 都是表示「小巧可愛的事物」之意，接在名詞後，將主詞變小。加上此一字尾的名詞皆為中性名詞，且單複數同形。這邊要請注意變音的情形。

  Brot 麵包 ➡ Brötchen 小餐包
  Mär 故事 ➡ Märchen 小故事、童話

（7）複合名詞

　　除了衍生詞以外，還有一種複合名詞，是由名詞與名詞、形容詞與名詞、動詞詞幹與名詞等組合而成。

blind 盲目的 ＋ *r* Darm 腸子 ➡ *r* Blinddarm 盲腸
wärmen 使溫暖 ＋ *e* Flasche 瓶 ➡ *e* Wärmflasche 熱水袋

　　複合名詞後方的詞稱為**基本詞**，就如同 **Blinddarm** 中的 **Darm**，而像 **blind** 這種置於基本詞之前，明確詳細地規範基本詞內容的，則稱為**限定詞**。複合名詞的性別屬性及複數形都以基本詞為準。

　　衍生詞與複合名詞最大的不同之處，在於字尾與基本詞之間的差異。衍生詞的字尾並非獨立的單字，它必須是某個字的一部分。而相對地，複合名詞的基本詞原本即為獨立的單字，只是和其他的詞結合成另一個詞。

進階學習　noch mehr

　　像複合名詞這樣以既有的詞來創造出新的詞，就稱為造詞，德文是個造詞能力很強的語言。複合名詞也不斷地出現新的詞彙。理論上可以將無數的名詞組合成一個無限長的單字，**2000** 年時就曾制定一條法律，名為 **Rindfleischetikettierungsüberwachungsaufgabenübertragungsgesetz**（牛肉標籤監管作業委託法）。雖然這個複合名詞因為長度過長而備受挪揄，而且宣傳效果似乎仍不如預期。這個新詞也因為這條法律很快地就遭到廢止而不再使用了。

（8）專有名詞

　　人名的性別是比照該人名所代表人物的性別。地名和國名則幾乎都是中性名詞，但其中還是有陽性和陰性的名詞，此外，有些是以複數形出現。 ☞ p.68

3. 名詞的格

名詞與冠詞類

（1）什麼是「格」？

　　格是指**名詞或代名詞在句中所扮演的角色**。德文有四種格，分別為主格、屬格、與格、受格。主格又稱第一格（**Nominativ**），屬格又稱第二格（**Genetiv**），與格又稱第三格（**Dativ**），受格又稱第四格（**Akkusativ**），而其在句中扮演的角色茲說明如下。

主格（第一格／Nominativ）

　　即主詞。另外還有主詞補語（**A ist B** 的 **B**）。

　　Der **Baum** ist eine **Pappel.**　那棵樹是楊樹。

受格（第四格／Akkusativ）

　　主要是作為動詞的受格受詞使用，表示及物動詞作用的對象，為直接受格。另外也會作為支配第四格介系詞的受詞等。

　　Der Vater nimmt die **Kinder** ins Kino.
　　父親帶孩子們去看電影。

與格（第三格／Dativ）

作為動詞的與格受詞使用，主要用於表示動作的對象，為間接受格。另外，也可作為支配第三格介系詞的受詞等。

Die Frau zeigt den Touristen den Weg zu der Hauptpost. 那位女士告訴觀光客往中央郵局的路該怎麼走。

屬格（第二格／Genetiv）

表示所有、歸屬、範圍、性質等。可用作表示行為的名詞在語意上的主體或某件作品的作者，也可反過來成為語意上的受詞，或某位作者的作品。名詞屬格要放在限定對象的名詞之後，也可作為支配第二格的動詞或介系詞的受詞。

alle Mitglieder der **Gesellschaft**　社會上所有的成員
die Spitze eines **Eisbergs**　冰山的尖端（冰山一角）
die Ankunft der **Delegation**　代表團的到來
neue Modelle des **Autoherstellers**　汽車製造商的新車款
wegen des heftigen **Gewitters**　因為一場劇烈的雷雨

在德文中，原則上主格的主詞與動詞是句子的必要元素。至於是否還需要其他格的名詞，則視動詞而定。這稱為動詞的配價。 👉 p.161 介系詞也會與特定格的名詞結合一同使用。 👉 p.140

在這四種格中，最常出現的便是當作主詞用的主格（第一格），其次是受格（第四格），接著才是與格（第三格）、屬格（第二格），但後面的兩種格較少使用。本書原則上是根據使用頻率作為編輯排序的依據。

（2）名詞的變格

為了表示名詞及冠詞的格，各個格都會加上特定的字尾，這就稱為**變格**。不過在現代的德文中，名詞幾乎已經不會變格，而是以後面的章節中將介紹的冠詞來代替名詞變格。

但若為以下情形，名詞仍會變格。

- **陽性名詞、中性名詞的第二格（屬格／Genetiv）**
  會在字尾加上 -s 或 -es。

r Onkel 叔叔／伯父　➡　Onkels　　　*r* Satz 句子　➡　Satzes
s Wort 詞　➡　Wort[e]s

　當名詞的字尾為 -e, -el, -er，且重音不在這些字尾的 e 上，只要加 s 即可。名詞的字尾若為 -s, -sch, -ß, -z 等齒擦音，為便於發音，會加上 es。不過字尾為 -ismus 的陽性名詞則不須變格。其他的字尾則是加 -s 或 -es 皆可，但加 -es 的發音唸起來會較為清晰。

- **複數第三格（與格／Dativ）**
  字尾會加 -n。

  Bäume　樹木　➡　Bäumen　　　Bilder　畫　➡　Bildern

  若複數形是像 Taschen（包包）這類以 -n 結尾的名詞，以及像 Autos（汽車）這類以 -s 結尾的名詞，則不會在字尾做變化。

- **仍沿用陰性名詞、中性名詞第三格（與格／Dativ）的慣用用法**
  過去陽性及中性名詞的第三格，也會在字尾加上 -e。在特定的慣用用法上仍留有此形態。

  s Haus（家）　Langsam muss ich nach **Hause** gehen.
  　　　　　　　我差不多該回家了。

  r Sinn（意義）　In welchem **Sinne** ist die Arbeit ein Erfolg?
  　　　　　　　這份工作要怎麼樣才算是成功？

- **陽性弱變化名詞**
  部分陽性名詞在變格時，除了單數第一格以外，都會在字尾加上 -n 或 -en。由於都是陽性名詞，所以此類型稱為**陽性弱變化名詞**。

單數第一格		其他格		單數第一格		其他格

  r Löwe 獅子　➡　Löwen　　　r Student 學生　➡　Studenten

  陽性弱變化名詞包含如 Löwe, Junge（少年）這類以 -e 結尾，以及像是 Student, Präsident（總統、主席）這類表示人物，且重音落在字尾的陽性名詞。

  　另外，Herr（～先生，紳士）也是此類名詞，但在變化上有些不規則，所以單數第四格、第三格、第二格為 Herrn，複數形則全都是 Herren。

- **特殊的名詞變格**
  除了陽性弱變化名詞之外，還有特殊的名詞變格。單數形的變化如下表所示。複數形則不管是哪一個格，字尾都要加上 -n 或 -en。

	r Name　名字	*s* Herz　心、心臟
主格	Name	Herz
受格	Namen	Herz
與格	Namen	Herzen　（醫學上亦可為 Herz）
屬格	Namens	Herzens（醫學上亦可為 Herzes）

與 **Name** 的變格相同的陽性名詞還有 **Glaube**（信仰）、**Wille**（意志）等。

（3）專有名詞（單數）的第二格（屬格／**Genetiv**）

專有名詞（單數）的第二格會在字尾加上 -s。若為完整姓名的人名，則只會在姓氏的字尾加上 -s。女性的名字也是遵照相同的規則。不使用第二格，而是在前面加上介系詞 **von** 的形態也相當常見。特別是伴隨 **Herr, Frau, Direktor** 等稱呼或職業名稱時，通常都會以 **von**＋專有名詞的方式表示。

die Teilung Deutschlands (die Teilung von Deutschland)
德國的分裂

Werke Ingeborg Bachmanns (Werke von Ingeborg Bachmann)
英格博格·巴赫曼的作品

Merkels Politik
梅克爾（總理）的政策

die Rede von Bundeskanzlerin Angela Merkel
安格拉·梅克爾總理的演講

※不加冠詞的專有名詞第二格，也會置於其限定對象的名詞之前。

（4）格的用法

就如（**1**）所描述的，名詞的格大多視動詞以及介系詞決定，而那些與動詞之間連結較弱的名詞，常會轉為說明語。我們就來看看其中最主要的用法。

- **具副詞性質的第四格（受格／Akkusativ）**

作受格用的名詞片語是和副詞很相似的說明語。主要用於表示以下四種意思。

時間的長度	**den ganzen Tag** 一整天	**eine Stunde** 一小時
重覆的時間	**jede Woche**	**jeden Tag/alle Tage**
	每週	每日
時間點	**letztes Jahr** 去年	**nächste Woche** 下週
在移動的途中	**den ganzen Weg**	**die lange Strecke**
	一路上	很長的路程

Ich habe eine Stunde gewartet.

我等了一小時。

Wir sind die lange Strecke zu Fuß gegangen.

我們走了很長的路程。

表示時間上的長度與路程的第四格，會搭配介系詞片詞或副詞一同使用。

Einen Monat nach dem Abitur habe ich eine Reise nach Südamerika gemacht.

Abitur（高中畢業資格考試）的一個月後，我去了南美旅行。

Das Paket kam einen Tag vorher an.

包裹提早一天送達。

Die Fahrgäste mussten drei Kilometer an den Schienen entlang laufen.

火車上的乘客們不得不沿著鐵路走了三公里。

- **獨立的第四格（受格／Akkusativ）**

第四格的名詞片語具備類似子句或分詞句構的作用 ☞ p.277 。

Die Kamera in der Hand lief er in der fremden Stadt herum. 他帶著相機在陌生的城市中四處走動。

- **具副詞性質的第三格（與格／Dativ）**

判斷基準 表示以某人的標準做為判斷基準，意思為「對某人而言～」。

Der Rotwein war dem Kunden zu trocken.

那支葡萄酒對客人而言太澀。

3

名詞與冠詞類

所有者 表示身體部位的所有者

Der Arzt hat **dem Kind** den Arm verbunden.
醫生為那個小孩的手臂纏上繃帶。

利害關係 表示因動詞的行為而受到有利及不利影響的人。

Ich habe **meinen Eltern** ein Hotelzimmer gebucht.
我幫父母在飯店訂了一間房間。

進階學習 ▶ noch mehr

表達關注的第三格（與格／Dativ）

在命令、要求語氣的句子中，可以第一人稱及第二人稱的代名詞第三格 ☞ p.76 表達對某件事的強烈關注。

Geh mir bloß nicht ans Wasser! 絕對不許靠近水邊（水池、河川等）!
Das war dir ein Kerl! 這傢伙是怎麼回事啊!

• **具副詞性質的第二格（屬格／Genetiv）**
從時間流所區隔出的數個時段中，劃定時間範圍。

eines Tages 有一天 eines Morgens 有天早晨

Eines Nachts haben wir komische Geräusche gehört.
有天晚上，我們聽到奇怪的聲音。

雖然 **Nacht** 是陰性名詞，但只有在這個用法下，會比照 **eines Morgens** 等陽性名詞做相同的變格。

具副詞性質的名詞第二格，還有像 **meines Erachtens**（在我看來）這種進行論述時的慣用用法都是較為常用的。雖然尚有 **allen Ernstes**（非常認真地）等表示精神狀態，或是像 **eiligen Schrittes**（快步地）這類表示身體狀態的用法，但幾乎都只限於書面用語。

• **具述語性質的第二格（屬格／Genetiv）**
在某些慣用的表達方式中，名詞屬格會用來當作主詞補語使用。

Bruno ist jetzt **guter Laune.** 布魯諾現在心情很好。

Ich bin völlig **Ihrer Meinung.** 我完全同意您的看法。

用字典查名詞

名詞的性別、第二格（屬格）以及複數形該加上哪個字尾，這一類的資訊在字典中通通都查得到。我們以 Bach 為例查詢字典後，會得到下列的結果：

der Bach -(e) s / ¨e

der 為陽性的定冠詞（主格），這表示 Bach 為陽性名詞。有的字典會以陽或 m（Maskulinum 的縮寫）表示。而中性及陰性的標記方式則如下所示：

中性： das 田 n（Neutrum 的縮寫）
陰性： die 陰 f（Femininum 的縮寫）

至於 - (e) s / ¨e，斜線之前為單數第二格的字尾，是表示第二格為 Bachs 或 Baches。陽性名詞若在此轉為 -(e)n，則代表其為弱變化名詞，若為第三格（與格）、第四格（受格），就都一定要在字尾做變化。

而斜線後則是代表複數形。意思是重音所在的母音 a 會變音，字尾還要加上 -e，故此單字的複數形為 Bäche。

此外，德文的造詞能力很強，只要將單一的詞組合在一起就可以造出新詞，所以幾乎每天都會出現新的詞彙。而這類複合名詞大多都不會刊載於字典內，所以必須要先將單字還原之後再查詢。

Ankunftshalle → **Ankunft**（抵達）＋**Halle**（大廳）

要像這樣先把限定詞與基本詞分開，再查詢個別單字的意思。再者，複合名詞中，有些字會像 Ankuftshalle 這樣，在限定詞和基本詞之間以 -s-（因單字而異，也有可能是 -es-）連接，或是以 -(e)n- 連接，限定詞就會變成複數形。若遇到這種情形，就要先將這些連接單字之間的要素去除後，再以限定詞及基本詞的單數主格去查詢字典。

4. 冠詞

（1）何謂冠詞

　　德文中大多數的名詞都會搭配冠詞一同使用。所謂的冠詞就是放在名詞之前，用來限定名詞（指稱人事物）形態的詞類。冠詞的作用是表示名詞所指稱對象的樣貌形態，可能是聆聽者已知的事物，或是某類事物的不特定多數中任取其一，又或者是世上獨一無二的事物等。

（2）定冠詞與不定冠詞

　　德文的冠詞與英文之類的語言相同，有定冠詞與不定冠詞。不過和英文不同的是，德文的冠詞會**加上顯示名詞的性別、單複數和格的字尾**，稱為冠詞的**變格**。

- 定冠詞

　　當說話者在判斷名詞所指稱的事物，對於說話者及聆聽者而言是「雙方已知」的事物時，就會使用定冠詞。相當於英文的 the。

　　定冠詞的變格如下所示：

	陽性	中性	陰性	複數
主格	der	das	die	die
受格	den	das	die	die
與格	dem	dem	der	den
屬格	des	des	der	der

定冠詞的形態有以下的特徵：

- 藉由字尾（如表格中以顏色標示的部分）來突顯後接名詞的性別、單複數、格。
- 除了陽性以外，第一格（主格）與第四格（受格）皆為同形。
- 陽性與中性兩者的第三格（與格）同形。
- 陽性與中性的第二格（屬格）同形，陰性與複數的第三格也是同形。

　　定冠詞的字尾變化是變格的基礎，它與其他的定冠詞類 ☞ p.71

的字尾變化以及第三人稱代名詞 ☞ p.78 的變格十分類似。

● **不定冠詞**

當說話者在判斷名詞所指稱的事物，對於說話者、聆聽者而言是「非特定」的事物時，就會使用不定冠詞。相當於英文的 **a, an**，意思是「某個」、「一個」。而當名詞為複數時，則不加冠詞。

不定冠詞的變格如下所示：

	陽性	中性	陰性	複數
主格	ein△	ein△	eine	―
受格	einen	ein△	eine	―
與格	einem	einem	einer	―
屬格	eines	eines	einer	―

不定冠詞的形態有以下的特徵：

○ 陽性主格與中性的第一格（主格）、第四格（受格）皆缺少表示性別的字尾。

　※表格中的△是代表沒有字尾。

○ 除了上述以外的不定冠詞，字尾變化皆與單數定冠詞相同。。

5. 冠詞與單數、複數的用法

一個名詞應該使用單數形還是複數形，要加冠詞、不定冠詞，或者是不加冠詞…這些都要視該名詞的語意以及前後文的脈絡而定。由於冠詞並不像動詞的人稱變化一樣，有「這個主詞，就要搭配這個形態的動詞」這種不可動搖的規則存在，而中文裡又沒有名詞複數形及冠詞的概念，所以對於我們這些以中文為母語的學習者而言，就會覺得這些用法特別困難。

接下來，就讓我們一起來看看冠詞及單複數的使用及其判斷標準。

（1）名詞具備兩個面向

名詞有兩種面向。一種面向是表示個別且具體的事物，另一種面向則是表達抽象化、普遍化的概念。而冠詞及單數／複數的用法，

3

名詞與冠詞類

就與名詞的這兩個面向有很大的關聯。

接著從表示時間概念的 Sonntag 來看。

a. 個別、具體性	Es war ein Sonntag.　那是某個週日。
b. 抽象性、普遍性	Der Sonntag ist normalerweise kein Arbeitstag.　週日通常非工作日。

在 **a.** 句中，是在每週都有的週日當中，具體指出某一個週日，所以是「不定冠詞＋單數」。另一方面，在 **b.** 句中的 Sonntag 則是表示「一般的週日」，把週日化為一種抽象的概念，而非具體的日子，所以要用「定冠詞＋單數」。

（2）當名詞是表示個別且具體的物品時

當名詞用於表示個別且具體的物品時，則依照以下的表格。

	非特定、未知	特定、已知
單數	ein Auto	das Auto
複數	Autos	die Autos

● 單數或是複數

說話者以自己腦中的印象做為判斷的依據，當名詞指的東西是單數，就用單數形；若是複數，就用複數形。

假如你要詢問對方：「你有車嗎？」，基於常識判斷，一個人通常只有一部車，所以會用單數形詢問對方 **Hast du ein Auto?**。相反地，若判斷某種物品一個人可能會擁有好幾件，例如洋蔥，那就會以複數形提問：**Haben wir noch Zwiebeln?**（我們還有洋蔥嗎？）。

● 冠詞的選擇（是非特定、未知還是特定、已知）

究竟該使用定冠詞還是不定冠詞，最基本的判斷原則，是名詞所指稱的事物對於說話者、聆聽者而言，是屬於特定還是非特定的事物。所謂的「特定事物」，是指說話者、聆聽者都知道該名詞所指涉的事物為何，大部分的情況下是指「已知的事物」。而所謂的「特定」或「已知」，頂多只能算是說話者個人的判斷標準，有時說話者認為是「已知」，但對於聆聽者而言卻有可能是「未知」。

● **非特定、未知**

對於聆聽者而言，或者是對於說話者、聆聽者雙方而言，名詞所指涉的事物是屬於未知的事物時，就使用不定冠詞。

Gestern habe ich einen Film gesehen.
我昨天看了一部電影。

在這個例句中，說話者判斷對方應該不知道自己看了一部什麼樣的電影，所以用不定冠詞表示。

若腦中想像的事物為複數時，就會是〔零冠詞　複數形〕。

In diesem Kino kann man alte Filme sehen.
這間電影院可以看到舊電影。

當談話的內容有未知的事物，不定冠詞對於聆聽者而言，就像是一種提示，提醒聆聽者接下來可能是新資訊。只不過說話者是不是真的要提供這份資訊則是另一回事。他可能會把話題帶開，或者是採取不懷好意的態度，故意不說讓聆聽者心急也是有可能的。

● **特定、已知**

名詞所指涉的事物，對於說話者及聆聽者雙方而言，都是已知或是特定事物時，要用定冠詞。

Gestern habe ich den Film gesehen.
我昨天看了這部／那部電影。

在這個例句中，是以 **den** 這個定冠詞表示說話者判斷「聆聽者知道自己看過的那部電影」。說不定在說這句話之前才剛提到過與這部電影有關的事，也有可能這部電影剛好出現在對話以外的情境，比方說，說話時這部電影的海報正好就在眼前等諸如此類的情況，所以說話者才會判斷使用定冠詞。

這種情況下，聆聽者實際上是否真的知道這些資訊，又是另外一回事。事實上也有可能出現說話者雖然用了定冠詞，但聆聽者卻是頭一回聽到的情況。

（3）判斷是未知還是已知

正如同前面所提到的，要依據未知或已知來選擇該使用何種冠詞，那麼又該如何判斷是未知還是已知呢？判斷的基準有二，一是由之前的對話或文章前面的內容來判斷，也就是可以從段落上下文

3
名詞與冠詞類

之中尋找是否曾提到過該項事物，或者是在上下文之外，找尋先前是否曾得到過相關的資訊。

- **段落上下文中的資訊**

若現在提到的事物，在之前的對話中或文章前面的內容中，曾被當作新資訊提出過，就可以判斷該事物為舊的、已知的資訊。而當已知的資訊一再地被提及，有時會換個說法，改以不同的名詞來代替，例如 **ein BMW** 就會以 **das Auto** 代替。

> **In der Heinestraße wurde eine neue Buchhandlung eröffnet. Kennst du den Laden schon?**
> 海涅大街開了一間新的書店。你知道那間店嗎？

在這個例句中，說話者首先提出 **eine Buchhandlung** 的話題作為新資訊，接著將其當作舊資訊提出並以 **den Laden** 代替。

舊資訊並不一定非得是名詞。

> A: **Anton soll heiraten!** 聽說安東結婚了！
> B: **Woher hast du denn die Nachricht?**
> 你是在哪裡聽到這個消息的？

在這段對話中，說話者雙方（或三方以上）在彼此之間建立了一套「新資訊→舊資訊」的模式。而 B 是將 A 所說的整句話都理解為舊資訊，才會說 **die Nachricht**。

名詞之間有以下的關係時，在後續的句子中也會將前項名詞判斷為「舊資訊」。

下位概念 ➡ 上位概念（如「狗」 ➡ 「動物」）

當下位概念（「狗」相對於「動物」）的名詞已在先前描述過，那麼代表上位概念（「動物」相對於「狗」）的名詞，也會被視為是舊資訊。

> **Wir halten nun einen Hund. – Wirklich? Wo ist denn das Tier?**
> 我們現在有養一隻狗。－真的嗎？那隻動物到底在哪裡？

大範圍 ➡ 範圍內的事物

以某個名詞設下範圍後，屬於該範圍之內的事物都會被視為是舊資訊。

Neulich habe ich mir **eine Mietwohnung** angesehen.
Die Küche ist in Ordnung, aber **das Wohnzimmer** ist zu
klein.

最近我看了一間出租的公寓。廚房還不錯，但客廳太小了。

- 上下文以外的資訊

當資訊並不是出自於文章或對話的上下文之中，而是存在於一般
常識、周圍的環境或是動作等情境中，就能把某名詞所指稱的人事
物，視為對聆聽者而言是已知及特定的人事物，所以即使是首次提
到該名詞，也要使用定冠詞。尤其是像 **Papst**（教皇）或 **Sonne**（太
陽）這種只有唯一一人／一個的事物，就會被視為是特定的事物。

a. **Die Schauspielerin** habe ich neulich auf dem Bahnhof
gesehen.
（手指著海報上的女演員）我最近在車站看過這位女演員。

b. Wo gibt es hier bitte **die Toilette?**
（一般認知中會有廁所的地方）這裡的廁所在哪裡？

c. Wie alt ist denn **der Papst?**　羅馬教皇幾歲？

d. **Die Sonne** geht jetzt erst um 21 Uhr unter.
太陽在這個時期，要到 21 時才下山。

不過即使是 **Papst** 或 **Sonne** 這類名詞，若是在心理上認為過去
曾有好幾代的教皇，或是還有太陽以外的恆星存在，這時就會將這
些名詞視為「非特定」，也就會以「不定冠詞＋單數形」或是「零
冠詞＋複數形」表示。

ein Papst im sechsten Jahrhundert　6 世紀時的一位教皇
viele Sonnen　許多恆星

（4）普通名詞表示類別或概念

- 以普通名詞表示類別或概念

像這句 **Der Apfel gehört zu den Rosengewächsen.**（蘋果是屬
於玫瑰科的植物）中的 **Apfel**，就是利用普通名詞描述一種類別或
概念，而非個別、具體的物品，這是很常見的用法。在這種情形
下，普通名詞前經常會加上定冠詞。接下來就從這句「語言會持續
發展」來思考看看。

定冠詞＋單數形　Die Sprache entwickelt sich immer weiter.

定冠詞＋複數形　Die Sprachen entwickeln sich immer weiter.

當名詞用於表示某種整體概念時，〔定冠詞＋單數形〕是一種將名詞所指稱的事物理解為一整個類別的說法。例句中的 **die Sprache** 感覺上比較像是「語言這種東西」。這種用法基本上不考慮個別及例外的情況，適合用來作為百科全書的說明及定義。

〔定冠詞＋複數形〕則是把語言類視為代表多種語言的集合體的一種說法。之所以用複數形，是因為意識到這個類別下，還有個別語言的存在。

定冠詞不管是搭配單數還是複數，都明確地定義出名詞所屬的類別。這種用法或多或少是能夠區別出類別之外的其他事物並能做出對比。

- ### 將某一概念下的任一名詞轉為一般名詞

若為可數名詞，還有一種情況是把概念具體化，即把屬於某個概念的任一名詞，拿來當作例子轉為可數的一般名詞。這時就要用〔不定冠詞＋單數形〕或是〔零冠詞　複數形〕。

不定冠詞＋單數形　Eine Sprache entwickelt sich immer weiter.

零冠詞　複數形　Sprachen entwickelt sich immer weiter.

〔不定冠詞＋單數形〕帶有「不管以哪一種語言為例」的含義。這樣的用法是表示，在某一概念下或類別下的任一名詞，只要和這一個名詞有關，都能套用在同類別的其他名詞上。此種用法也一樣不承認有例外，是適合用在百科全書及字典當作說明及定義。

〔零冠詞　複數形〕主要表示各項個體的集合體，這點與〔定冠詞＋複數形〕相同，但在指稱上並不像使用定冠詞那般明確。這樣的用法並沒有要將語言與其他事物進行對照或比較，而是單純地陳述和語言本身有關的內容。

（5）表示時間、位置關係的名詞

時間及位置關係，是我們理解世界的基本架構，且為廣泛共通的概念，所以表示時間及位置的相關名詞，常用〔定冠詞＋單數形〕表示。

am (<an dem) Morgen　在早上　　in der Gegenwart　現在、現代

in der Mitte　在中間　　im (<in dem) Süden　在南方

不過，有些表示時間概念的名詞，也會以複數形表示。這類名詞若是表示從多個相同的時間名詞中取其一時，要使用〔不定冠詞＋單數〕的形態表示；若是著重於表達複數概念時則使用〔零冠詞複數形〕的形態表示。

an einem Sonntag　在某個週日　in vielen Nächten　在許多個夜晚

（6）物質名詞

指無法以人類正常知覺計數的物質。因為無法計數，所以不須區分單複數，而大多也會以〔零冠詞　單數形〕的形態表示。但有時會依據不同的名詞，而以〔不定冠詞＋單數形〕的形態表示「一整個」、「一種」之意。此外，若想要明確地表達該名詞所指稱的物質有多個種類時，就會用〔零冠詞　複數形〕表示。若想表達的是特定、已知的事物，或要描述的是必須與其他物質有明確區分的單一物質類別，就要用〔定冠詞＋單數形〕表示。

我們藉由以 **Wein** 這個字所造的例句來確認一下。

a. Ich bin mit einem Wein schon zufrieden.
一杯葡萄酒我就滿足了。

b. Dieses Restaurant bietet verschiedene Weine.
這間餐廳提供不同種類的葡萄酒。

c. Der Wein schmeckt gut.　這款葡萄酒很好喝。

d. Heute trinken wir Wein.　我們今天喝葡萄酒。

e. Ist Wein wirklich gesünder als Bier?
葡萄酒真的都比啤酒更健康嗎？

a. 句到 **c.** 句中的 **Wein**，是表示個別盛裝在杯中或瓶中的具體物質。而相對地，**d.** 句及 **e.** 句則是將這個字視為「葡萄酒」這種酒精飲料的總稱，以零冠詞表示。

（7）抽象名詞

因為是表示抽象的概念，基本上是使用單數形。不過也會以複數形表示將概念在具體化的各種狀態或動作等。再者，雖然是抽象概念，也還是會有像 **Angst** 這種依據不同狀況而與不定冠詞搭配使用的抽象名詞。想要學好這類單字，把單字主要的用法直接背起來大

概是最快的方法。

r Mut　勇氣　　　※沒有複數形
e Angst　恐懼　　Ängste　各種不安的情緒

Man braucht Mut und Zuversicht.
我們需要勇氣和自信。

Mich quält eine würgende Angst.
窒息般的恐懼折磨著我。

Hier können Jugendliche ihre Ängste und Wünsche
äußern.
在這裡青少年可以表達自己的不安與盼望。

Die Angst vor der Epidemie ist ansteckender als die
Krankheit selbst.
對疫情的恐懼比疾病本身更具傳染性。

（8）冠詞在用法上的特例

- **身分、職業、國籍、教派**
  表示身分、職業、國籍、教派等歸屬於某個社會認知的團體的名詞，特別是這些名詞成為 **sein, werden, bleiben** 這類動詞的主詞補語時，前面不加冠詞。

  Das Mädchen möchte **Pilotin** werden.
  這位女孩想成為一名飛行員。

  Ich bin **Buddhist**, aber meine Frau ist **Christin**.
  我是佛教徒，妻子是基督教徒。

  若名詞是搭配形容詞等定語一起使用，則會加上冠詞。

  Sie ist **eine gläubige Christin**.
  她是虔誠的基督教徒。

- **表示地位或職位的名詞加上人名**
  在說話者的認知當中，某項職位若只有一人獨自負責擔任，職位名稱要加上定冠詞。不過若加上人名，即使像上述這樣的職位名稱也一樣不加冠詞。

der Bundeskanzler / die Bundeskanzlerin　　德國聯邦總理

Bundeskanzlerin Merkel　　梅克爾總理

* **與 als（作為～）搭配使用**
置於 **als** 之後的名詞基本上不加冠詞。

Ich war bei dem Projekt als **Leiter** tätig.
我是那項專案的負責人。

* **與表示單位的名詞搭配使用**
可數名詞或物質名詞，要是與表示單位的名詞一同使用，則不加冠詞。

Ich möchte **zwei Kilo Äpfel**.
我想要兩公斤的蘋果。

Ein Meter Stoff reicht aus.
一公尺的布就足夠了。

* **特定的動詞與名詞的搭配用法**
特定的動詞與名詞搭配使用，以表示一項行為時，名詞前不加冠詞。

In der Freizeit fahre ich oft Rad.
我在閒暇時經常騎自行車。

Rad fahren 這個用法，是描述騎自行車這項行為，至於「騎的是哪一部自行車」並不是很重要。因此在這種情形下，名詞前為不加冠詞的狀態。其他常用的說法還有 **Klavier spielen**（彈鋼琴）、**Urlaub machen**（度假）等。

在這些搭配的用法中，像 **Schlange stehen**（排隊）之類的詞，動詞本身的意思幾乎不存在，只有在〔動詞＋名詞〕搭配成為一組後，才具備表達語意的功能，在這樣的功能動詞句法下，名詞前不加冠詞。 ☞ p.194

Vor diesem Café steht man oft Schlange.
這間咖啡店前總是大排長龍。

（9）專有名詞

專有名詞前通常不加冠詞，不過有幾個狀況會使用冠詞。

- **表地理位置名稱的陽性名詞、陰性名詞以及複數形**
  依照個別名詞的性別及單複數加上定冠詞

  der Iran　伊朗　　die Schweiz　瑞士
  die Niederlande　荷蘭　　der Rhein　萊茵河

- **以形容詞限定範圍**
  要加定冠詞。

  das geteilte Deutschland　分裂的德國
  der junge Werther　年輕的維特

- **表示「～家族」**
  要加複數形的定冠詞，並在姓氏的字尾加上 -s，改為複數形。

  die Buddenbrooks　布頓柏魯克家族

- **表示「～般的人」**
  要加不定冠詞。

  Leistungen eines Einsteins　愛因斯坦般的成就

6. 冠詞類

像冠詞一樣置於名詞之前，搭配名詞一起使用，都統稱為冠詞類。

冠詞類當中，有字尾變化與不定冠詞相同的不定冠詞類，以及字尾變化與定冠詞相同的定冠詞類。不定冠詞類有否定冠詞與所有格冠詞兩種，定冠詞類則有 dieser（這個）及 welcher（哪個？）等。

（1）否定冠詞 kein

否定冠詞 kein 是置於名詞之前，用於否定該名詞。

Du brauchst keine Angst zu haben.
你不需要擔心。

Wir können unter keinen Umständen nachgeben.
我們無論在任何情況下都不能屈服。

否定冠詞的變格如下所示，與不定冠詞類似。

	陽性	中性	陰性	複數
主格	kein△	kein△	keine	keine
受格	kein**en**			
與格	kein**em**	kein**em**	kein**er**	kein**en**
屬格	kein**es**	kein**es**		kein**er**

否定冠詞的變格有以下的特徵：
- 單數形的字尾變化與不定冠詞相同。
- 複數形的字尾變化與定冠詞相同。

（2）所有格冠詞

　　所有格冠詞是指「我的」、「他的」等表示所有或所屬的冠詞，可用來表達某名詞與主詞、作品與作者、某事物及其根源等從屬關係。

Elke führt jeden Tag **ihren** Hund spazieren.
艾爾克每天都帶著自家的狗出去散步。

Alle bewundern **Ihre** Leistung.
所有人對您的成就都感到十分佩服。

所有格冠詞與人稱代名詞之間的對應關係如下表所示：

陽性	複數
ich ➡ mein	wir ➡ unser
du ➡ dein	ihr ➡ euer
er ➡ sein	
es ➡ sein	sie（第三人稱複數）➡ ihr
sie（第三人稱單數）➡ ihr	
Sie ➡ Ihr	

　　對應第三人稱代名詞的所有格冠詞 **sein** 及 **ihr**，不僅可用於表示以人為對象的「他的」、「她的」之意，也可表示在性別及單複數上

一致的事物。

a. **Die Regierungspartei** soll **ihre** Wahlversprechen halten.
   執政黨應遵守他們自己的競選承諾。

b. Mir gefällt **das Gebäude** sehr. Ich finde **seine** Farbe besonders schön.
   我很喜歡那棟建築物。我覺得它的顏色特別漂亮。

在 a. 句中的 **ihr(e)** 為陰性名詞 **Regierungspartei** 的所有格冠詞，b. 句中的 **sein(e)** 為中性名詞 **Gebäude** 的所有格冠詞。不過在德文中的所有格冠詞，一般都認為是與人或生物連用的詞。因此像例句 b. 中這種完全無生命的物體，就要避免用所有格冠詞，而是傾向以定冠詞或屬格的指示代名詞 p.90 代替，改用 **die Farbe** 或 **dessen Farbe** 等用法。

所有格冠詞的變格與不定冠詞類似，除了陽性的主格與中性的主格、受格以外，都要在字尾做變化。

	陽性	中性	陰性	複數
主格	mein△	mein△	meine	meine
受格	meinen			
與格	meinem	meinem	meiner	meinen
屬格	meines	meines		meiner

而 **euer** 的字尾 -er 則非屬變格字尾。例如以「你們的狗」作為受詞，就會是 **euren Hund**，在 **euer** 之後加上陽性的受格字尾 -en。也有可能會像 **eu(e)re** 這樣，為了更容易發音而省略所有格冠詞中的 -e-。

省略名詞而**單獨使用所有格冠詞作為代名詞**時，所有格冠詞要比照定冠詞做字尾變化，陽性的主格會加上字尾 -er，中性的主格、受格會加上-(e)s。

In der Schublade ist nur mein Reisepass. Wo ist deiner (= dein Reisepass)?
抽屜裡只有我的護照，你的（護照）在哪裡？

（3）dieser, dieses, diese

　　當說話者在說話時指著身邊的物品，或是說到先前剛提到過的名詞或事件時，要將定冠詞類之一的 dieser 置於名詞之前，以表示「這個～」之意。此項的 dieser，在字典上的形態為陽性的主格。dies- 為詞幹，-er 為變格字尾。

In diesem Restaurant kann man gut essen.
在這間餐廳能夠享用到美味的餐點。

Fantasie ist wichtiger als Wissen, denn Wissen ist begrenzt. Dieser Satz stammt von Einstein.
想像力比知識更重要，因為知識是有限的。這是愛因斯坦說過的話。

dieser 的變格如下表所示：

	陽性	中性	陰性	複數
主格	dieser	dieses	diese	diese
受格	diesen	dieses	diese	diese
與格	diesem	diesem	dieser	diesen
屬格	dieses	dieses	dieser	dieser

dieser 的變格有以下的特徵：

- 除了中性的主格及受格、陰性與複數的主格及受格以外，字尾的變化與定冠詞完全相同。
- 中性的主格及受格、陰性與複數的主格及受格，字尾會顯示該名詞的性別、單複數、格。

此項的變格，也與以下提到的其他定冠詞類共通。

（4）其他的定冠詞類

　　所有的定冠詞類與 dieser 一樣，變格時的字尾變化如右表所示。

	陽性	中性	陰性	複數
主格	-er	-es	-e	-e
受格	-en			
與格	-em	-em	-er	-en
屬格	-es	-es		-er

定冠詞類除了 **dieser** 以外還有以下幾個。刊載於字典上的形態皆為陽性的主格。

● **all-**

表「所有的～」之意，要將組成集合體的所有要素全部提出時使用。通常是以複數形表示。

Alle Geschäfte in dieser Stadt machen schon um 18.30 zu.

這個城市所有的商店在 18 時 30 分時就會打烊。

若為物質名詞或抽象名詞時，會搭配單數形使用。

Wir treiben die Reform mit aller Kraft.

我們全力進行改革。

此外，〔**all-** ＋數詞＋表示單位的名詞〕這種組合用法，是表示「每～」之意。

Alle zwei Wochen geht sie zum Friseursalon.

她每兩週去一次美髮沙龍。

all- 可以搭配定冠詞、**dieser**、所有格冠詞一同使用。這時的 **all-** 不會加上變格字尾。

All meine Bemühungen waren erfolglos.

我所有的努力都沒有成功。

all- 也可以作為不定代名詞單獨使用。 ☞ p.88

- **jeder, jedes, jede**

　表示「每一」之意。從形成集合體的一組要素中，隨機挑出個別的要素來說明這些要素之間的共同之處。主要是搭配名詞的單數形一同使用。

Jeder Anfang hat ein Ende.　　萬事有始就有終。

In jedem Zimmer hängt ein anderes Bild.
每間房間分別掛著不同的畫。

　jeder 為陽性時，可做為不定代名詞並能單獨使用，表示「每人」之意。☞ p.89

- **jener, jenes, jene**

　為「那個」、「先前的」之意，是表示距離說話者較遠的物品，或是已在之前的話題中提過的已知事物。

Zu jener Zeit haben die Menschen angefangen, Getreide anzubauen.
當時人類開始種植穀物。

Jenes kleine Geschäft habe ich vor ein paar Jahren entdeckt.
我在幾年前發現了那間小店。

　jener 在口語中較少使用，多使用於書面文章中。

- **manch-**

　為「某一」，「某些」之意，是表示單數或複數，雖然數量沒有很多，但佔有一定的份量。

Manche Idee ist nicht realisierbar.
有的想法是無法實現的。

Manche Ideen sind nicht realisierbar.
有些想法是無法實現的。

　manch- 就如例句所示，有用單數形及複數形表示的用法。單數形是表示從有一定數量的事物中隨意挑出個別的項目來描述；複數形則是將之視為一整個集合體時使用。
　有時會以〔**manch**＋不定冠詞〕的形式取代單數形的 **manch-**。

Manche/Manch eine Idee ist nicht realisierbar.

3
名詞與冠詞類

- **solch-**

  表示「那樣的」之意，用來指示後方接續名詞的性質。

  Solche Ereignisse bleiben lange im Gedächtnis.
  那樣的事會長久停留在記憶之中。

  搭配單數名詞使用時為〔solch＋不定冠詞〕或是〔ein＋solch-（字尾）〕的形態。

  Solch ein Ereignis bleibt lange im Gedächtnis.

  Ein solches Ereignis bleibt lange im Gedächtnis.

- **welch-**

  表示「哪一個（些）？」之意的疑問詞。

  Welchen Kuchen möchtest du essen?
  你想吃哪一個蛋糕？

  用法請參照「疑問代名詞」這一項。 ☞ p.96

第 4 章

代名詞

代名詞的功能是代替名詞，而代名詞的使用，除了能避免同一名詞一再重覆出現，同時還具備與前述句子建立連結的作用。代名詞可分為人稱代名詞、反身代名詞、指示代名詞、不定代名詞、關係代名詞。本章將就反身代名詞及關係代名詞以外的其他代名詞進行說明。

1. 人稱代名詞

（1）人稱

　　由於德文的述語動詞會隨主詞的人稱做變化，因此除了像 Hilfe!（救命！）這類沒有動詞的名詞句，或是像 Abtreten!（退下！）這類，以原形動詞表示且帶有軍隊口吻的命令句以外，其他的句子都與人稱有關。

　　所謂的人稱，就是指說話者用來表達自己與外在世界的關係的一種分類方式。說話者本人為第一人稱，發話對象（聽者）為第二人稱，除此之外皆為第三人稱。各人稱都有單數及複數之分。

　　第一與第二人稱（我，你，我們，你們）只能以人稱代名詞表示，而人稱代名詞基本上就是用來代稱人。若將第一及第二人稱用在人以外的事物，一般通常會被認為是一種將事物擬人化的表現方式。相較之下，第三人稱則可用於除了發話者及發話對象以外的所有人、事、物，而其主要的特徵是大多為一般名詞。

　　本節將以第一、第二及第三人稱的分類方式進行說明，首先會先合併介紹第一及第二人稱的用法，接著再針對第三人稱的用法進行說明。

（2）第一人稱、第二人稱

第一人稱、第二人稱的人稱代名詞如下所示：

	單數		複數		單＋複
	第一人稱	第二人稱 （非敬稱）	第一人稱	第二人稱 （非敬稱）	第二人稱 （敬稱）
主格	ich	du	wir	ihr	Sie
受格	mich	dich	uns	euch	Sie
與格	mir	dir	uns	euch	Ihnen
屬格	mein-	dein-	unser	euer	Ihr-

- **第一人稱**

  說話者本身為 ich（我），包含說話者在內的複數則為 wir（我們）。

- **第二人稱**

  分為**敬稱**與**非敬稱**兩種。非敬稱單數為 du，複數為 ihr，皆為小寫開頭。書信用語會將字首改為大寫，以 Du、Ihr 表示，但現代正式的書信寫法中，即使以小寫書寫也不會有任何問題，而在一般使用上，也的確是因人而異。敬稱的單數及複數皆為 Sie，字首也皆以大寫表示。

  非敬稱是用在關係上較無距離感的對象，如家人、朋友、小孩子等。而像是神祇，以及對自己而言近在身邊的事物，也會以非敬稱表示。相對地，敬稱就是用來稱呼對自己而言有距離感的對象。

  敬稱與非敬稱在使用上並沒有絕對的規則。除了與對方的關係之外，還要視當下的氛圍、溝通者彼此之間偏好何種程度的距離感，以及所處的時代之不同而有所差異。若為工作上等公事領域的場合，大多用 Sie；若為私人領域，剛開始會先用 Sie（siezen＝用 Sie 稱呼），隨著愈來愈親近，就會向對方提議 Wollen wir uns dozen?（我們何不用 du 稱呼彼此？），對方同意後就會改用 du 稱呼。

（3）第三人稱

  說話者與聆聽者以外的所有人事物都是屬於第三人稱。第三人稱與只能使用人稱代名詞表示的第一及第二人稱有很大的不同。

  第三人稱的人稱代名詞在大部分的情況下，是用於代稱先前提過的名詞。同樣的名詞不斷地重覆使用，不但缺乏效率，文章也會顯

得很累贅。人稱代名詞不帶有任何的新資訊，在語調及發音上也都顯得較為低調。原因在於，它的作用就是代替前面的名詞成為句中的主詞或受詞，以填補句中所缺少的必要元素，使句子更完整。除此之外，以人稱代名詞置換句中的名詞，還能發揮連結前後句中資訊的效果，進而打造出一個句意完整的段落。

Gerhard ist als Fotograf tätig. Seit einigen Jahren fotografiert er in Asien. Jetzt macht er eine Ausstellung.
葛哈從事的是攝影師的工作。他在亞洲拍照已有好幾年。目前他正在舉辦攝影展。

第一句的主詞 **Gerhard**，從第二句開始都以 **er** 代替。如果全都使用相同的名詞表示，句子又會變得如何呢？

Gerhard ist als Fotograf tätig. Seit einigen Jahren fotografiert Gerhard in Asien. Jetzt macht Gerhard eine Ausstellung.

會不會覺得這幾個句子相當繁瑣？再加上名詞無法像代名詞一樣發揮統整段落的效果，所以這一整個段落呈現出來的感覺，就好像是把三個獨立不相干的句子放在一起。

第三人稱代名詞，不只可用於代稱人，也可用於代稱表示事物或事態的名詞。這時，**人稱代名詞的性別及單複數，也要與原本的名詞的性別及單複數一致。**

Der Tisch bildet das Zentrum des Zimmers. Er ist nicht nur schön, sondern auch recht groß.
桌子構成整間房間的中心。那張桌子不僅漂亮，還非常地大。

第一句中的主詞，也就是陽性名詞的 **Tisch**，在第二句中便以 **er** 代替。

代名詞代替名詞的替換規則如下：

陽性名詞	Mann / Hund 狗 / Staat 國家　usw.	→ er
中性名詞	Kind / Pferd 馬 / Parlament 議會　usw.	→ es
陰性名詞	Frau / Katze 貓 / Regierung 政府　usw.	→ sie
複數	Kinder / Katzen / Staaten　usw.	→ sie

sie 有一個較特殊的用法，複數的 sie 有時並非用來代稱句中的複數名詞，而是用來表示由文脈或對話情境中所推導出的特定「人們」、「那群人」。

Musst du noch heute das Anmeldungsformular ab-
geben? – Ja, **sie** verlangen das.
你一定要今天交出申請文件嗎？
－對。他們要求今天交。

不管是政府機關、企業或學校都好，總之只要是在機構中負責收受申請文件的人，都可以用 sie 來代表。

第三人稱的人稱代名詞大致如下表所示：

	單數			複數
	陽性	中性	陰性	
主格	er	es	sie	sie
受格	ihn			
與格	ihm	ihm	ihr	ihnen
屬格	sein-	sein-	ihr-	ihr-

格位的形態與（類）冠詞相似。例如陽性單數第一格（主格）為 **der - er**、第四格（受格）為 **den - ihn**、中性單數第一格及第四格為 **das – es**，在格位的變化上十分相似。這樣的相似性一方面突顯了名詞與代名詞之間的關聯性，另一方面也加強段落的整體性。
第三人稱代名詞在變格上的特徵，與定冠詞一樣，有以下三點：
- 除了陽性單數以外，主格及受格同形。
- 陽性單數與中性單數的與格相同。
- 陽性單數與中性單數的屬格相同。
- 陰性單數與複數的屬格相同。

（4）人稱代名詞的用法

在句子中要用哪一格須視述語動詞或介系詞等詞類而定。各個格位的用法與名詞大致相同 p.51，僅屬格的用法有些許差異。

第一格（主格／Nominativ）
作為主詞用。還可作為主詞補語（即 **A ist B** 的 **B**）。

Wo ist meine Brille? – Sie sitzt doch auf deiner Stirn!
我的眼鏡在哪裡？－（它）不就在你的額頭上嗎！

第四格（受格／Akkusativ）

作為動詞的第四格受詞（直接受詞）、支配第四格的介系詞等詞類的受詞。

Hörst du die Sendung oft? – Ja, ich höre **sie** jeden Tag.
你常收聽這個節目嗎？－對呀，我每天都會收聽（它）。

Letzte Woche wurde unser Opa ins Krankenhaus gebracht. Jetzt bangt die ganze Familie um **ihn**.
上週祖父被送進醫院了。現在全家人都很擔心他。

第三格（與格／Dativ）

作為動詞的第三格受詞（間接受詞）、支配第三格的介系詞等詞類的受詞。

Die Kamera ist supermodern. Man hat **ihr** die neueste Technik eingebaut.
這台相機是最新型的。它搭載了最新的技術。

Was ist mit dir los?
你到底是怎麼了？

第二格（屬格／Genetiv）

作為支配第二格的動詞、支配第二格的介系詞等詞類的受詞。

Der Komponist wurde vor 300 Jahren geboren. Dieses Jahr gedenkt man **seiner** mit vielen Veranstaltungen.
那位作曲家生於三百年前。今年會舉辦許多紀念他的活動。

Meine Mutter war streng und warmherzig. Dank ihrer habe ich manches überstanden.
我的母親既嚴格又溫柔。多虧有她在，我才得以克服許多事。

不過，支配第二格的動詞是比較古雅的用法，而相較之下，人稱代名詞第二格又更為古老，因此像例句那樣的說法，多出現在書面上。而介系詞 **dank** 原本僅能使用屬格，但是現代德文屬格已有漸被第三格（**Dativ**）取代的趨勢，尤其是在口語上，而在書面上仍以屬格為主。

名詞第二格所表示的「所有權、歸屬」，並非以人稱代名詞第二格表示，而是要用所有格冠詞的第二格表示。☞ p.70

4
代名詞

Der Roman steht seit 20 Wochen auf dem ersten Platz der Bestsellerliste. **Sein** Autor ist aber immer noch anonym.

這本小說已持續 20 週名列暢銷書排行榜第一位。然而這本書的作者仍是匿名的。

例句中的所有格冠詞 sein，相當於 des Romans（小說的）。

再者，表事物的人稱代名詞若搭配介系詞使用，會轉為 da(r)-介系詞的形態。

Sehen Sie die Post dort? Die Sprachschule ist daneben.

您看到那裡的郵局了嗎？語言學校就位於它的隔壁。

雖然目的是為了代換 neben der Post，但卻不是用 neben ihr，而是以 daneben 的形態表示。 ☞ p.145

（5）人稱代名詞的位置

由於人稱代名詞的作用是用來代稱說話者（第一人稱）、聆聽者（第二人稱）或是先前出現過的名詞（第三人稱），所以人稱代名詞中並不包含任何新的資訊。德文的語序原則上會將「新資訊置於句尾（或是句尾附近）」 ☞ p.286，所以資訊重要性較低的人稱代名詞通常會置於前區或是動詞的後方。 ☞ p.289

Auf der Party hat mich eine Frau angesprochen.

在派對中，一位女性前來與我攀談。

請注意動詞後方的單字。人稱代名詞若為第四格受詞（受格／**Akkusativ**），要置於動詞的後方，主詞（主格／**Nominativ**）則是置於人稱代名詞之後。因為主詞是帶有不定冠詞的新資訊，而受詞是人稱代名詞，所以資訊重要性較高的主詞，會置於受詞之後。

以第三格（與格／**Dativ**）和第四格（受格／**Akkusativ**）作為受詞的動詞，若其中任一受詞有使用到人稱代名詞，則依照上述的原則排序。

我們以名詞為例，試著比較看看第三格及第四格在句中的位置。此時語順的排列順序為第三格（人）、第四格（物）。

Ich schenke meinen Eltern zwei Konzertkarten.

我送給父母兩張音樂會的門票。

若其中任一受詞為人稱代名詞，不管是第三格或第四格，人稱代名詞都要排在動詞後方。兩種受詞都會依「人稱代名詞－名詞」的順序排列。

Was schenkst du deinen Eltern? – Ich schenke ihnen zwei Konzertkarten.
你要送父母什麼？－我要送他們兩張音樂會的門票。

Wem schenkst du die Konzertkarten? – Ich schenke sie meinen Eltern.
那場音樂會的門票你要送給誰？－我要送給父母。

若第三格、第四格皆為人稱代名詞，則第四格會排在第三格前。

Woher hast du so eine schicke Uhr? – Meine Freundin hat sie mir geschenkt.
你怎麼會有那麼別緻的手錶？－這是我的女朋友送我的。

2. es 的用法

es 的使用範圍很廣，除了作為中性名詞的代名詞之外，還有其他多種用法。**es** 可用來代替前一個詞組、句子或是作為後句的先行詞，亦可用於概括代表某件事，或是當作表示天候、時間及感覺的動詞的形式主詞。

（1）指前後句中的某詞彙或句子、描述狀況等

• **代替前句中的某詞彙或整個句子**
es 可代替前一個句子中的一部分或整個句子。

Ich habe nicht alles verstanden, es aber verschwiegen.
我並不清楚整件事，但我一直守口如瓶。

Er wirkt tüchtig, ist es aber nicht.
他看似有效率，但並非如此。

在第一個例句中，**es** 是代替前一個句子；在第二個例句中則是代替主詞補語 **tüchtig**。

4
代名詞

- **當先行詞用，後接 zu＋不定詞片語或從屬子句**

  es 可作為先行詞，引導之後的 zu 不定詞片語或從屬子句。這裡的 es 是當作主詞或直接受格用。

  Ich finde es wichtig, andere Meinungen zu akzeptieren.
  我認為接受不同的意見很重要。

  es 作為先行詞所引導的從屬子句，最常見的是 dass 子句（～這件事），再來是間接問句（如 ob 子句 [是否]）。 ☞ p.214

  Es scheint mir bedenklich, dass Energie verschwendet wird.
  能源浪費這件事讓我感到憂心。

  Es ist noch unsicher, ob der Plan wirklich umgesetzt wird.
  這個計畫是否真能實施，仍是未知數。

  zu 不定詞片語或從屬子句若排在前面，就會像以下的例句一樣，主要句子不再需要 es，並將其省略。

  Ob der Plan wirklich umgesetzt wird, ist noch unsicher.

  es 也可用於代替 wenn 句型（如果～），這裡的 es 不能省略。

  Wenn wir uns in nächster Zeit treffen könnten, wäre es natürlich schön.
  如果不久的將來我們能見面，那當然很好。

- **概括某件事**

  es 依照上下文的脈絡，可用於概括事件的情勢及狀況。

  Es war wirklich schön an dem Tag.
  那天真的很開心。

  Wie gefällt es Ihnen hier in Deutschland?
  你們喜歡德國這個地方嗎？

  在第一個例句中，說話者簡短地以 es 這個字概括當天度過的時間及做的事；第二個例句中的 es，則是用來概括待在德國那段期間的情況。至於 es 是用於代表何種事物，則視上下文的脈絡而定。

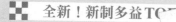

（2）非人稱代名詞 es

當 es 並非用於代稱某個對象，而是作為句子形式上的主詞時（偶爾作受詞用），就稱為**非人稱代名詞 es**。**非人稱代名詞 es**，除了可用於表示天候、時間、感覺，也用於慣用語上。

- **天候**

若以 kalt（寒冷的）或 warm（溫暖的）之類的形容詞，或是以 schneien（降雪）、regnen（降雨）之類的動詞表示天候時，要以 es 作為主詞。

Heute schneit es, aber es ist nicht so kalt.
今天雖然下雪，但並沒有那麼冷。

- **時間**

要表達某個特定的時刻、時段、星期等時間概念時，會以 es 為主詞。而當有副詞等其他要素置於句子的前區（句首），因而使得 es 必須將位置移到中間區域時，es 就可以省略。

Wie spät ist es? – Es ist 10.15 Uhr.
現在幾點？－10 時 15 分。

Es ist heute Dienstag. / Heute ist Dienstag.
今天是星期二。

- **感覺**

若 kalt 及 warm 之類的形容詞是用來表示某個人的感覺，這個人就要以與格表示。若這個與格是位於前區，es 就會被省略。不過，若像是 riechen（嗅／發出氣味）或 jucken（癢）之類的感官動詞，es 即使放在句首以外的位置，也不會被省略。

Es ist mir kalt. / Mir ist kalt.　我覺得很冷。

Hier riecht es gut.　這裡有個好香的味道。

- **慣用語**

有一些慣用語是以 es 作為主詞或是受詞。主要用法如下。

【當主詞用】

es gibt et⁴　有～⁴

Heute gibt es Nachtisch.　今天有甜點。

es geht j³/et³ 副詞 　～³ 的狀況是～。

Wie geht es Ihrer Mutter? – Danke, ihr geht es wunderbar.

您母親好嗎？－謝謝，她很好。

es geht um et⁴ 　～⁴ 是主題，有關於～⁴

In diesem Film geht es um eine Freundschaft.

這部電影是以友情為主題。

es kommt auf j⁴ / et⁴ an 　視～⁴ 而定

Bei der Berufswahl kommt es nicht nur auf das Einkommen an.

選擇職業時，收入並非唯一的決定因素。

【當受詞用】

es eilig haben 　趕時間

Ich habe es nicht besonders eilig.

我並不特別趕時間。

（3）填補句首的空位

　　es 有時也會用來填補句首的空缺。德文排列語順的基本規則，是將已知資訊置於前區（句首），中間區域則用來放新資訊。☞ p.286 所謂的已知資訊，是指加上定冠詞的名詞、代替先前的名詞的人稱代名詞、**da**（在那裡）或 **heute**（今天）這類表示場所及時間等資訊。而新資訊，則是指加上不定冠詞的名詞之類的資訊。然而，有時卻必須在沒有已知資訊的狀態下，提示讀者本句將會出現新的資訊。但在這樣的情況下，通常，應該要排入已知資訊的前區就會出現空位，所以必須要安排其他的字來填補這個空缺。這時就是 **es** 派上用場的時候了。

　　Es war einmal ein König. 　從前有位國王。

　　Es gelten hier allgemeine Regeln. 　一般規則適用於此。

　　句首的 **es**，並不是用來代替某個中性名詞，它的作用就是用來填補句子的空位。這兩句的主詞分別為 **ein König** 及 **allgemeine Regeln**，句中的動詞也都有隨著主詞做變化。不過，若將副詞（片

語）移到句首，句子則會改寫成 Hier gelten allgemeine Regeln.，由於不再需要 es 來填補空位，es 就會消失不見。

3. 不定代名詞

　　非用來代替某個名詞，而是用於表示不特定的人、事、物的代名詞，便稱為不定代名詞。表示不特定人物的 **man** 及 **einer**，或是表示不特定事物的 **welcher** 及 **etwas** 等皆為不定代名詞。

（1）man

● 不特定的人
　　man 為句子的主詞，用於表示不特定的人。這個字雖然也可表示複數的「人們」之意，但在文法上要視為第三人稱單數。

In Österreich spricht man Deutsch.
奧地利是說德語。

Dort kann man eine herrliche Aussicht genießen.
那裡能夠欣賞美景。

　　man 可以譯為「某（一個）人」、「人們」，雖然預設主詞是一般人，但敘述時將主詞省略的句子。

● 特定的人
　　man 依據上下文的脈絡，亦可用於暗示特定的人。

Kann man sich nicht bei einem Kaffee unterhalten?
我們不能一邊喝咖啡一邊聊嗎？

So etwas tut man nicht.
你不會做那種事。

　　第一個例句中，**man** 是表示 **wir**，第二個例句中則是指聽者。以 **man** 表達，一般來說在語氣上是較為禮貌客氣的用法。

● man 的用法
　　man 只有主格的用法，與格及受格會以後面介紹的 **einer** 代替。此單字沒有屬格的用法。

還有，man 不能以人稱代名詞 er 代替。必要的時候，會如下列的例句重覆用 man 表達。

Da man nicht viel Zeit hat, muss man schon mit Vorbereitungen anfangen.
既然沒有太多時間，就必須開始著手準備。

與 man 對應的所有格冠詞是 sein。

Man muss sein Bestes tun.
（人）一定要盡力而為。

進階學習　noch mehr

不定代名詞 man 與 Mann 原為同一字，可用於表示男性和女性。雖然也曾有一派認為：憑什麼只有男性可代表所有人類！於是改用不定代名詞 frau 來表達，但這樣的用法卻不太容易推廣使用。畢竟言語形塑人們的意識，而那些已深入內化進入意識中的言語是很難改變的。不過，Professorin 在數十年前是用於表示「教授夫人」，但現在則是用來表示「（女性）教授」之意，而以前連想都沒想過的 Bundeskanzlerin（〔女性〕首相），現在大家都能很輕鬆地接受這個字，也許將來 frau 這樣的用法也會成為固定用法。

（2）einer

einer 從 ein（一個、一位）這個字即可得知，是用來表示「有（一個）人」之意。與 man 一樣，都可以用於表示不特定的人。尤其是它的與格及受格經常用來代替 man。

einer 為陽性，變格如下所示，第一格（主格／Nominativ）、第四格（受格／Akkusativ）、第三格（與格／Dativ）都要在字尾做變化。第二格（屬格／Genetiv）則幾乎不使用。

主格	受格	與格
einer	einen	einem

- 某一個人

  不管是男性或女性，一律用陽性形態 **einer**。

  Einer muss diese Arbeit übernehmen. Vielleicht kann Anna das tun?

  這項工作總得有人做。或許安娜可以去做？

- 代替 man（man 為主詞時）

  Sobald man in dieses Lokal eintritt, ist einem wie zu Hause zumute.

  一進入這家餐廳，就覺得像回到家一樣。

  後半句以第三格的 **einem** 代替前半句的主詞 **man**。

  einer 的否定形為 **keiner**（沒有任何～），與隨後將介紹的 **niemand** 為同義字。

  Keiner handelt so mutig wie du.

  沒有人像你一樣勇敢。

（3）ein(e)s

以中性主格及受格的 **eines** 或 **eins** 的形態，表示「一件物品、一件事」的意思。

Ein(e)s ist sicher: unsere Mannschaft wird gewinnen.

有一點可以肯定，我們這一隊將會贏。

（4）**einer** 可代替前面提過的可數名詞

代替前面提過的可數名詞，表示「一個」、「一人」之意。

Es gibt hier so viele schöne Kleider. Ich kann mich nur schwer für ein(e)s entscheiden.

這裡有好多件漂亮的衣服／洋裝。真不知道該選哪一件。

在此用法下，不定代名詞要與前面提過的名詞單數形的性別一致。格位則須視不定代名詞在句中所扮演的角色而定。

以例句來說，第二句的 **ein(e)s**，是代替前面提過的中性名詞 **Kleid**（**Kleider** 為複數形），為介系詞 **für** 的受詞，所以要用受格。

此用法的不定代名詞，變格如下所示：

4
代名詞

	陽性	中性	陰性
主格	einer	ein(e)s	eine
受格	einen		
與格	einem		einer
屬格	eines		

大致上都與不定冠詞相同，但陽性的主格要加上**-er**，中性主格及受格則是加上**-(e)s**，在變格時都是比照定冠詞做變化。

（5）welcher 可代替前面提過的名詞

● 代替複數名詞

若前面提過的可數名詞為複數時，就不能用表示「一個」的 **einer**。而是要用 **welcher**，**welcher** 的變格與定冠詞相同。☞ p.72

Wir brauchen noch drei Stühle. – Im Raum nebenan sind noch welche.
我們還需要三張椅子。─隔壁房間還有幾張。

如果數量有明確的數字，例如「有五張」，那就不用 **welche**，直接說 **fünf**（Stühle）即可。雖然用於代替複數名詞，但只有在表示「數個」、「數人」這種數量不明確的情況下，才會用 **welche** 表示。

● 代替物質名詞

表示不可數物質的物質名詞，也可以用 **welcher** 代替。

Müssen wir Wein besorgen? – Ich glaube, wir haben zu Hause noch welchen.
我們一定得買酒嗎？─我想家裡應該還有一些。

在上述例句中，由於 **welchen** 是代替 **Wein**，再加上又是 **haben** 的直接受詞，所以 **welchen** 要用陽性的受格。

（6）其他的不定代名詞

● alle/alles

複數形的 **alle** 是表示「所有的人」之意；中性單數形的 **alles** 是「所有的、全部的事物」之意。**alle/alles** 的變格與定冠詞相同。

Alle sind schon da.　所有的人都到了。

Ist alles in Ordnung?　一切都好嗎？

- **jeder**

表示「每一」之意，變格與定冠詞相同。

相較於 **all-** 是指稱複數的事物全都包括在內，**jed-** 則是表示從複數的事物中任取一項，因此只能用單數形。

如果不是用來代替其他的名詞，而是單獨使用時，是表示「每個人（都）」的意思，為陽性單數。

Hier kennt jeder jeden.　這裡的每個人都彼此認識。

- **jemand/niemand**

jemand 是表示「有人」之意；**niemand** 是表示「沒有人」之意。兩者皆為第三人稱單數，變格則與不定冠詞 ☞ p.69 的陽性單數相同。

主格	受格	與格	屬格
jemand	jemand(en)	jemand(em)	jemand[e]s

不過受格、與格其實常會不加字尾 **-en**、**-em** ，而是以 **jemand** 的形態表示。

Heute habe ich einen Termin mit jemand(em).
今天我和別人有約。

Niemand kann genau sagen, wann das nächste Erdbeben geschieht.
沒有人能準確地說出下一次的地震何時會發生。

- **etwas/nichts**

etwas 為「某物、某事」之意；**nichts** 則是「什麼也沒有」之意，皆為第三人稱單數。皆可用於主格、受格、與格，但不做變格。

Dort bewegt sich etwas.
那裡有東西在動。

Heute habe ich noch nichts gegessen.
今天我還沒吃東西。

4. 指示代名詞

指示代名詞是用於指稱某個存在的人、事、物時所使用的代名詞，像是「這個」、「那個」、「那人」等。相較於人稱代名詞在未附加其他意義的情況來代替先前出現過的名詞，指示代名詞則是帶有指示或是特別強調某件事物的意思。

指示代名詞主要有 **der** 與 **dieser**。另外還有 **jener**、用來當作關係代名詞的先行詞的 **derjenige** 等。這些詞的形態皆為陽性第一格。

（1）der

當要指稱某個人或某件事物時，用的不是人稱代名詞，而是指示代名詞 **der**，通常意謂著說話者想要指出、或是想特別強調某個曾出現過的人、事、物。

    a. Ich brauche einen Schal ... Ach, **der** hier ist wunderschön! **Den** nehme ich.
      我想找一條圍巾。啊！這條很不錯，我就要這條了。

    b. Kennst du Karin? – Ja, **die** kenne ich sehr gut.
      你認識卡琳嗎？－是的，我和她很熟。

在例句 **a.** 中的指示代名詞是指出說話者身邊的事物（r Schal），而在例句 **b.** 中，說話者要特別強調的是自己腦中所想的事物。

指示代名詞 **der** 大多會作為句子的主題，因此經常會被放在句首。☞ p.286

形態與定冠詞幾乎相同，變格如下表所示：

	陽性	中性	陰性	複數
主格	der	das	die	
受格	den			
與格	dem		der	denen
屬格	dessen		deren/derer	

陽性與中性的第二格（屬格）、陰性與複數的第二格（屬格）、複

數第三格（屬格），都在形態上與定冠詞不同，作用在於強調其所代表的名詞。而當形態與定冠詞相同時，發音時母音要發長母音。陰性第二格與複數第二格的指示代名詞，若是置於其他名詞之前以限定該名詞時，要用 **deren**；若是作為後續關係子句 ☞ p.226 的先行詞時，則用 **derer**。另外，也有可能會作為動詞或介系詞的受詞使用。

die Geschwister und deren Lebensgefährten
兄弟姐妹及其伴侶

die Wünsche derer, die hier leben
住在這裡人們的期望

另外，當指示代名詞指稱的對象為人時，由於這類用法有特別點出某人的意思，放在某些語氣或上下文的脈絡中，可能會帶有侮蔑或責備等負面意涵。

Wo ist Chef? – Ach, **der** verschwindet immer, wenn irgendein Problem auftaucht.
主管在哪裡？那傢伙每次只要一出狀況，整個人就不見蹤影。

為了避免不必要的誤會，在尚未熟悉用法之前，要表示人物時，最好還是先別使用指示代名詞，而是使用人稱代名詞。

(2) das

das 與人稱代名詞 **es** 很相似，可用於指出或代稱前面句中提到過的資訊，但也有些時候，**das** 並不是用來代替前面曾提過的資訊，而是單獨當作主詞使用。不過和 **es** 不同的是，**das** 帶有指出「這個」、「那個」，或是特別強調某個人、事、物的意思。

Das sind meine Freunde Anna und Erich.
這是我的朋友安娜和埃里希。

Hast du schon die Betten gemacht? – Das schon. Aber die Wäsche wasche ich erst jetzt.
你的床整理好了嗎？－整理好了。不過我現在才要洗衣服。

（3）其他的指示代名詞

• **dieser**

　dieser 是指位於自己身邊的事物，或是用於代稱在上下文中相距較近的名詞。變格與帶冠詞性質的 **dieser** 相同。 ☞ p.71 不過，中性主格及受格使用的是不加字尾的 **dies**。

在空間上具鄰近性

> Jetzt sind einige Fahrräder im Sonderangebot. **Dieses** hier ist hochleistungsfähig, und das dort ist sehr preiswert.
> 目前有好幾款自行車正在特價。這裡這台是高性能款，那邊那台則是非常便宜。

　中性形的 **dieses** 是代替前一句的名詞 **Fahrrad**（複數形 **Fahrräder**），並指出該台自行車是離說話者自己身邊較近的這一台。

在上下文中具鄰近性

　dieser 可用於指前面剛提到的名詞。

> Ein Unglück beruht oft auf menschlichem Versagen. **Diesem** kann man vorbeugen.
> 事故往往是由於人為的過失造成的。這是可以防範的。

　以前這種用法會將 **dieser** 與 **jener** 配成一組使用。這時的 **dieser** 是指前面剛提到的名詞，**jener** 則是指再前面一些的名詞。

• **derjenige**

　作為關係代名詞的先行詞用，表示「～的人」、「～的事物」之意。這個字前半部的 **der-**，變格與定冠詞相同，後半部的 **-jenige** 則為形容詞弱變化。 ☞ p.103

　derjenige 是表示「～的男性」之意；**diejenige** 是表示「～的女性」之意；**diejenigen** 是表示「～的人們」之意；**dasjenige** 是表示「～的事物」之意。

> **Diejenigen**, die in Deutschland studieren wollen, müssen ausreichende Deutschkenntnisse nachweisen.
> 想在德國的大學就讀的人，必須證明自己有足夠的德語能力。

- **derselbe**

表示「與～相同的人、事、物」之意。變格與 derjenige 相同，
der- 為定冠詞的變格，後半部的-selbe 則為形容詞弱變化。

Ich sehe ihn immer im rosa Hemd. – Ja, er trägt immer
dasselbe.
我總是看到他身著粉紅色的襯衫。－是啊，他總是穿同一件。

derselbe 也可放在名詞之前，對該名詞做限定。

Wir benutzen dieselbe Email-Adresse.
我們使用同一個電子郵件。

der gleiche 這個由定冠詞搭配形容詞的組合，也常被用來表示
「與～相同的人、事、物」之意。但它原本的意思其實並非如此，
derselbe 指的是同一個人或同一件事物，而 der gleiche 原來則是
用於表示「一樣的人」、「同等的事物」之意，不過這兩個用法近年
來常遭到混淆。

4
代名詞

疑問詞

所謂的疑問詞,是指說話者為了取得缺乏的資訊而向對方提問所使用的詞。其中包含疑問代名詞與疑問副詞,而以疑問詞所引導的問句句型則稱為補充疑問句。

1. 疑問代名詞

疑問代名詞是當句中的主詞、動詞的受詞、或是介系詞的受詞資訊不完整時使用。其中包含 **wer**(誰)、**was**(什麼)、搭配名詞一同使用的 **welcher**(哪一個)、**was für ein**(什麼樣的)。

疑問代名詞要放在句首。若搭配介系詞使用,則會以〔介系詞+疑問代名詞〕的組合形態放在句首。

- **wer　誰**

wer 是以人為詢問目標的疑問代名詞,問句的句型為補充疑問句。第一格~第四格都會使用,變格與指示代名詞 **der** 相同。

主格	受格	與格	屬格
wer	wen	wem	wessen

第一格(主格/Nominativ)

作為主詞使用時視為第三人稱單數。

Wer möchte Kaffee trinken?
誰想喝咖啡?

Wer sind die Herren dort?
那邊的那位先生是誰?

第四格(受格/Akkusativ)

Wen hast du zur Geburtstagsparty eingeladen?
你邀請誰來你的生日派對?

An wen soll ich mich wenden?
我應該找哪一位?

第三格（與格／Dativ）

Wem habt ihr die Nachricht mitgeteilt?
這個消息你們和誰說過？

Von wem hast du das erfahren?
你從誰那裡知道這件事？

第二格（屬格／Genetiv）

Wessen Hund läuft da ohne Leine?
那裡那隻沒繫牽繩的狗是誰的？

- **was　什麼**
以事物為詢問目標時使用。變格如下所示，第三格不做變化，第二格幾乎不使用。

主格	受格	與格	屬格
was		[was]	wessen

第一格（主格／Nominativ）

Was steht in dem Brief?
信上寫了什麼？

第四格（受格／Akkusativ）

Was machen wir jetzt?
我們現在要做什麼？

第三格（與格／Dativ）

Zu was (= wozu) hast du ihr gratuliert?
你對她說了什麼祝賀的話？

※第三格的 **was** 僅限於與支配第三格的介系詞搭配時使用。不過這種用法也只能用於口語表達，〔**wo(r)**-介系詞〕才是正確的用法。

第二格（屬格／Genetiv）

Wessen sind sie sich bewusst?
他們察覺到什麼？

搭配介系詞使用

搭配介系詞使用時，會轉為 **wo(r)**-。☞ p.146

Woraus ist der Stoff?
那塊布是什麼材質？

• **welcher　哪個**
welcher 與後面接續的名詞為一組，用於詢問某個集合體或群體中的特定事物。變格與定冠詞相同。☞ p.72

Welche Nummer haben Sie?
您的號碼是幾號？

Welche Vornamen sind jetzt beliebt?
現在哪些名字受歡迎？

Von welchem Gleis fährt der nächste ICE ab?
下一班 ICE 特快車在哪一個月台發車？

• **was für ein　什麼樣的**
添加在名詞之前，用於詢問人或事物的性質或種類等資訊。**ein** 為不定冠詞，須隨之後接續的名詞之性別及格位做變格。

Was für einen Mantel suchen Sie?
您在找什麼樣的外套？

口語上 **was** 會與 **für ein** 分開使用。

Was hast du für eine Sache angerichtet?
你到底做了什麼？

另外，若之後接續的名詞為不可數名詞（部分的抽象名詞或物質名詞），或是複數名詞時，不加 **ein**。

Was für Träume hattest du als Kind?
你小的時候，有什麼樣的夢想（複數）？

Was für Käse mögen Sie? Schnittkäse?
你喜歡什麼樣的起司？硬質切片起司嗎？

2. 疑問副詞

疑問副詞是詢問時間、場所、方向、方法、情況、原因、理由等，相當於副詞或介系詞片語所提供的資訊時使用。問句的句型為補充疑問句，疑問副詞必定會放在句首。

- **wann　何時**

  詢問時間時使用。

  Wann hast du Geburtstag? – Im Februar.

  你的生日是什麼時候？－二月。

  wann 也可以搭配介系詞一起使用。

  Von wann bis wann ist der Deutschkurs?

  德語課是從何時開始、何時結束？

- **wo　在哪裡**

  用於詢問場所的疑問副詞。

  Wo haben Sie studiert?

  您在哪裡唸書（您就讀於哪一所大學）？

- **woher　從何處而來**

  詢問出生地或來處時要用 **woher**。

  Woher kommen Sie? Aus Deutschland? – Nein, aus Österreich.

  您來自哪裡？德國嗎？－不，來自奧地利。

  Woher hast du das Ticket?

  你是從哪裡拿到票的？

- **wohin　往哪裡**

  詢問去處、目的地的疑問副詞。

  Wohin kommt der Ordner?

  這個檔案夾要放到哪裡？

  Wohin gehst du jetzt?

  你現在要去哪裡？

  口語上有時也會把 **wo** 與 **hin** 分開使用。

  Wo gehst du jetzt hin?

- **wie　如何**

  詢問方法、順序、情況。

  Wie kommt man zur Stadthalle?

  市政府要怎麼去？

5
疑問詞

Wie kommst du zu dem Schluss?
你是如何得出那個結論的？

搭配形容詞或副詞，可用於詢問事物的程度。

Wie lange dauert der Film?
那部電影多長？

Wie viel kostet so eine Luxusreise?
如此豪華的行程要花多少錢？

Um wie viel Uhr kommt der Zug aus Wien an?
從維也納來的火車幾點抵達？

• **warum** 為何
詢問原因、理由、動機的疑問副詞。

Warum ist das Bild unscharf?
這張照片為什麼糊糊？

Warum willst du Agrarwissenschaft studieren?
你為什麼想要唸農學？

3. 感嘆句

疑問詞也可以用在感嘆句。常用於感嘆句的疑問詞有 **was, was für(ein), welcher, wie**。

Was hier wieder los ist!
這裡發生了什麼事！

Wie groß ist das Kind aber geworden!
這孩子長得好大了！

感嘆句大多會將動詞放在句尾，不過有時也會像第二個例句一樣，把動詞放第二個位置，與補充疑問句相同。即使把語順調整為 **Wie groß ... geworden ist!**，意思也還是一樣。☞ p.31 而第二個例句中的 **aber**，是表驚訝的語氣助詞。☞ p.296

第 6 章　形容詞與副詞

形容詞及副詞的作用是限制修飾對象的語意，並指示修飾對象的性質、狀態、程度等。形容詞用於限制名詞的內容，副詞則可用於限制動詞、名詞、形容詞或是其他副詞等。

1.　形容詞與副詞

形容詞及副詞都必須透過與其他單字或片語搭配的方式，補充說明修飾對象的性質、狀態、程度等資訊，並規範其語意。德文中的形容詞大多都可當成副詞使用，但形容詞與副詞的用法則各有不同。

形容詞是與名詞連用，為名詞添加性質或狀態相關的資訊。另外，大部分的形容詞都有比較級的用法，可用於表達比較級及最高級的語意。

相對而言，副詞則主要與動詞連用並用於限制動詞的語意，但也經常會用於修飾形容詞、其他副詞、名詞、或是整個句子。與形容詞不同的是，副詞還有一項特徵是沒有變格。雖然幾乎所有的副詞都不會做比較級的變化，但還是有少數的副詞是像 **gern**（喜歡）一樣，含有比較級及最高級的語意。

2.　形容詞及其用法

描述人物或事物性質的詞語都稱做形容詞。雖然以「性質」一詞概括，但其實可表達的範圍相當廣泛，**gut**（好的）、**klug**（聰明的）、**hell**（明亮的）、**schwer**（重的、困難的）、**groß**（大的）、**weiß**（白色的）、**rund**（圓的）等，無論是物品的形狀、顏色，甚至是與道德或知識有關的內容都涵蓋其中。

（1）衍生形容詞與複合形容詞

在上面所舉例的單音節形容詞，是原生的形容詞單字，不過也有許多形容詞是藉由其他詞類單字所創造出來的。

- **衍生形容詞**

Kann man das Leitungswasser hier trinken? – Ja, das
Wasser hier ist trinkbar.

這裡的自來水可以喝嗎？－是，這裡的水可以喝。

形容詞 **trinkbar**（可飲用的），是由動詞 **trinken** 的詞幹
trink-，加上表示可能的詞尾 **-bar** 而產生的字。像這樣以動詞或名
詞加上詞尾的形容詞，就稱為衍生形容詞。

接下來我們來看看可造出形容詞的詞尾主要有哪些。

接在動詞詞幹之後的詞尾

-bar〔能夠～〕　hörbar　聽得到的（<hören 聽見）

-lich〔能夠～〕　beweglich　可移動的（<bewegen 挪動）

接在名詞之後的接尾語

-haft〔～般的、具～性質的〕　schmerzhaft　痛苦的、令人痛苦的
　　　　　　　　　　　　　　　　　　　　　（<r Schmerz 疼痛）

-ig〔具有～的、～的傾向的〕　kräftig　有力的（<e Kraft 力量）

-lich〔～的〕　　　　　　　jährlich　每年的（< s Jahr 年）

-los〔沒有～的〕　geschmacklos　庸俗的（<r Geschmack 興趣、喜好）

-voll〔充滿～的〕　eindrucksvoll　印象深刻的（<r Eindruck 印象）

- **複合形容詞**

Das Manuskript ist schon druckreif.

那份原稿已經可以準備送印。

druckreif 是由名詞 **Druck**（印刷）與形容詞 **reif**（成熟的、準
備好的）組合而成的形容詞，相當於片語 **reif für den Druck**。指
原稿不管是在內容或文章表達上都很完整，現在的狀態隨時都可以
印刷出版。像這樣由單一的形容詞，結合其他規範其語意的詞所形
成的形容詞，就稱為複合形容詞。與複合名詞一樣是以原本的形容
詞為基本詞，而規範基本詞語意的則稱為限定詞。以 **druckreif** 為
例，**reif** 為基本詞，**druck** 為限定詞。

常用於創造複合形容詞的單字，包含 **reif**（成熟的、完成的）、
gleich（與～一樣的）、**ähnlich**（相似的）、**bedürftig**（需要～
的）、**eigen**（特有的、個人的）、**schwer**（有～重量的）、**lang**（長
的～）等。另外，像 **himmelblau**（天藍色的）這個單字就等同於
blau wie der Himmel（如天空般蔚藍），〔形容詞＋**wie** …〕（如～

般）的組合，也算是另一種複合形容詞。

關於衍生詞與複合詞的差異，請參見 **p.50**。

（2）形容詞的配價

有一些形容詞使用時必須要加上特定的補足語，例如 **ähnlich** 就要搭配名詞或代名詞的與格，是表示「與～³ 相似」之意。

Sie ist ihrer Schwester zum Verwechseln ähnlich.
她和她的姐姐／妹妹長相相似。

還有與表示判斷基準的第三格來搭配使用的形容詞。

Mir ist kalt.
我覺得很冷。

上述兩個例句，都是由形容詞決定句子的構成要素。此種情況便稱為形容詞的配價。 ☞ p.164

（3）形容詞的用法

形容詞主要有三種用法。一種是置於名詞之前，以規範名詞的語意，此用法稱為**修飾性用法**。在修飾性用法下，會依據後接名詞的性別、單複數、格而在字尾做變化。關於形容詞的變格後面會再詳加說明。形容詞也可以作為 **sein** 等繫動詞的主詞補語。此一用法稱為**敘述性用法**。此外，德文中大部分的形容詞也可以作副詞用。

修飾性用法

Ich höre gern die **klaren** Töne von Glocken.
我喜歡聆聽清澈的鐘聲。

敘述性用法

In dieser Jahreszeit ist der Himmel **klar**.
這個季節的天空很晴朗。

副詞性質的用法

Ich kann meine Gefühle nicht **klar** ausdrücken.
我沒辦法清楚地表達自己的感覺。

形容詞之中，有些只能用於敘述性用法，有些只能用於修飾性用法。以下便將形容詞依上述性質分類並例舉主要的用法。

- **只能用於修飾名詞的形容詞**

　　表示場所、時間、歸屬等狀態的形容詞，一般都只能用於修飾名詞。

場所　hiesig（這裡的）

Die hiesigen Häuser sind alle zweistöckig.
這裡的房子都是兩層樓高。

時間　heutig（今天的）

Wir empfehlen Ihnen unser heutiges Menü.
向您推薦本日套餐。

歸屬　ärztlich（醫師的）

Mein Mann hält sich an den ärztlichen Rat.
我的丈夫聽從醫師的建議。

素材　hölzern（木製的）

Die Misosuppe isst man aus einer hölzernen Schüssel.
味噌湯是盛裝在木製的碗內享用。

　　這些形容詞都不能像下方右邊的例子那樣，用敘述性用法表達。如果要當成主詞補語用，就要像左邊一樣，改用副詞或介系詞片語表示。

- ○ Der Park ist hier.　　　✕ Der Park is hiesig.
  公園在這裡。

- ○ Die Tür ist aus Holz.　　✕ Die Tür ist hölzern.
  這扇門是木製的。

- **只能用於敘述性用法的形容詞**

　　形容詞當中有少數的形容詞，只能用於敘述性用法。如 **schade**（可惜的、遺憾的）及 **schuld**（對某事負有過失責任的）等。

Das ist schade.
那還真是遺憾。

Du bist daran schuld.
你對那件事有責任。

　　其他同樣只能用於敘述性用法的，還有 **klipp und klar**（清清楚

楚的）及 **gang und gäbe**（常見的）這種，透過 **und** 將兩字連接而成的形容詞。

（4）形容詞的修飾性用法與變格

此用法是將形容詞置於名詞之前，以規範名詞的語意。這種形容詞會在字尾做變格。

In der **traditionellen chinesischen** Küche sind **frische** Zutaten wichtig.

傳統的中式料理中，新鮮的食材很重要。

在形容詞之前有沒有冠詞？若有，是屬於定冠詞（類）還是不定冠詞（類）？形容詞的變格可依據上述情形分為三種型態。變格的作用是指示名詞的性別、單複數、格，若形容詞前有冠詞，冠詞本身可以負責這項工作（變格），那麼形容詞便無需做任何變化，相對地，若為零冠詞或是冠詞沒有變格時，形容詞就得負責這項工作。

● 弱變化〔定冠詞（類）＋形容詞＋名詞〕

由於定冠詞（類）會顯示名詞的性別、單複數、格，所以形容詞只需加上弱變化字尾（ **-e** 或是 **-en**）即可。陽性單數主格、中性單數及陰性單數的主格和受格的字尾為 **-e**，其他則全部都是 **-en**。

	陽性（單數）（哥德式教堂）	中性（單數）（古老的宮殿）	陰性（單數）（美麗的城堡）
主格	der gotische Dom	das alte Schloss	die schöne Burg
受格	den gotischen Dom		
與格	dem gotischen Dom	dem alten Schloss	der schönen Burg
屬格	des gotischen Doms	des alten Schlosses	
	複數（現代化的住宅）		
主格	die modernen Häuser		
受格			
與格	den modernen Häusern		
屬格	der modernen Häuser		

- **強變化〔零冠詞＋形容詞＋名詞〕**

　由於名詞前沒有冠詞，因此指示名詞的性別、單複數、格的工作就由形容詞一手包辦。具體的做法，是形容詞要比照定冠詞做字尾變化。不過陽性及中性的屬格，一般會在名詞加上字尾 **-(e)s**，所以形容詞只要加上 **-en** 即可。

	陽性（單數）（熱咖啡）	中性（單數）（新鮮水果）	陰性（單數）（冷空氣）
主格	heiß**er** Kaffee	frisch**es** Obst	kalt**e** Luft
受格	heiß**en** Kaffee		
與格	heiß**em** Kaffee	frisch**em** Obst	kalt**er** Luft
屬格	heiß**en** Kaffees	frisch**en** Obst(e)s	
	複數（熱食）		
主格	warm**e** Speisen		
受格			
與格	warm**en** Speisen		
屬格	warm**er** Speisen		

- **混合變化〔不定冠詞（類）＋形容詞＋名詞〕**

　不定冠詞（類）中，陽性主格與中性的主格、受格沒有加字尾。這三個位置要由形容詞來負責指示名詞的性別、單複數、格，所以要加上強變化的字尾。其他的格則為弱變化。由於此類形容詞的變化是以弱變化與強變化混用，故稱為混合變化。

	陽性（單數）（日常的一天）	中性（單數）（美好的一年）	陰性（單數）（沒有預定行程的一週）
主格	ein△ normal**er** Tag	ein△ gut**es** Jahr	eine frei**e** Woche
受格	einen normal**en** Tag		
與格	einem normal**en** Tag	einem gut**en** Jahr	einer frei**en** Woche
屬格	eines normal**en** Tags	eines gut**en** Jahrs	

	複數（我的老朋友們）
主格 受格	meine alt**en** Freunde
與格	meinen alt**en** Freunden
屬格	meiner alt**en** Freunde

（5）關於修飾性用法的注意事項

● 若有多個形容詞並列

若同時有多個形容詞修飾單一的名詞時，全都要加上同一個字尾。

Der Speyerer Dom ist ein bekannter romanischer Kirchenbau.
詩貝亞主教座堂是一座著名的羅馬式教堂。

有多個形容詞並列時，就要注意這幾個形容詞之間是否要加上逗號。☞ p.307

上述的例句中，最後的形容詞與名詞的連結較強，是以 **ein … romanischer Kirchenbau** 形成一個單一的概念，接著再以形容詞 **bekannt** 限制後面的詞組。在這樣的情況下，形容詞與形容詞之間就無須加上逗號。但若多個形容詞與名詞之間是同等緊密的修飾關係時，就要在形容詞之間加上逗號區分。

Der Karneval im Rheinland ist ein bekanntes, traditionsreiches Fest.
萊茵河的狂歡節為著名的傳統節慶。

● 以 -el, -en, -auer, -euer 結尾的形容詞

這些形容詞一旦在字尾做變化，詞幹的 -e 會因為發音的關係而脫落。

dunkel　深色的　➡ dunkles Bier　黑啤酒

teuer　昂貴的　➡ eine teure Gegend（不動產等）價位高的地區

● hoch

hoch（高的）若當定語用時，會轉為 hoh- 。

敘述性用法

Die Zugspitze ist 2 962 Meter hoch.
祖格峰的高度是 2,962 公尺。

修飾性用法

Sie hat einen 2 500 Meter hohen Berg bestiegen.
她登上了標高 2,500 公尺的山。

- **viel 與 wenig**

viel（許多的、大量的）與 wenig（少的、少量的）用於修飾物質名詞、集合名詞、抽象名詞時，通常不會在字尾做變化。

Iss viel Gemüse und trink nicht so viel Alkohol.
吃大量的蔬菜，別喝太多酒。

Die Gäste haben das ganze Menü mit viel Vergnügen verzehrt.
客人非常高興地享用這份套餐。

搭配可數名詞一同使用時，會在字尾做變化。

Dieses Jahr tragen die Apfelbäume viele Früchte.
今年蘋果樹上結實纍纍。

- **以詞尾 -er 結尾的形容詞**

像 Wiener（維也納的）或 60er（sechziger：60 年代）這類由地名及數詞所衍生以 -er 結尾的形容詞，不會在字尾做變化。

In den 60er Jahren habe ich ein Wiener Kaffeehaus besucht.
我在六〇年代曾造訪過維也納的咖啡館。

- **形容詞詞尾是 -a**

例如 prima（棒的，極好的）, lila（淺紫色的）。

Das ist eine prima Idee. 這是個很棒的主意。

（6）形容詞的敘述性用法

指形容詞作為 sein（是～）或 finden（認為～）等字的主詞補語使用。德文和法文等其他的語言不同，形容詞若為敘述性用法，不做變化。

需要主詞補語的動詞，還有 werden（成為～）、bleiben（繼續存在）、wirken（給人～的印象）、machen（使成為～）等。

Die Gesellschaft war **heiter**.
那場聚會很愉快。

Die Frau am Schalter wirkte **sympathisch**.
櫃檯的小姐看起來親切。

Ich fand sein Verhalten **unmöglich**.
我認為他的態度不可理喻。

Der Lärm machte uns **nervös**.
噪音使我們感到不安。

（7）形容詞的副詞性用法

在德文中，許多形容詞都可以當作副詞使用，用於修飾動詞、副詞，或是其他的形容詞，並規範其語意。形容詞作副詞用時，無詞尾變化。

a. Der Chor der Kirche singt so **schön**.
　　教會唱詩班唱得如此美妙。

b. Hier ist es **schön** ruhig.
　　這裡非常地安靜。

例句 **a.** 中，schön 的修飾對象是 singen，而在例句 **b.** 中的修飾對象則是 ruhig。

Column

用字典查形容詞

用字典查找形容詞時，要先把字尾的變化或比較級的字尾去掉後再查。我們就以某部小說中的句子 Er trug einen zimtfarbenen Rock mit breiten Aufschlägen und keulenförmigen Ärmeln. 為例，看看究竟該怎麼做。首先是 mit breiten Aufschlägen 的 breiten，這是 Aufschlägen（翻領）的定語，所以是複數與格，因此要將字尾 -en 去掉，轉為 breit 的形態。

　　後面的子句中有兩個衍生形容詞，分別為 zimtfarbenen 與 keulenförmigen。前者是陽性受格的字尾 -en，用於修飾 Rock；後者則是複數與格的字尾 -en，用於修飾 Ärmeln，要將這兩個單字的字尾 -en 都去掉。接著，zimtfarben 還可以再分成 zimt 與 -farben。r Zimt 為「肉桂」之意，-farben 則是由 e Farbe（顏色）所衍生的接尾詞，表「～色的」之意。keulenförmig 則可以再拆解為 keulen 與 -förmig。e Keule 為「木棒」之意，-förmig 則是由 e Form（形狀）所衍生的詞尾「～的形狀」之意。將這些字統合整理後，即可得出上述句子的意思是「他身穿一件寬翻領、直筒袖的肉桂色上衣」。

　　德文的複合形容詞會不斷地造出新的詞彙，也有許多單字並未刊載在字典中。遇到這類詞彙時，先將其拆解為限定詞與基本詞，再分別查詢個別單字的語意。某則短篇小說用了 kükenproper 這個字來描述孩子們。由於不管在哪一本字典都查不到這個字，因此可以先將單字拆解成 Küken 和 proper，分別查詢這兩個單字的語意，就能得知 Küken 為中性名詞的「小雞」，proper 則是形容詞「整潔的」。瞭解這個字的意思後，腦中便會浮現受到父母用心照顧，穿著整齊乾淨，天真無邪的孩子們的身影。

　　有些形容詞在使用時會需要用到補足語，而這類和配價有關的資訊，在字典上也查得到。如果你試著查 bereit 這個形容詞，就會查到搭配〔zu＋第三格〕一同使用，是表示「～³ 準備好的」、「～³ 準備就緒的」的解釋。在寫作時，便可依據此一配價組合出正確的片語。如果要表示「準備出發」，就可以和表示「出發」之意的 e Abreise 搭配，組合出 zur Abreise bereit 這個片語。

　　形容詞的修飾用法為特殊形態此資詢，或是比較級以及最高級的變化為不規則形態等資訊，也都會刊載在字典中。例如 hoch（高度高的）這個單字項目之下，字典中會載明作定語用時為 hoh- 的形態，而比較級為 höher、最高級為 höchst。

3. 副詞及其用法

（1）副詞的用法

　　副詞大多與動詞結合，作為動詞的說明語及補充語。此外，也可能會用來搭配其他的副詞或形容詞，進一步地規範其語意。有時也會當作名詞的定語或句子的主詞補語。

- **當作動詞的說明語及補充語**

  Ich nehme **gern** an der Studienfahrt teil.
  我很樂意參加修學旅行。

  Morgen fahren wir **dorthin**.
  我們明天會到那裡。

  gern 與 morgen 為說明語， dorthin 為補充語。

- **用於規範形容詞或副詞**

  Der Weg war **sehr** steil.
  那條路很陡。

  Die Ferien gehen **schon** morgen zu Ende.
  假期到明天為止。

- **用於修飾名詞**

  Das Konzerthaus **dort** ist weltberühmt.
  那裡的音樂廳舉世聞名。

- **當作主詞補語用**

  Das Konzerthaus ist **dort**.
  音樂廳在那裡。

（2）副詞的種類

　　副詞依據語意不同大致分為地方副詞、時間副詞、方法及情狀副詞三種。另外還有表示邏輯關係的副詞，不過這類副詞將留在第 16 章虛擬式的章節中再做介紹。

- **地方副詞**

  表示地方的副詞中，最重要的為以下三個。

hier	這裡、此處	表示說話者所在的地方，以及其附近的位置
dort	那裡、那兒	表示離說話者有一些距離的位置
da	在這裡、在那裡	說話者指示的位置

  ## Hier in Österreich sagt man Semmel statt Brötchen.

  在奧地利這裡，他們都稱（這種小麵包）為 Semmel，而非 Brötchen。

  上述表示地方的副詞，要是與 **hin**（表示往離開說話者的方向移動）或是 **her**（表示往說話者的方向移動）這兩個副詞結合，即成為表示目的地或來源的副詞。

hierher	來這裡	dorthin	往那裡	dorther	從那裡
dahin	往那裡	daher	從那裡		

  ## Das Thema gehört nicht hierher.

  這個主題不屬於這裡（這個主題不該在此討論）

  ## Eine Fahrt dorthin dauert drei Stunden.

  去那裡的車程要耗費三個小時。

  另外，**hin** 及 **her** 若與其他表示位置關係的副詞結合，可造出更明確指示方向的字。

herein	來裡面	hinaus	往外面	herunter	來下面
hinauf	往上面				

- **時間副詞**

表示時間帶

tagsüber	白天、日間	morgens	早上	vormittags	上午
mittags	中午	nachmittags	下午	abends	晚上
nachts	半夜				

Wir gehen abends manchmal essen.

我們晚上偶爾會外出用餐。

這些字如果和 **früh**（早的）或 **spät**（遲的，晚的）組合搭配，就能像 **frühmorgens**（清晨）或 **spätnachmittags**（傍晚）等字，可用於表示劃分得更細的時間帶。

星期

wochentags	平日，工作天	montags	星期一

Ich stehe wochentags um sechs, aber am Wochenende
erst um neun auf.

我平日六點起床，但是週末九點才起床。

過去、現在、未來

過去

einst 曾經　　damals 當時　　früher 以前
kürzlich/neulich 最近　　soeben/gerade 剛才
gestern 昨日

現在

eben/gerade 正好　　jetzt 現在、目前
heute 今天、今日

未來

gleich/sofort 立刻　　bald 不久　　später 之後，以後
irgendwann 有朝一日　　morgen 明日

Kann ich dich jetzt sprechen? – Tut mir leid. Ich habe
gerade etwas zu tun. Ich rufe dich später an.

你現在方便說話嗎？－抱歉，我現在有事得處理。晚點再打電話給你。

頻率

nie 從未
kaum 幾乎不
selten 很少
meistens 通常

manchmal 有時
oft 經常（=häufig）
immer 總是

Das werde ich nie vergessen. Ich werde immer daran
denken.

那件事我將永遠不會忘記。我將會永遠記得。

主觀上的時間判斷

以下的時間副詞，並非表示時間本身，而是說話者的時間判斷。

schon 已經　　表示事情發生的時間較說話者所期望的早。
noch 仍然　　表示某件事的持續時間較說話者所期望的久。
endlich 總算　　表示某件事的達成較說話者所期望的晚。

Schläft Papa noch? – Nein, er ist schon im Garten.

爸爸還在睡嗎？－不，他已經在庭院裡了。

Ich habe … 50 Seiten von diesem Buch gelesen.

「…」的部分若放入 schon，即為「已經讀完 50 頁」之意，是表示比預想還要快的感受；若放入的是 endlich，則為「（花了這麼多時間）總算讀完 50 頁」之意，是表示比原先預定的進度慢的感受。

- **方法副詞及情狀副詞**

    sehr（非常）是表示方法、情狀及程度的副詞，還有 vergebens（徒勞）這類副詞，是表示述語動詞所描述之行為的結果。

Wir hatten es sehr eilig.
我們趕時間。

Vergebens habe ich auf eine Nachricht von zu Hause gewartet.
我空等不到家裡來的訊息。

4. 形容詞、副詞的比較級與最高級

當兩個以上的事物在比較性質或程度時，要用形容詞或副詞的比較級或最高級。

（1）比較級與最高級的型態

形容詞或副詞的比較級是原級字尾加上 -er，最高級則加 -st。而與英文的不同之處在於，即使是較長、較多音節的單字，仍遵循此一規則。

原級	比較級 -er	最高級 -st
schön　美麗的	schöner	schönst
wichtig　重要的	wichtiger	wichtigst
gemütlich　舒適的	gemütlicher	gemütlichst

- **原級以 -e, -el, -auer, -euer 結尾**
    轉為比較級後，詞幹的 -e 會刪除。

原級	比較級	最高級
weise　聰明的	weiser	weisest
dunkel　暗的	dunkler	dunkelst
teuer　昂貴的	teurer	teuerst

- **原級以 -d, -t, -s, -ss, -ß, -sch, -z 結尾**

因發音方便之故，在最高級時會插入 -e-，因此最高級即為 -est。
例外：**groß, größer, größt**。

原級	比較級	最高級
spät　晚的	später	spätest
süß　甜的	süßer	süßest
stolz　自豪的	stolzer	stolzest

例外情形（不需加上 -e）如下：

1) 形容詞字尾為 -isch。如 komisch – komischer – komischsten
2) 動詞現在分詞當形容詞用，如 **bedeutend – bedeutender – bedeutendsten**
3) 弱變化動詞過去分詞當形容詞用，如 **zerstört – zerstörter – zerstörtsten**

另外，雖然數量不多，但有部分原級以 -eu, -ei 等母音結尾的單字，最高級也要加 -est。

原級	比較級	最高級
neu　新的	neuer	neu(e)st
frei　自由的	freier	frei(e)st

- **母音會產生變音的字**

當形容詞及副詞為單音節，亦即只有一個母音，且母音為 **a, o, u**，大多在轉為比較級及最高級時，母音會產生變音。

原級	比較級	最高級
alt　古老的、年老的	älter	ältest
kurz　短的	kürzer	kürzest
oft　副詞：經常	öfter	öftest

- **不規則變化**

部分的形容詞或副詞在轉換時會出現字母脫落、加字母、音變、或是不規則變化。

原級	比較級	最高級
groß　大的	größer	größt
gut　好的	besser	best
hoch　高的	höher	höchst
nah　近的	näher	nächst
viel　許多的	mehr	meist
gern　喜歡	lieber	liebst

（2）比較級的用法

將兩項事物做比較，要表示其中一項比另一項「更～」時的用法。比較的對象會以 **als**（比～更～）表示。

- **敘述性形容詞以及副詞的比較級**

形容詞的比較級為主詞補語時，會直接使用比較級的形態，無字尾變化。

Das menschliche Leben ist wichtiger als Profit.
人命比利益更重要。

Ich finde deine Idee besser als meine.
我覺得你的想法比我的好。

副詞比較級以及副詞性用法的形容詞比較級，也是以同樣的形態表示。

Mit dem PC kann ich **schneller** schreiben als mit der Hand.
我用電腦比用手寫快。

表示程度「較低」時，通常會使用 **wenig**（少許）的比較級，亦即以 **weniger** + 形容詞／副詞的形態表達。

Es ist hier weniger laut als dort unter der Über-führung.
和那座高架橋（路橋、鐵路）下相比，這裡比較沒那麼吵。

當無法以「更安靜」這樣的正面方式表示評價時，就會使用例句中的表現方式。

● **比較的對象**
als 是表示比較的對象，但當碰到句子是由〔重要的句子元素以動詞…動詞結合的形態〕所構成的結構，**als** 的位置就會再往後移，這稱之為**破框結構**。 ☞ p.283

Am Freitag <u>haben</u> die Museen **länger** <u>auf</u> **als sonst**.
星期五美術館的開放時間比平日長。

als 是從屬連接詞，所以若 **als** 之後接續的是句子，該句應視為子句 ☞ p.212，動詞要置於句子的後方。

Die Statue der Bremer Stadtmusikanten war **kleiner, als** ich sie mir vorgestellt hatte.
不來梅的動物樂團銅像，比我想像中的還要小。

● **因比較產生的差異程度**
要表示兩項事物之間的差異程度，可在比較級之前，加上 **viel**（比～得多）、**noch**（更～）、**weit**（～得多）、**um** + 數量（相差～）等詞（字）。而數量的差額若不用 **um** 表示，也可以用受格表示。

Sie sprechen jetzt **viel besser** Deutsch als vor zwei Jahren.
您的德文說得比兩年前好多了。

Mein Bruder ist **um drei Jahre jünger** als ich.
我弟弟比我小三歲。

Morgen fängt die Sendung **eine Stunde früher** an.
那個節目明天提早一個小時開始。

進階學習 **noch mehr**

以下為比較級的慣用句型。

比較級 und 比較級／immer 比較級（愈來愈～）

Heute lebt man schneller und schneller / immer schneller.
今日人們的生活步調愈來愈快。

je 比較級～, desto 比較級～（愈是～就愈～）

Je länger man hier lebt, desto besser gefällt es einem hier.
在這裡生活得愈久，就愈喜歡這裡。

je 是從屬連接詞，負責引導子句，動詞要置於句尾。 ☞ p.212 相對地，主句的 desto 為副詞，動詞要置於 desto + 比較級之後。這裡也可以用 umso 代替 desto。

● **修飾性形容詞的比較級**

規範名詞的修飾性形容詞，若用於表示比較級，就要在代表比較級的字尾 -er 之後，再做字尾變化。

Der ICE kommt zu spät an. Ich nehme einen **früheren** Zug.
那班 ICE 特快車到站時間太晚。我要搭更早的一班火車。

Sehen Sie die zwei Gebäude dort? Das **größere** (Gebäude) ist das Museum, und das **kleinere** ist die Bibliothek.
看到那兩棟建築物了嗎？較大的那一棟是博物館，較小的那一棟是圖書館。

不過如果是 **mehr** (< viel) 與 **weniger** (< wenig) ，即使作定語用，仍無字尾變化。

Dieses Jahr kommen **mehr** Touristen als in den vergangenen Jahren.
今年來的觀光客較往年多。

（3）最高級的用法

三個或三個以上的事物做比較，要表示其中一項是「最～」時，就會使用最高級。

- **敘述性形容詞以及副詞的最高級**

  形容詞的最高級作為主詞補語時，會用 **am -sten** 的形態。

  Ich finde Ihren Vorschlag am besten.
  我認為你的提議是最好的。

  若作為 **sein** 的主詞補語，常會以**定冠詞 + -ste(n)** 的形態表示。

  Die Wohnung ist von allen angebotenen Wohnungen die größte.
  這間是所有租售公寓中最大的。

  在學習理解這類句型時，可以在 **die größte** 的後面補上名詞（例句中為 **Wohnung**），會更清楚形容詞最高級的字尾變化。

  若無具體的名詞可供代入，可以假設其為中性名詞，而形容詞最高級也會以 **das -ste** 或是 **am -sten** 表示。

  Mit guten Beispielen lernen, das ist das beste / am besten.
  透過好的範例來學習是最好的方法。

  同一件事物在多項條件下進行比較，當要表示在其中一項條件下「最為～」時，就要以 **am -sten** 表示。

  Die Landschaft hier ist im Herbst am schönsten.
  這裡的景色在秋天時最美。

  副詞（包括副詞性用法的形容詞在內）的最高級為 **am -sten**

  Er schießt in der Mannschaft am häufigsten ein Tor.
  他是球隊中進球數最多的人。

- **比較的範圍**

  以下的形態是用於表示比較的範圍。

von + 複數名詞的與格（以多件事物做比較）

Von allen Vögeln sind Strauße die schwersten.
所有鳥類當中，駝鳥是最重的。

也可像 **unter allen Vögeln** 一樣，以「**unter + 複數與格**」表示。

in + 單數名詞的與格（指在某個範圍內）

Diese Straße ist in der Stadt die belebteste.
這條街是市區裡最熱鬧的。

名詞屬格（指在某個範圍內）

Der See ist der tiefste der Welt.
這座湖泊是世界上最深的。

● **修飾性形容詞的最高級**

規範名詞的修飾性形容詞，若用於表示最高級，就要在代表最高級的字尾 -st 之後，再做字尾變化。

Das Gemälde ist das **schönste** Werk von Paula Modersohn.
這幅畫是保拉・莫德索恩-貝克爾（Paula Modersohn-Becker）最美的作品。

Meine Mutter fährt jedes Jahr mit ihrer **besten** Freundin in Urlaub.
我的母親每年都會和她最要好的朋友去度假。

由於是表示限定於某個範圍內中「最～的事物」，故搭配最高級所使用的名詞，要加定冠詞或者所有格冠詞。

（4）絕對比較級、絕對最高級

當比較級是以「相對而言」、「就整體來看」的觀點來表示程度，而非以「更～」的語意來與其他事物比較時，就稱為**絕對比較級**。

neuere Erscheinungen　　較近期發行的出版物、新書
eine ältere Dame　　較年長的婦人

絕對比較級的 **älter** 所表示的年紀，比原級的 **alt** 來得小一些。另外，相較於直接指出某事物的某個性質，以絕對比較級表示時，是一種比較曖昧委婉的表達方式。因此 Kennst du den **älteren** Herrn dort?（你認識那邊那位較年長的男士嗎？）的表達方式，會比直接說 Kennst du den alten Mann dort?（你認識那裡的老人嗎？）來得更為客氣有禮。

最高級也可表示「非常～」的意思，這種用法稱為**絕對最高級**。

Mein Chef war heute **bester** Laune.
我的上司今天心情極佳。

※ **Laune** 為具述語性質的名詞屬格　☞ p.56

另外，**aufs -ste** 這個形態的用法為說明語，是表示「極為～地」之意。**auf** 後面接續的是由形容詞或副詞最高級所轉成的中性名詞，字的開頭不管是大寫或小寫都可以。☞ p.312

Die Gitarre muss regelmäßig aufs Genaueste / aufs genaueste gestimmt werden.
那把吉他必須定期進行極為精確地調音。

（5）同等比較

同等比較是指兩件事物相互比較之後，以 **so～wie ...** 或是 **genauso～wie ...** 表示「與～相同」的用法。

Der Hauswein hier schmeckt so gut wie ein teurer Burgunder.
這裡的葡萄酒和昂貴的勃根地葡萄酒一樣好喝。

若以否定的方式表達，則是表示「沒有達到～地步」

Der Film erregt nicht so viel Aufsehen wie die Romanvorlage.
那部電影並沒有像小說那樣引發很大的回響。

與表示比較對象的 **als** 相同，**wie** 之後的部分為破框結構。
☞ p.283

wie 之後可接子句。

Der Vortrag war nicht so anregend, wie ich erwartet hatte.
這場演講不如我所預期的那般有趣。

「～的…倍」亦屬於同等比較。用法是在 **so** 之前放入 **doppelt/ zweimal**（2 倍）或是 **halb**（一半）等表示「…倍」的字。若為 3 倍以上時，會像 **zehnmal**（10 倍）一樣，以「基數 **-mal**」表示。

Die neue Lampe leuchtet doppelt so hell wie die alte. Dabei verbraucht sie nur halb so viel Energie.
新燈的亮度是舊燈的 2 倍。耗電只有（原先的）一半。

用於表示同等比較的慣用句型有 **so ～ wie möglich**（儘可能地～）。

Ihre Frage werden wir so bald wie möglich beantworten.
我們會儘快回覆您的問題。

5. 形容詞名詞化

Ein Bekannter von mir gibt nächsten Monat ein Klavierkonzert.
我的一位朋友下個月要舉辦鋼琴演奏會。

Gibt es etwas Neues?
有什麼新消息嗎？

就如同 **ein Bekannter**（<bekannt 已知的）、**etwas Neues**（<neu 新的）一樣，形容詞可以轉為名詞，用於表示具有某種性質的人或事物。字首要大寫，並且要比照形容詞在字尾做變化 ☞ p.103 。

（1）～的人

形容詞轉為名詞，可以用於表示具有某種特質的男性、女性、人們。著名的查理大帝，德文寫作 **Karl der Große**，**der Große** 就是由形容詞 **groß**（偉大的、大的）轉化為名詞。如果將其想成是 **der große Mann**（偉人）省略 **Mann**（男人）後的結果，或許會更容易理解。

若以形容詞 **deutsch**（德國的）為例，可以造出以下的名詞。

	德國人（男性）	德國人（女性）	德國人（複數）
不定冠詞（類）	ein Deutscher	eine Deutsche	Deutsche
定冠詞（類）	der Deutsche	die Deutsche	die Deutschen

Viele **Deutsche** reisen sehr gern. Mein **Bekannter** macht auch jedes Jahr mehrere Reisen.
許多德國人都很喜歡旅行。我的朋友每年都會旅行好幾次。

比較級及最高級亦可造出名詞。

Nimm dich gut in Acht. Du bist nicht mehr **die Jüngste**.
要注意身體。你已經不再年輕了。

從 **die Jüngste** 即可得知這句話是對（親近的）女性所說的話。

（2）～的物品、事件

　　形容詞轉為中性名詞，可以用於表示具有某種性質的事物，或是表示該性質本身。

　　最常見的用法，是搭配 etwas（某件事物）、nichts（沒有任何～）、viel（許多）等字，再加上強變化字尾 ☞ p.103 的形態。

Ich möchte Oma **etwas Schönes** schenken. Aber was?
我想送一份很棒的禮物給奶奶。可是要送什麼才好？

Er hat schon wieder gemeckert. – Ach, das ist **nichts Besonderes**.
他還在碎碎唸。—噢，那一點都不稀奇。

進階學習　noch mehr

　　有些慣用句型就是形容詞名詞化的運用。首先就從最常見的用法開始介紹。

Ich wünsche Ihnen alles Gute.

　　這句話適用於各種場合，尤其是生日或是就業這類人生面臨轉折的情況。若直接翻譯是「希望你一切都好」之意，如果寫在賀年卡上，就是「祝你來年一切順利」的意思。

　　另一個慣用句型是 sein Bestes tun（竭盡全力）。字典上列出的假設主詞為 man，所以 Bestes 前放上的是所有格冠詞 sein，但實際上應該要因應不同的主詞，放入對應的所有格冠詞。

Die Ärzte haben ihr Bestes getan.
醫師們已經盡了（他們的）全力。

無論是身邊的事物（如物品的大小、時間等）還是抽象的數學及物理學，在理解或看待世界時，數字都是不可或缺的媒介。數詞就是表達與這些數字有關的概念的總稱，用於表示數字、數量、順序等。

1. 基數詞

（1）基數

係指 0、1、2、3⋯等連續的基本數字，亦稱為整數。德文的數字體系和英語相同，12 以下和 13 以上的數字說法分別是兩種不同的系統。

0～12

0	null	1	eins	2	zwei	3	drei	4	vier
5	fünf	6	sechs	7	sieben	8	acht	9	neun
10	zehn	11	elf	12	zwölf				

13～19

在基數 3～9 後再加上 -zehn。不過 16 與 17 因為發音的關係，sechs 的 -s 及 sieben 的 -en 都會脫落，發音也不一樣。另外，18 的 -tz- 發音為單音節的 [ts]。

13	dreizehn	14	vierzehn	15	fünfzehn
16	**sechzehn**	17	**siebzehn**	18	achtzehn
19	neunzehn				

20～90

在基數 2～9 後再加上 -zig 為基本規則。不過，20、30、60、70 會在發音及拼字上有些不同。

20	zwanzig	30	**dreißig**	40	vierzig
50	fünfzig	60	**sechzig**	70	**siebzig**
80	achtzig	90	neunzig			

二位數

形態為〔個位數 und 十位數〕。48 就是 achtundvierzig（8 + 40）；92 則為 zweiundneunzig（2 + 90）。雖然較大的數字不太

會把唸法寫出來，但在拼字時，數字之間不留空格，而是直接寫成一個單字。如果是 21 或 31，eins 的 -s 會脫落，以 **einundzwanzig** 的形態表達。

三位數以上的數字

100	[ein]hundert	200	zweihundert
1 000	[ein]tausend	1 萬	zehntausend
10 萬	hunderttausend	100 萬	eine Million
1000 萬	zehn Millionen	1 億	hundert Millionen
10 億	eine Milliarde	1 兆	eine Billion

Million、**Milliarde**、**Billion** 都是陰性名詞。100 萬要加上不定冠詞，以 **eine Million** 表示，200 萬則是 **zwei Millionen**，以複數形表示。利用形容詞 **halb**（一半的），即可用於表示 **eine halbe Million**（50 萬）。

在文章中書寫數字時，通常 12 以下會以像 **zwölf** 一樣以單字表示，12 以上則會直接以數字表示。另外，在書寫 1,000 以上的數字時，中文會像 2,500 這樣，在千位數字後面加上「，」的符號，德文則會寫作 2 500，在千位與百位之間稍微隔開一些距離，或者是加上「.」的符號，寫作 2.500。「，」在德文中是用於表示小數點。

綜合以上的規則，數字的唸法如下。

102　(ein)hundertzwei
365　dreihundertfünfundsechzig
98 400　achtundneunzigtausendvierhundert

會在數字之間放入 **und** 的，只有像是 365 的 65，或是 98 400 的 98，這種二位數為一組的數字。

100 以上的數字若與 **viel**（許多的）或 **mehrere**（好幾個）等字搭配使用，則可用來表示 **viele hundert**「好幾百」、**mehrere tausend**「好幾千」等概略的數字。

負數

就像 minus fünf Grad（零下五度）一樣，在數字前面加上 minus 即可。

小數點

通常是各個數字分開唸，但小數點後為二位數時，也可以二位數一組，小數點唸作 Komma (,)。

0,8　null Komma acht

1,25　eins Komma zwei fünf

　　　eins Komma fünfundzwanzig

※分數的部分，請參見 p.129 之後的內容

（2）基數詞的用法

● **作為定語用**

置於名詞前作為定語使用時，若為「1」，要用不定冠詞，並依據名詞的性別及格在字尾做變化。p.59 若為 2 以上的基數，則不做任何變化。

Die Tür ist **einen** Meter breit und **zwei** Meter hoch.
那扇門寬 1 公尺、高 2 公尺。

※Meter 為形容詞 breit 及 hoch 的受格補足語。

個位數為「1」時，若搭配定冠詞使用，要做形容詞的字尾變化。

Ich habe zwei Brüder. Der **eine** ist als Ingenieur tätig und der andere studiert noch.
我有兩個兄弟。一位從事工程師的工作，另一位還在唸書。

● **度量衡**

表示重量、長度等單位，要在基數之後加上以下的單位名詞。大多數表示單位的名詞，即使數量為複數，仍以單數形表示。p.47

r Zentimeter　　*r* Meter

r Quadratmeter (m²)　　*r* Kubikmeter (m³)

s Gramm　　*s* Kilo(gramm)

s Pfund   *r* Liter

Ein Pfund sind 500 Gramm.
一磅是 500 克。

Für 50 Gramm Butter braucht man einen Liter Milch.
製作 50 克的奶油，需要 1 公升的牛奶。

● **金額**

德國和奧地利的貨幣單位是 **Euro**（歐元），其下一階的單位為 **Cent**（分），**100 Cent** 為 **1 Euro**。瑞士的貨幣為 **Franken**（1 **Franken** = 100 **Rappen**）。皆為陽性名詞，即便金額為複數，仍以單數形表示。

金額的標記方式及唸法

以下為表示金額時最主要的標記方式及唸法。

65 分	0,65 Euro/EUR 0,65/€ 0,65	fünfundsechzig Cent
8 歐元 20 分	8,20 Euro/EUR 8,20/€ 8,20	acht Euro zwanzig
4 法郎 50 分	4.50 Fr./CHF 4.5	vier Franken fünfzig

※瑞士的小數點為 Punkt (.)。

Eine Postkarte kostet 1,00 Euro (einen Euro) und drei Stück kosten 2,50 Euro (zwei Euro fünfzig).
明信片一張 1 歐元，3 張是 2 歐元 50 分。

Ich möchte zehn Briefmarken zu 0,80 Euro (achtzig Cent).
我想要 10 張 80 分的郵票。

● **電話號碼、郵遞區號**

電話號碼的唸法有兩種，有以二位數為一組的唸法，以及逐一分開的唸法。為了避免將 2 和 3 聽錯，2 的發音有時會轉為 **zwo**。

26 80 73   zwei (zwo) sechs acht null sieben drei
            sechsundzwanzig achtzig dreiundsiebzig

區域號碼的部分，會像 **089**（**null zcht neun**）這樣，每一個號碼分開唸。郵遞區號的部分，德國的郵遞區號為 5 碼，通常會像 **10785**（**eins null sieben acht fünf**）這樣，每一個數字分開唸。

● 年齡

～歲

在基數之後加上 Jahre alt（～歲）。表達時有時會省略 Jahre alt。

Mein Großvater wird 90 (Jahre alt).
我的祖父快 90（歲）了。

在～歲

以介系詞 mit 表示。

Meine Großmutter ist mit 104 gestorben.
我的祖母在 104 歲時過世。

～十歲

在談到個人時，是以 Anfang（初）、Mitte（中間）、Ende（末段）與基數的數字連用。

Er ist Anfang dreißig.
他 30 歲出頭。

若是指某個世代，則可用以下的說法。

Viele Frauen in den Dreißigern haben Schwierigkeiten, Beruf und Familie zu vereinbaren.
許多三十多歲的女性，兼顧工作與家庭生活方面有困難。

In der Mannschaft spielen Senioren zwischen siebzig und achtzig.
隊上的年長者約 70 至 80 歲左右。

● 倍數

基數數字加上 -fach 或 -mal，可用於表示「～倍」的意思。

-fach ～倍的、～層的 【形容詞】

Die Tür wird dreifach verschlossen.
這扇門上了三道鎖。

「兩道，兩層」也可以用 doppelt 取代 zweifach。

-mal ～倍、～次數 【副詞】

Wir sind bislang fünfmal umgezogen.
我們至今搬了五次家。

- 算式

表示加減乘除的說法有好幾種。加法可用 **plus** 或是 **und**；減法可用 **minus** 或是 **weniger**；乘法是用 **mal**；除法大多是用 **durch** 或是 **geteilt durch** 表示。「＝」之後的答案即使為複數，也一樣是用 **ist, gibt, macht** 表示，另外，也可以用 **gleich** 表示。

$6 + 4 = 10$ Sechs plus vier ist zehn.

$80 - 15 = 65$ Achtzig minus fünfzehn gibt fünfundsechzig.

$5 \cdot 7 = 35$ Fünf mal sieben macht fünfunddreißig.

※乘法的符號不是「×」，而是「・」。

$24 : 3 = 8$ Vierundzwanzig geteilt durch drei gleich acht.

※除法的符號不是「÷」，而是「:」。

同一個數字連續相乘是用 **hoch** 表示，平方根為 **Quadratwurzel**，立方根是以 **Kubikwurzel** 表示。

$5^3 = 125$ Fünf hoch drei ist (ein)hundertfünfundzwanzig.

$\sqrt{9} = 3$ Die Quadratwurzel aus neun ist gleich drei.

$\sqrt[3]{8} = 2$ Die Kubikwurzel aus acht ist zwei.

- 表示數字本身

數字是 *e* **Zahl**，號碼是 *e* **Nummer**，皆為陰性名詞。提到某個數字時，該數字會視為陰性名詞。

Wer hat die Fünf?

5 號是哪一位？

2. 序 數 詞

（1）序數

係指「第～」這類表示順序的數字。日期或建築物的樓層也是利用序數表示。

以阿拉伯數字表示時為「**1.**」，也就是在基數之後再加上「**.**」。序數的唸法基本上在 **19** 以下都是基數後加上 **-t**，**20** 以上則是在基數後加上 **-st**。**8** 的序數與基數同形，**1** 和 **3** 的序數則屬不規則用法。

1. **erst**	2. zweit	3. **dritt**	4. viert
5. fünft	6. sechst	7. sieb(en)t※	8. acht
9. neunt	10. zehnt	...	19. neunzehnt
20. zwanzigst	21. einundzwanzigst		
100. hundertst	101. hunderterst		

※siebent 是較舊式用法，現通用 siebt。

（2）序數詞的用法

• 基本用法
大部分的情況下是作為定語，以〔定冠詞 + 序數 + 名詞〕的形式使用。這時要在序數後加上形容詞弱變化的字尾 ☞ p.103 。

Gehen Sie die **erste** Straße nach links.
請在第一條街左邊。

Unsere Wohnung ist im **dritten** Stock.
我們的房子位於 4 樓。

Wilhelm der **Zweite** war der letzte Deutsche Kaiser.
威廉二世是德國的最後一任皇帝。

※建築物的 1 樓為 s Erdgeschoss。r Stock 為「樓層」之意，和 e Etage 是同義字，2 樓為 der erste Stock / die erste Etage；5 樓則是 der vierte Stock / die vierte Etage。
※要在人名後加上「（第）～世」時，就像 der Zweite 一樣，把序數轉為名詞，並與人名同格。

• 等級
將序數置於形容詞最高級前，用於表示等級，為「第～位」之意。

Hamburg ist die zweitgrößte Stadt in Deutschland.
漢堡是德國第二大的城市。

此用法會將序數與形容詞連在一起，當作一個單字使用。

● 「每～」

以〔jeder + 序數 + 單數名詞〕的形態表示「每～」之意。其中的 jeder 要在字尾做定冠詞形態的變化。 ☞ p.72

Jedes zweite Kind über neun Jahre jobbt in seiner Freizeit.

9 歲以上的孩子裡每兩人有一人會在空閒的時間去打工。

Er geht jeden zweiten Monat zum Arzt zur Unter-suchung.

他每兩個月就會去醫生那裡做一次檢查。

jeden zweiten Monat 也 可 以 用 alle zwei Monate 表 示。

☞ p.72

● 「～人」

〔zu + 序數〕是表示進行某項行為的人數。

Arbeiten Sie bitte zu viert.   工作時請以 4 人為一組

● 順序

在序數後加上字尾 -ens 作副詞用，用於表示「第一」、「第二」等順序。

Diesen Stadtplan finde ich praktisch. Erstens gibt er einen guten Überblick, zweitens ist er geeignet zum Mitnehmen.

我覺得這張城市導覽地圖很實用。第一，它提供完整的城市的概況，第二，它很適合攜帶。

● 分數

分數是利用語意為「～分之一」的〔序數 -el〕表示。

1/3   ein Drittel   3/4   drei Viertel

6 2/5   sechs zwei Fünftel

Drittel 就是 1/3 的意思，因此可想成是 ein Drittel，2/3 的話是 zwei Drittel。〔序數 -el〕作中性名詞用。

另外，「1/2」通常會以名詞 e Hälfte（一半）或是形容詞 halb（一半 的 ） 表 示。$1\frac{1}{2}$ 為 anderthalb 或 eineinhalb，$2\frac{1}{2}$ 則 為 zweieinhalb。halb 要隨著後接名詞的性別、單複數、格做對應的

形容詞字尾變化，但 **anderthalb/eineinhalb** 則不會在字尾做任何變化。

Ich möchte von dem Stoff einen halben Meter.
這塊布我想要半公尺。

Der Film dauert anderthalb Stunden.
電影的長度是一個半小時。

在形容進度時，以像「三分之一」或「只有一半」這樣，以分數表示程度時，要加上介系詞 **zu**。

Das Hochhaus wurde zu einem Drittel renoviert.
那棟大樓翻修了三分之一。

Ich habe das Buch zur Hälfte gelesen.
那本書我讀了一半。

進階學習 **noch mehr**

　　遇到以小數或分數當主詞，就會搞不清楚動詞該用單數形還是複數形才好。小數的部分，像 0,5 這種不滿 1 的數，只要作為主詞用，就較傾向視為複數。

0,5 (null Komma fünf) Liter Milch kosten 1,20 Euro (einen Euro zwanzig).

　　若以分數為主詞，當分子為 1，可能會像以下的例句一樣，將單數名詞視為定語，也可能不使用定語，單純以 **ein Viertel** 表示，這種時候，就會將分數視為單數。

Ein Viertel der Strecke ist momentan im Bau.
那段路有四分之一的路段目前正在進行工程。

　　若像 **ein Drittel der Studenten**（三分之一的學生）一樣，以名詞複數第二格（屬格／Genetiv）做定語，則可能會視為單數也可能會視為複數。若看待該句的重點在於這一句的主詞（即附有 **ein** 的名詞 (**Drittel**)），則動詞就要用單數形；若看待該句的重點在於複數的人或物，則動詞大多用複數形。

　　分子若為 2 以上則為複數。

Zwei Drittel der Bevölkerung wohnen in städtischen Gebieten.
有三分之二的人民居住在都市。

3. 與數字相關的各項用法

（1）日期

德文的日期排列方式與中文相反，是按照日、月、年的順序排列。

> Paul Klee wurde am 18. (achtzehnten) Dezember 1879 (achtzehnhundertneunundsiebzig) geboren.
> 保羅‧克利 (Paul Klee) 生於 1879 年 12 月 18 日。

日期是以〔陽性定冠詞 + 序數〕表示，並在序數的部分做形容詞的字尾變化。月份只有在與日期同時出現時，才會以序數表示。

～月～日

在 **wievielt**（第幾？）前加上定冠詞使其名詞化後，可用於詢問「哪一天？」。**wie viel**（多少？）是 2 個單字，但 **wievielt** 是當作 1 個單字用。

> Der Wievielte ist heute? – Heute ist der 25. 6. (fünfundzwanzigste Juni/Sechste)
> 今天是幾月幾日？－今天是 6 月 25 日。

> Den Wievielten haben wir heute? – Heute haben wir den 3. 12. (dritten Dezember/Zwölften)
> 今天是幾月幾日？－今天是 12 月 3 日。

在～月～日

「在～日」是以〔**am** + 序數 -en〕表示。**am** 為介系詞 **an** 與定冠詞 **dem** 連用的形態。 ☞ p.144 若要加上月和年，就會寫成 **am 18. Dezember 1879**，同樣要在日期的前面再加上 **am**。

> Wann hast du Geburtstag? – Am 18. 3. (achtzehnten März)
> 你的生日是哪一天？－3 月 18 日。

（2）年份

● 西元

西元的表達方式如下所示。

1～1099 年	和一般的數字唸法相同。
1100 年～1999 年	唸的時候會分成〔前 2 碼＋100〕與〔後 2 碼的數字〕。
2000 年以後～	和一般的數字唸法相同。

814	achthundertvierzehn
1989	neunzehnhundertneunundachtzig
2011	zweitausendelf

西元前則會在年份之後加上 **v. Chr. (vor Christus)** 表示。

390 v. Chr.	dreihundertneunzig vor Christus

西元年即使是當成說明語，用於表示「在～年」的意思，通常也不會加上介系詞。

Das Jugendbuch erschien 2004 (zweitausendvier).
那本青少年類讀物是在 2004 年出版的。

若真要加介系詞，就必須像 **im Jahr(e) 2000** 一樣，連同 **Jahr(e)** 一起加。

Im Jahr(e) 1949 (neunzehnhundertneunundvierzig) gründete Bertolt Brecht das Berliner Ensemble.
1949 年貝托爾特·布萊希特（Bertolt Brecht）創辦了柏林劇團（Berliner Ensemble）。

※**Jahre** 的 -e 為與格的字尾變化，屬於較古老的用法，只用在特定用語上。

● **～年代、～世紀**

要表達「～年代」，是以基數加上 **-er** 所構成的形容詞表示。這種形容詞不會在字尾做變化。p.106

1920 年代	die neunzehnhundertzwanziger Jahre
在 90 年代	in den neunziger Jahren

要表達「～世紀」，是以〔**das ＋ 序數 ＋ Jahrhundert**〕表示，並在序數的部分做形容詞的字尾變化。

10 世紀	das zehnte Jahrhundert
在 21 世紀	im einundzwanzigsten Jahrundert

（3）時間

在時間的表達上，和中文一樣分為 24 小時制及 12 小時制。

· **24** 小時制

於公開場合正確傳達時間時使用，如交通設施的到站時刻表，或是宣布某個活動開始的時刻等情況。

6.00	Uhr	sechs Uhr
12.20	Uhr	zwölf Uhr zwanzig
16.35	Uhr	sechzehn Uhr fünfunddreißig
23.07	Uhr	dreiundzwanzig Uhr sieben
24.00	Uhr	vierundzwanzig Uhr
0.05	Uhr	null Uhr fünf

在描述時是使用基數以 [時間 **Uhr** 分] 的順序表示。不過「1 時」不是以 **eins Uhr** 表示，而是以 **ein Uhr** 表示。另外，雖然「～點」會加上 **Uhr**，但「～分」通常並不會加上 **Minute(n)**。

· **12** 小時制

大多用於私人日常溝通的情況。以整點（意即不含○○分等的分鐘數）為基準，表達時會說是整點起算的～分鐘後或～分鐘前。

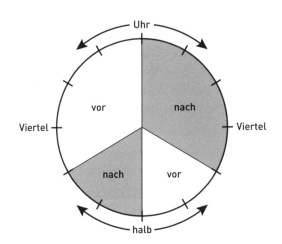

24 小時制	12 小時制
7.00 Uhr 19.00 Uhr	sieben (Uhr)
7.05 Uhr 19.05 Uhr	fünf nach sieben
7.10 Uhr 19.10 Uhr	zehn nach sieben
7.15 Uhr 19.15 Uhr	Viertel nach sieben
7.20 Uhr 19.20 Uhr	zwanzig nach sieben
7.25 Uhr 19.25 Uhr	fünf vor halb acht
7.30 Uhr 19.30 Uhr	halb acht
7.35 Uhr 19.35 Uhr	fünf nach halb acht
7.40 Uhr 19.40 Uhr	zwanzig vor acht
7.45 Uhr 19.45 Uhr	Viertel vor acht
7.50 Uhr 19.50 Uhr	zehn vor acht
7.55 Uhr 19.55 Uhr	fünf vor acht

在表示整點的時刻時，**19.00** 會以 **sieben** 或是 **sieben Uhr** 表示。**1.00** 以及 **13.00** 則是以 **eins** 或 **ein Uhr** 表示。

表示「～點…分」是以某個整點為基準，以 **nach** 表示「…分後」，**vor** 則是表示「…分前」，**16.05** 的話是 **fünf nach vier**（4 點過後 5 分鐘）。「15 分」或「45 分」則是使用代表「四分之一」之意的 **Viertel** 表達。

「～時半」會用 **halb** 表示，7 點半是 **halb acht**，意思是「距離 8 點已經過了半小時」。同樣地 **19.15 Uhr** 是 **Viertel acht**，**19.45** 也可以用 **drei Viertel acht** 的方式表達。

而像 **19.58** 這種較瑣碎的時間，若以 12 小時制表達，會說 **kurz vor acht**（即將 8 時）或是直接以 **acht** 表示，

● **時間的用法**

在詢問時間以及回答時間時，會使用非人稱代名詞 **es** ☞ p.83 表示。

Wie spät ist es jetzt? / Wie viel Uhr ist es jetzt?
現在幾點？

Es ist zwölf Uhr dreißig./Es ist halb eins.

現在 12 點 30 分。　　　　　現在 12 點半。

表示「在～點」要用介系詞 **um**。

Um wie viel Uhr beginnt das Konzert? – Um 18.30 Uhr (halb sieben/achtzehn Uhr dreißig).

演奏會幾點開始？－6 點半／18 點 30 分。

其他搭配時間使用的介系詞還有 **gegen**（大約～時左右）、**ab**（～時開始）、**von~bis** ...（～點開始到…點為止）。

Ich rufe dich gegen acht abends an.

晚上八點左右我會打電話給你。

Ab sechs Uhr kann man Fahrkarten kaufen.

六點開始可以買火車票。

Der Kurs ist von 9.00 Uhr bis 16.00 Uhr.

課程是從 9 點到 16 點。

單純表示時間的起始點時用 **ab**，若要表示「從～開始到…為止」則是用 **von**。若要表示時間的終點，不管有沒有起始點，都以 **bis** 表示。

4. 表示數量的詞

除了狹義的數詞之外，有一些具備形容詞性質的詞，可用來表示數值與數量。這些詞皆會做形容詞的字尾變化。

· beid-　雙方的

相對於 **zwei** 是用於表示多項事物中任意的「兩個、兩人」，以 **beid-** 開頭的字，是表示對於聆聽者而言屬於已知的「兩個、兩人」。

Die beiden sind sich einig.

雙方的意見一致。

Käsekuchen oder Obsttorte? – Ich nehme beides!

您要起士蛋糕還是水果蛋糕呢？－我兩種都要。

7

數詞

- **ander-　別的、其他的**

用於表示除了某件事物，另外還有一件或多件事物存在之意。相當於英文的 **another** 及 **other**。

Das machen wir ein anderes Mal.
我們會找其他時間做。

Vom Truthahn haben wir die eine Hälfte gegessen und die andere aufgehoben.
我們吃了半隻火雞，剩下的半隻留起來。

Wir blieben im Hotel und die anderen gingen Ski fahren.
我們待在飯店裡，其他的人出去滑雪了。

- **einig-　幾個、若干**

用於表示份量及數量並不是很多的情況.

Ich muss noch einiges erledigen.
接下來我還有幾件事要辦。

Einige Verwandte sind zusammengekommen.
有幾位親戚在此團聚。

- **mehrer-　好幾個**

用於表示份量及數量較多的情況。

Es regnet schon mehrere Tage.
已經下了好幾天的雨。

表示數量的詞，還有形容詞 **viel**（許多的）、**wenig**（少量的）☞ p.106 以及定冠詞類的 **manch-**（不少）☞ p.73 等。這些詞若單獨作為名詞使用時，都以小寫表示。

此外，以上的這些詞，**beid-** 之前可加定冠詞，**ander-** 之前，則是可加上定冠詞或不定冠詞。冠詞的用法請參照第三章的內容。☞ p.59

有一些字可用於表示特定數量的集合體。這些字與表示單位的名詞相同，即使修飾的對象為複數名詞，仍使用單數形。

- **ₛPaar　一對**

係指以兩個為一個單位的事物。

Ich suche für meine Eltern zwei Paar Handschuhe.
我要替父母挑兩雙手套。

※**ein paar** 若以小寫書寫，是表示「幾個、若干」之意。

- *s* **Dutzend　1 打**

  係指以十二個為一個單位的事物。

Ein halbes Dutzend Kugelschreiber kostet/kosten zehn
Euro.
半打原子筆要價 10 歐元。

進階學習 ▶ noch mehr

　　Paar 或 **Dutzend** 都是指複數的事物，但若是像 **ein Paar** 或 **ein halbes Dutzend**，加上不定冠詞並作主詞用時，動詞要用第三人稱單數表示。但若後面加上複數名詞作為定語時，亦可用第三人稱複數表示。

　Was kosten die Rosen? - Ein Dutzend kostet fünf Euro.
　玫瑰花要多少錢？－1 打 5 歐元。

　Ein Paar warme Socken ist/sind zum Verschenken immer gut.
　無論是任何時候（無論對象是誰），一雙保暖的襪子都很適合當作禮物。

第 8 章

介系詞

當要藉由名詞或代名詞表示地點、時間、理由、方法等資訊時，就會在名詞或代名詞之前加上介系詞。介系詞要與特定格的名詞或代名詞連用。

1. 介系詞及其用法

介系詞會置於名詞或代名詞之前，與名詞、代名詞或是其他詞類的詞（動詞、名詞、形容詞、副詞）連用並形成介系詞片語。

（1）介系詞的作用

介系詞的作用是組織說明語，用以說明時間、地點、原因、目的、情況及手段。大部分的介系詞原本是用來表示地點，後來轉化為用於表示時間上的意涵，最終才用於表示原因或情況等較為抽象的意涵。

由〔介系詞＋名詞、代名詞〕所構成的介系詞片語也能用來作為動詞、形容詞、名詞的補足語。與動詞有緊密連結關係的介系詞片語，則又稱為介系詞受詞。

説明語（表示原因）

Dank Ihrer Unterstützung konnten wir unser Ziel erreichen.
多虧有您的協助我們才能達成目標。

動詞的補足語

Stefan kommt **aus der Schweiz**.
史蒂芬來自瑞士。

介系詞受詞

Darf ich Sie **um Ihren Namen** bitten?
我可以請問您的姓名嗎？

（2）介系詞的用法

就如同 (1) 的例句一樣，介系詞通常都置於名詞或代名詞之前。

不過也有一些介系詞是放在名詞或代名詞的後面。

Meiner Meinung nach müsste es nachts nicht so hell beleuchtet werden.
我認為夜間的照明不需要點這麼亮。

※也可以用 nach meiner Meinung 表示。

Dem Bericht zufolge gab es hier schon drei Unfälle.
根據報告，這裡已發生三起事故。

也有以兩個單字為一組並視為單一介系詞使用的情況。例如〔**um** + 第二格 + **willen**〕（為了～緣故）

Wir nennen **um** der Vollständigkeit **willen** weitere Beispiele.
為免有所疏漏，我們再舉一些例子。

也有與副詞、形容詞或其他的介系詞片語連用的介系詞。

與副詞連用

Das Musikfest dauert **bis morgen**.
音樂祭將持續到明天為止。

與形容詞連用

Ich wollte **seit langem** singen lernen.
我想學唱歌很久了。

Ich halte sein Verhalten **für unangebracht**.
我認為他的舉止不恰當。

與其他介系詞片語合用

Sie müssen das Anmeldeformular **bis zum Freitag** abgeben.
您必須在週五之前繳交報名表。

（3）介系詞的來源

　大部分的介系詞是源自於副詞，但也有源自於名詞及形容詞、甚至是由分詞轉化而來的介系詞。另外還有一些由〔介系詞 + 名詞〕搭配而成的介系詞片語，使用時會視為單一的介系詞。

源自副詞	an 在～旁	bei 在～附近	
源自名詞	dank 歸功於～	wegen 由於～	
源自形容詞	ausschließlich 除了～以外	bezüglich 關於～	
源自分詞	entsprechend 按照～		
	ungeachtet 儘管～		
介系詞 + 名詞	zufolge 遵從～	anstatt / statt 代替～	

2. 介系詞所支配的格

與介系詞搭配使用的名詞及代名詞，須配合不同的介系詞而使用特定的格。介系詞可決定後面所搭配詞類的格，亦即介系詞後面所接續的詞是受到介系詞所支配，故在討論介系詞的使用時便以**介系詞所支配的格**稱之。其中包含支配第四格、支配第三格、支配第三格／第四格、支配第二格，共四種型態。在這一小節，會將一些重要的介系詞按其各自對「格」的支配關係分組列舉。在第 5 小節中，則會將介系詞依用法分類，亦即按照 (1) 地點及方向 (2) 時間 (3) 原因、理由及目的 (4) 情況及方法分類，針對使用時需特別注意的事項進行解說。

（1）支配第四格（受格／Akkusativ）的介系詞

bis	直到～為止（時間）	bis nächste Woche 到下週為止
	直到～為止（地點）	bis Mainz 到美茵茲為止
durch	穿過，經過	durch den Wald 穿過森林
entlang	沿著～	den Fluss entlang 沿著河流
für	為了～	für eine bessere Chance 為了更好的機會
	～的期間	für zwei Wochen 為期二週
gegen	反對，逆著	gegen den Wind 逆風
ohne	沒有	ohne deine Hilfe 沒有你的協助
um	圍（繞）著，在～周圍	um den Turm 在塔的周圍

※**entlang** 要置於第四格後方。

※**ohne** 之後接的名詞通常不會加不定冠詞或定冠詞。但有時會加上為名詞添加特定語意的冠詞類，如所有格冠詞或 dieser 等。

（2）支配第三格（與格／Dativ）的介系詞

aus	從～來（由裡到外）	aus der Flasche	從瓶子中
	來自～	aus Deutschland	來自德國
	由～組成	aus Seide	由絲綢製成
bei	在～附近	bei der Post	在郵局旁邊
	居住在～	bei den Eltern	跟父母同住
	在～期間／時候	bei einem Treffen	在會面的時候
gegenüber	在～的對面	gegenüber der Kirche	在教堂的對面
mit	和～一起	mit dem Parner	和夥伴一起
	使用～	mit dem Stift	用筆
nach	在～之後	nach dem Essen	用餐後
	往～	nach Taiwan	往台灣
	根據～	nur dem Namen nach	只根據名字
seit	從～以來	seit einigen Jahren	從好幾年前開始
von	從～	vom (<von dem) Büro	從辦公室
zu	到～	zum (<zu dem) Arzt	去看醫生
	為了～	zu diesem Zweck	為了這個目的

※ **gegenüber** 通常都是放在名詞後。（如 der Kirche gegenüber）
※ 表示「根據」的 **nach** 亦可放在名詞後。

（3）支配第三格／第四格的介系詞

在表示位置關係的介系詞中，**支配第三格的介系詞是表示所在的地點；支配第四格的介系詞是表示移動的方向**。

a. Gehen wir schon in den Saal.　　我們一起去大廳。

b. Warten wir eine Weile im Saal.　　我們在大廳稍等一下。

在例句 **a.** 中的 **gehen** 用於表示行走這個動作，**in den Saal** 則是表示行走的目的地。相對地，例句 **b.** 中的 **warten** 則是表示在某處靜止不動，**im Saal** 則是表示該動作所在的地點。

支配第三格及第四格的介系詞，若與表示動態動作的動詞（**bringen, fahren, kommen, umzieben usw.**）一同使用，就是支配第四格；若與表示靜態動作（**arbeiten, essen, wohnen, sein usw.**）的動詞一同使用，就是支配第三格。原本第三格就具備表示地點的作用，而第四格則是本來就具備表示動作標的的作用，這類可支配第三格／第四格的介系詞，不過就是與這些格原本就具備的作用相互結合而已。

支配第三格／第四格的介系詞有以下 **9** 種。

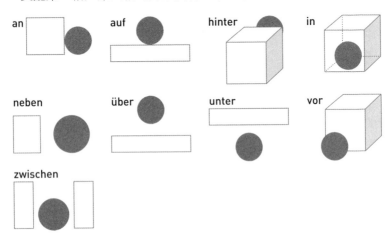

		地點（在～）（**Wo**）	方向（往）（**Wohin**）	
an	貼近～	am (<an dem) Fenster	ans (<an das) Fenster	窗邊
auf	在～上面	auf dem Tisch	auf den Tisch	桌上
hinter	在～後面	hinter der Post	hinter die Post	郵局後面
in	在～裡面	im (<in dem) Zimmer	ins (<in das) Zimmer	房間裡
neben	在～旁邊	neben mir	neben mich	我的旁邊
über	在～上方	über der Insel	über die Insel	小島的上方
unter	在～下方	unter der Brücke	unter die Brücke	橋下

vor	在～前面	vor dem Publikum	vor das Publikum	聽眾前
zwischen	在～中間	zwischen den Bäumen	zwichen die Bäume	樹木之間

除了表示空間上的位置之外，亦有表示時間及情況的用法。以下例舉較具代表性的幾個介系詞。

an	（支配第三格）在～時候	am Wochenende　在週末
auf	（支配第四格）用～方式	auf diese Weise 以這個方法、用這種方式
hinter	（支配第三／四格）落後	hinter der Mode　跟不上流行
in	（支配第三格）在～時間內	in diesem jahr　今年內
	（支配第三格）在～後	in zehn Tagen　十天後
neben	（支配第三格）除了～之外	neben dem Hauptthema 除了主題以外
über	（支配第四格）過了～以後	über drei Jahre　超過三年
	（支配第四格）關於	über die Religion　關於宗教
unter	（支配第三格／第四格） 在～之中	unter den Zuschauern 在聽眾之中
vor	（支配第三格）在～之前	vor der Abreise　在出發之前
zwischen	（支配第三格）在～之間	zwischen ein und zwei Uhr 在一點與二點之間

（4）支配第二格（屬格／Genetiv）的介系詞

außerhalb	在～之外	außerhalb der Gegend　在這一區之外 außerhalb der Geschäftszeiten 在營業時間之外
innerhalb	在～之內	innerhalb der Gemeinde 在教區之內 innerhalb einer Woche　在一週之內
(an)statt	代替	statt des Kollegen　代替同事

trotz	儘管～	trotz des Unwetters	儘管天候不佳
während	在～期間	während der Ferien	休假期間
wegen	由於	wegen des Umbaus	由於改建的關係

在口語表達上，會如同 **wegen dem Umbau**，以第三格表示。另外，若為零冠詞複數的名詞，由於不易分辨該名詞屬於第二格還是第一格，所以會像 **innerhalb fünf Monaten** 一樣，以第三格表示。

3. 介系詞與定冠詞的縮寫形態

介系詞與定冠詞有時會像 **vom Büro** 或 **zum Arzt** 中的 **vom** 及 **zum** 一樣，合併為一字的縮寫。要造出縮寫形態的字，必須是當重音不落在定冠詞上，且冠詞本身較不具指示性時，特別是以下的情況。

● **當名詞代表的是一般的概念時**

當名詞非用於表示個別、具體的事物，而是用來表示一般概念時，就會用縮寫形表示。

Wir kaufen Fleisch nicht im Supermarkt, sondern beim Metzger.
我們是在肉鋪買肉而非超市。

在這個例句中，**Supermarkt** 及 **Metzger** 等名詞並非用來指稱某間特定的店家，而是用來表示某一種類型的商店。以此句來說，分別指的是以自助式服務為主，專營銷售各類食材及食物的超市，以及直接跟顧客面對面販售肉品和肉類加工製品的個人商店。

● **以〔介系詞 + 名詞〕表示某個行為**

當以〔介系詞 + 名詞〕的組合搭配動詞，用於表示某個行為時，也會使用縮寫形。

Ich gehe jede Woche ins Kino.
我每週都會去看電影。

gehe(n) … ins Kino 並非只用於表示單純去電影院這個目的地而已，而是表示「去電影院並在那裡看電影」這一連串的行為。

不管是屬於哪一種情況，只要是用來表示個別、具體的事物，在

表達時就要把介系詞和定冠詞分開。

> **Neuerdings kaufen wir Fleisch bei dem Metzger, den unsere Nachbarn uns empfohlen haben.**
> 最近我們都是在鄰居推薦的肉品店買肉。

> **Das Theater zieht in das alte Kino.**
> 劇場搬到舊戲院。

介系詞＋定冠詞的縮寫形態，主要有以下的組合。

am < an dem	ans < an das	im < in dem
ins < in das	beim < bei dem	vom < von dem
zum < zu dem	zur < zu der	

在口語表達上，定冠詞的 ’m（**<dem**）或 ’s（**<das**）在發音時，經常會有弱化的現象，於是便出現上述組合以外的用法。

aufs < auf das	durchs < durch das	fürs < für das
überm < über dem	übers < über das	ums < um das
vorm < vor dem	vors < vor das	

而像 **et⁴ nicht übers Herz bringen**（不忍心～⁴）這類片語，即使是書寫體也會用縮寫形。

4. 介系詞與人稱代名詞、疑問代名詞

（1）介系詞與人稱代名詞

介系詞可搭配人稱代名詞一同使用。

> a. **Sara ist meine beste Freundin. Ich fahre oft mit ihr in Urlaub.**
> 莎拉是我的好朋友。我經常和她一起去度假。

不過若人稱代名詞是代替表事物的名詞，就要用 **da-介系詞**的形式來代替〔介系詞＋人稱代名詞。〕

> b. **Mein Auto ist alt, aber bequem. Ich fahre oft damit in Urlaub.**
> 我的車雖然舊，但舒適。我經常開著它去度假。

在例句 **a.** 中，**mit** 是搭配 **ihr**（代稱 **Sara** 的陰性人稱代名詞第三格）一同使用。但在 **b.** 句中，由於人稱代名詞是用來代稱事物的 **mein Auto**，因此不是用 **mit ihm**，而是使用 **damit** 的形式表示。

an 或 **in** 這類以母音開頭的介系詞，由於發音的關係，會改成像 **daran** 或 **darin**，以 dar-**介系詞**的形式表示。

Siehst du das Gebäude dort? Darin ist ein kleines Privatmuseum beherbergt.

看到那邊那棟建築了嗎？那裡面有座小型的私人博物館。

〔da(r)-介系詞〕形態的介系詞，是屬於支配第三格、支配第四格、支配第三格／第四格的介系詞。但是 **entlang, gegenüber, ohne** 等介系詞則不會使用此種形式表達。

（2）介系詞與疑問代名詞

介系詞可搭配疑問代名詞一起使用。

Von wem ist die Rede?

我們在談論的是誰？

Aus welcher Gegend kommt diese Keramik?

這個陶器來自哪裡？

詢問事物的疑問代名詞 **was** 搭配介系詞使用時，會以 wo(r)-介系詞的形式表示。

Wovon ist die Rede?

在聊什麼？

Woraus ist der Stoff? – Er ist aus Baumwolle.

這塊布是什麼材質？－是棉製的。

不過，若是詢問理由，通常會使用疑問副詞 **warum**（為何）；若是詢問目的地，會使用 **wohin**（何處）；若是詢問出處或出發點，會使用 **woher**（出於何種原因、從何處）。**Die keramik kommt** *aus Mallorca.*（這個陶器是產自馬約卡島）如果是要詢問這個句子中斜體字的部分時，要用 **Woher** 而非 **Woraus**。

5. 介系詞的用途

（1）地點、方向

an 【支配第三格】 在～旁邊
【支配第四格】 到～旁邊
表示「某件物品的側邊或下方」。

Der Beamer ist an der Decke befestigt.
投影機安裝在天花板上。

位於某物的邊緣或交界的這種位置關係，也是以 **an** 表示。

Hamburg liegt an der Elbe.
漢堡位於易北河沿岸。

Im Sommer fahren viele Urlauber ans Meer.
在夏天，許多遊客會去海邊。

表示歸屬於某間學校或教會時，也是用〔an + 第三格〕表示。

An welcher Universität hast du studiert?
你在哪一所大學唸書？

auf 【支配第三格】 在～上（有接觸面）
【支配第四格】 放到～上面
表示「某件物品的上面」。

Auf dem Umschlag fehlte die Empfängeradresse.
信封上沒寫收件人的住址。

Setz dich nicht auf den Tisch, sondern auf den Stuhl!
別坐在桌子上，坐在椅子上！

r **Platz**（廣場）或是設置於廣場的 *r* **Markt**（市集），會使用 **auf**。

Den Kranz habe ich auf dem Weihnachtsmarkt gekauft.
這個花環是我在聖誕市集買的。

r **Bahnhof**（車站）、*e* **Post**（郵局）、*s* **Rathaus**（市政府、區公所）等較具公共性的設施，會使用 **auf**。

Das Elterngeld muss man auf dem Rathaus beantragen.
育兒津貼必須在市政府申請。

Ich gehe jetzt auf die Post.
我現在要去郵局。

之後又將 **auf** 進一步引伸用於表示在某個活動上。

Sie haben sich auf einer Party kennengelernt.
他們是在一個派對上認識的。

bei 【支配第三格】 在～附近；在～處
表示「和某件事物的距離相當接近」的位置關係。

Das Geschäft liegt beim Bahnhof.
那間店位於車站附近。

進而引伸為表示位於某人、組織或是機構的範圍之內。

Jeder Zweite zwischen 20 und 29 wohnt bei den Eltern.
每兩個二十多歲的人，其中有一位和父母同住。

Meine Schwester arbeitet bei einer Logistikfirma.
我的姐姐／妹妹在物流公司工作。

in 【支配第三格】 在～裡面 【支配第四格】 到～裡面去
表示「在某個東西裡」、「位於某個領域內」。

Sein Büro liegt im fünften Stock.
他的辦公室位於六樓。

Unsere Tochter hat ins Ausland geheiratet.
我們的女兒嫁到海外。

附有定冠詞的陽性名詞、陰性名詞、複數名詞的國名或地名，若
要用於表示前往的目的地，就使用〔**in** + 第四格〕。

Lukas ist in die Schweiz umgezogen.
盧卡斯搬到瑞士去了。

　　雖然公共設施一般要用 **auf**，但若想傳達的重點並非在於設施的功能性，而是在於「建築物的內部」時，就要用 **in**。

Heute Abend findet im Rathaus ein Konzert statt.
今晚市政府內有一場演奏會。

nach 　【支配第三格】　往～
　　零冠詞中性名詞的國名或地名，若要用於表示目的地，亦即「往～」之意，要用 **nach**。

Der Ausflug geht nach Lübeck.
遠足／旅行是去呂北克。

　　如果要表達「回家」之意，也是以 **nach** 表示，為 **nach Haus(e)**。

Mein Vater hat oft seine Kollegen nach Haus(e) mit-genommen.
父親經常帶同事回家。

　　※ **Hause** 的 -e 是舊式的第三格字尾變化，現今僅見於慣用語。

　　亦可搭配 **links**（左）、**außen**（外面）、**vorne**（前方）等表示位置的副詞一同使用。

Diese Tür geht nach innen auf.
這扇門（房間等）向內打開。

zu 　【支配第三格】　往～
　　表示朝向某個目的。常用〔**zu** + 人 ³〕或者〔**zu** + 事件〕的形式表達。

Wie komme ich zum Bahnhof?
我要如何才能前往車站？

Kannst du morgen zu mir kommen?
你明天可以來我這裡嗎？

Am Heiligabend gehen viele Menschen zur Messe.
很多人會在聖誕夜去參加子夜彌撒。

　　與 *s* **Haus**（家）或地名搭配使用時，可用於表示「在～」的意思。這是沿用舊式的用法。

Sie macht einen Kochkurs bei sich zu Haus(e).
她在家中開設烹飪教室。

Der Dom zu Köln wurde erst 1880 vollendet.
科隆大教堂於 1880 年建造完成。

aus 是表示「從～出來」的意思。

Die Leute sind aus dem qualmenden Bahnhof geflohen.
人們從冒煙的車站逃出來。

aus 也有「起源，由來」的意思。

Seine Familie stammt aus Bern.
他們一家來自伯恩。

Das Möbel stammt aus dem 19. (neunzehnten) Jahrhundert.
這件家具出自 19 世紀。

Das Wort stammt aus dem Französischen.
這個單字源自於法語。

von 是表示「出發點」。

Vom Bahnhof ist die Stadtmitte 15 Minuten zu Fuß.
從車站步行到市中心是 15 分鐘。

此外，aus 只能搭配名詞及代名詞使用，但 von 則是還能搭配副詞使用。因此若是用副詞表示來處、來源時，就要用 von。

Sie stammt von hier.
她是本地人。

Die Brötchen sind von gestern.
這個小圓麵包是昨天的（昨天烤的）。

進階學習　noch mehr

（1）bis + 表示方向的介系詞

支配第四格的介系詞 bis（～為止），經常與其他的介系詞搭配使用。若搭配 **an, nach, zu** 等表示方向的介系詞，可用於表示移動及變化的到達點。

Der Zug fährt nur bis nach Hannover.
那部火車只開到漢諾威。

Darf ich Ihnen noch etwas nachschenken? – Danke, bis zur Hälfte bitte.
要再倒點（酒之類的）飲料嗎？－請幫我倒半杯，謝謝。

〔bis + 名詞〕的組合若未加入其他的介系詞，用法要如同 bis Ende（結束為止）或 bis nächsten Samstag（到下週六為止），名詞為零冠詞。

（2）視線的轉移

視線投射之類的情況要視為是一種「轉移」。因此若置於支配第三格／第四格的介系詞之後，名詞要用第四格。

Alle haben auf die Uhr geschaut.
所有的人看向時鐘。

※為了得知時間而看向指針盤面，會以 auf die Uhr schauen（或是 sehen）表達。而 die Uhr sehen 在表達上比較像是看著整個時鐘。

（3）出現及消失屬於靜止狀態

人或物的出現或消失，不能算是兩點之間的移動，而是在靜止狀態下於某個位置所產生的現象。因此若置於支配第三格／第四格的介系詞之後，名詞要用第三格。

Die Sonne erscheint am Gipfel.
太陽出現在山頂。

8
介系詞

（2）時間

ab 【支配第三格】　　von 【支配第三格】　從～
ab 是表示某個行為、事件、狀態開始的時間點。

In Deutschland kann man ab dem 18. (achtzehnten)
Lebensjahr wählen.
在德國，18 歲起就可以投票。

雖然 **von** 也一樣是表示起始的時間點，但不能單獨使用，而是要
搭配副詞 **an**，以 **von … an** 的形態表示。**von** 也可和 **bis** 組成一
組，表示「從～到…為止」。這些介系詞常會搭配 heute（今天）這
一類的副詞一同使用。

Von heute an (= Ab heute) rauche ich nicht mehr!
今天開始我再也不抽煙！

Die Bibliothek ist von Montag bis Freitag von 9.00 Uhr
bis 20.00 Uhr geöffnet.
圖書館的開放時間是週一至週五的上午九時至晚上八時。

an 【支配第三格】　在～時候
Morgen（早上）這類表示時段的單字，搭配日期、星期一起使
用，可用於表示某個特定的時間點。

Die Post kommt in dieser Gegend am Nachmittag.
這個地區的郵件會在下午到達。

Am letzten Schultag habe ich verschlafen.
最後一天上課我睡過頭了。

Auf dieser Autobahn entsteht am Wochenende
Verkehrsstau.
這條高速公路週末都會塞車。

in 【支配第三格】　在～（限定的時間點）
與月份及季節合用，表示某一個時間點，為「在～」的意思。另
外，若要表示某段時間，大部分都是和 **an** 合用，只有 *e* **Nacht**（半
夜）會與 **in** 合用。

Im Herbst färben sich die Blätter rot und gelb.
葉子在秋天會染成紅色及黃色。

Im August gibt es vielerorts Feuerwerksfeste.
許多地方在八月份都有煙火節。

Es hat in der Nacht geregnet.
深夜下雨了。

當要表示西元的年份時，通常不會加上介系詞，但若要以 **Jahr** 表示，就要像 **im Jahr(e) 2014** 一樣，必須加上 **im**。表示～年代或～世紀時，也會使用 **in**。

In den 70er (siebziger) Jahren entwickelte sich ein breites Interesse am Naturschutz.
(19)70 年代，人們對自然保育逐漸開始有更廣泛的關注。

Das Gebäude wurde im 18. (achtzehnten) Jahrhundert gebaut.
這棟建築物建造於 18 世紀。

um 【支配第四格】　gegen 【支配第四格】
um 是與時間連用，以表示確定的時間點，但若與日期或年份連用時，則是用於表示不確切的時間點，為「大約～」。

Die Sitzung beginnt um 15 Uhr.
會議在 15 時開始。

Um 1965 haben viele Frauen einen Minirock getragen.
1965 年左右，許多女性都身著迷你裙。

若要表示不確切的時間點或時段，要用 **gegen**。

Jemand hat gegen Mittag angerufen.
大約中午的時候有人打電話來。

※此用法下，搭配 **gegen** 使用的名詞為零冠詞。

seit 【支配第三格】　從～以來
表示目前為止仍持續的狀態或事件的時間起點。可搭配 **gestern**（昨天）之類的副詞一同使用。

Der Regisseur arbeitet seit Jahren an einem Film.
那位電影導演從好幾年前就開始拍攝一部電影。

　　seit 會與表示一定期間內持續作用的行為、現象或是一再重覆行為的動詞（**arbeiten, sein usw.**）合用。

in　【支配第三格】　　nach【支配第三格】　～之後
　　in 與表示一段期間的名詞合用，是指從「現在」開始起算的時間，也就是「～之後」的意思。由於是指之後才會發生的狀況，所以通常會用現在式或是未來式表達。

In einem Jahr werde ich das Studium abschließen.
我一年之後將完成大學畢業。

　　而相對地，**nach** 則是指從「過去」開始起算的時間，通常是「在那～之後」的意思。由於是過去的事件，所以動詞的時態原則上要用現在完成式或過去式表達。

Sie haben sich 1990 kennengelernt. Nach einem Jahr haben sie gemeinsam ein Geschäft eröffnet.
他們相識於 1990 年。一年後兩個人合開了一家店。

　　nach 若與表示行為或事件的名詞合用時，能夠用於表達過去、現在、未來的情況。

Die Kinder kommen/kamen erst nach Weihnachten.
孩子們在聖誕節過後才會來／孩子們在聖誕節過後才來到這裡。

bei【支配第三格】當～時　　während【支配第二格】在～期間內

　　bei 會與表示行為或情況的名詞一起使用，以表示發生該行為或情況的時間，為「當～時」之意。

Beim Empfang hat der Präsident eine Rede gehalten.
理事長在歡迎會上發表了演說。

während 會搭配表示行為或情況的名詞一起使用，以表示該行為或情況會在一段期間之內一直持續下去，為「在～期間之內」之意。

Während des Empfangs haben sich die Gäste ausgetauscht.
在歡迎會舉行的期間，賓客們彼此交換了意見和資訊。

進階學習 | noch mehr

要表達兩個時間點之間的距離，或是兩項事物之間的時間差時，有以下的表達方式。

就「修好一個月之後」這句來說，如果要表達與這句一樣是從某個時間點起算並經過一段時間後的時間點，就要用名詞第四格。

Einen Monat nach der Reparatur machte der Staubsauger wieder komische Geräusche.
修好一個月之後，吸塵器又開始發出怪聲。

Er wurde zwei Tage vor der Reise krank.
他在去旅行的兩天前生了病。

表示時間差的第四格，要像上述兩個例句中的 **einen Monat** 及 **zwei Tage** 一樣，置於介系詞片語之前。

若要表示在空間上以某個地點起算的一段距離，可以用名詞第四格表示。

Hundert Meter hinter der Einfahrt blieb der Wagen stehen.
車子在距離入口的 100 公尺處停住不動。

Einen Kilometer vor der Küste steht ein Hotel.
岸邊一公里處有一間飯店。

當兩項以上的事物進行比較後，要表示比較之後的差異時，要用名詞第四格或是〔介系詞 **um** + 第四格〕的形式表達。 ☞ p.115

Mit dem Zug kommt man (um) eine Stunde schneller ans Ziel, aber mit dem Bus kostet die Fahrt (um) 50 Euro weniger.
搭火車可提早一個小時到達目的地，但搭公車則便宜 50 歐元。

8
介系詞

（3）原因、理由、目的

wegen 【支配第二格】 由於

若某件事與人類的行動之間存在著因果關係，當要表示其中的原因或理由時就用 **wegen**。

Der Flug wurde wegen des Unwetters gestrichen.
飛機因為暴風雨而停飛。

durch 【支配第四格】 由於，透過

表示引發某一狀態或現象的原因。

Der Baum wurde durch den Sturm abgeknickt.
樹木被暴風雨吹斷。

以 **durch** 表示原因的句子，可將句子改寫成以原因當主詞。

Der Sturm knickte den Baum ab.
暴風雨吹斷了樹木。

für 【支配第四格】 **zu**【支配第三格】 為了～

für 搭配代表人物或組織的名詞時，是用於表示目的，意思通常是「為了某人或為了某個組織」。而當要表達想得到的事物，亦即「為了某個目標」之意時，也同樣是以 **für** 表示。相對而言，**zu** 則是用於描述某項行為的目的，也就是「為了～而做」的意思。由於這層語意上的差異，單純的名詞會與 **für** 合用，由動詞轉化而來的名詞則經常與 **zu** 合用。

Es gibt einige Stipendien für Künstler.
有一些為藝術家所提供的獎學金。

Seit drei Tagen streikt man im öffentlichen Dienst für bessere Löhne.
公務員這三天來持續罷工是為了更好的薪資。

Wir haben uns zu einer Verhandlung versammelt.
我們為了協商而聚集在一起。

（4）狀態、手段

durch 【支配第四格】 mit 【支配第二格】 透過～、利用～
durch 是用於表示媒介、手段，為「透過～」之意。

Ich habe durch einen Freund Näheres erfahren.
我透過朋友得知詳情。

mit 是用於表示動作者刻意選用的方式，為「利用～」之意。

Manche Leute reisen lieber mit dem Zug als mit dem Auto.
有些人較偏好搭火車旅行而非開車。

若為以下例句的情況，則 durch 和 mit 都能用。若用 durch 是表示媒介之意；若用 mit 則是表示利用的手段。

Heutzutage kann man durch das Internet zahlreiche Informationen gewinnen.

Heutzutage kann man mit dem Internet zahlreiche Informationen gewinnen.
今日透過網際網路可取得無數的資訊。

in 【支配第三格】 以～方式
表示某項行為、某個事件、某件物品以何種方式進行，或是以何種狀態存在。

Ich möchte Dostojewski im Original lesen.
我想以原文閱讀杜斯妥也夫斯基的作品。

Du siehst in Weiß schick aus.
穿著白色讓你看起來很時髦。

auf 【支配第四格】 利用～
auf 與表示「方法」之意的 *r* Weg, *e* Weise, *e* Art 以及與表示某某語言（如 Deutsch 德文）合用時，是帶有手段「用～，透過～」的意思。主要是搭配名詞第四格使用，只有 Weg 要搭配第三格使用。

Das Ziel kann man auf unterschiedlichen Wegen erreichen.

目標可以利用各種不同的方式達成。

Der Text wurde auf Deutsch geschrieben.

那篇文章是以德語寫成的。

6. 介系詞受詞

Ich **warte** schon eine Woche **auf** eine Antwort der Fluggesellschaft.

我等航空公司的回覆已經等了一週。

warten 不能直接搭配第四格受詞（受格／**Akkusativ**）使用，若要表示等待的對象，就一定要以〔**auf** + 第四格〕表示。這一類的介系詞片語，也是動詞不可或缺的補足語。而像這樣的詞組，就稱為介系詞受詞。至於是否需要介系詞受詞，若是需要，又該選擇哪一個介系詞，都要視動詞決定。 ☞ p.160

在德語中，介系詞受詞的用法十分多樣化，以下列舉一些較具代表性的用法。

● **不及物動詞**（不需要第四格受詞的動詞）

j³ für 第四格 danken   向人 ³ 的～⁴ 表達感謝之意

Ich danke Ihnen für Ihre letzte Mail.

謝謝您最近的那封電子郵件。

an 第三格 teil | nehmen   參加～³

Letztes Jahr habe ich an einem Yogakurs teilgenommen.

去年，我參加過一個瑜珈課程。

● **及物動詞**（需要第四格受詞的動詞）

j⁴ um 第四格 bitten   拜託人 ⁴ 做～⁴

Wir bitten Sie um Ihr Verständnis.

我們希望您能夠諒解。

et⁴/j⁴ für 第四格 halten   我認為事物 ⁴／人 ⁴ 是～⁴

Ich halte seine Meinung für Unsinn.
我認為他的意見是胡說八道。

- **反身動詞** p.198

sich⁴ an **第四格** erinnern　記得、想起～⁴ 的事

Nur wenige Menschen erinnern sich noch an den letzten Krieg.
只有少數的人還記得先前那場戰爭。

sich⁴ über **第四格** freuen　因～⁴ 的事而感到開心、高興

Ich habe mich über deine Nachricht sehr gefreut.
我很高興聽到你的消息。

部分的形容詞及名詞，須搭配介系詞受詞。

- **形容詞**

fähig zu **第三格**　有能力做～³

Sind Tiere denn zu Gefühlen fähig?
動物對情緒有感受的能力嗎？

zufrieden mit **第三格**　對於～³ 感到滿意

Das Publikum war mit dem Konzert zufrieden.
聽眾對於音樂會感到很滿意。

- **名詞**

需要介系詞受詞的名詞，大多是由動詞或形容詞衍生而來的名詞，而其搭配使用的介系詞，基本上都和原本的動詞及形容詞相同。

e Erinnerung an **第四格**　紀念～⁴

Diese Woche findet ein Konzert zur Erinnerung an den Herbst 1989 statt.
本週將舉辦一場紀念 1989 年秋天的音樂會。

e Fähigkeit zu **第三格**　～³ 的能力

Den Menschen kennzeichnet die Fähigkeit zum Mitgefühl.
同情的能力是人類的特徵。

第 **9** 章　**配價**

> 動詞應該與什麼樣的句子元素合用，取決於動詞本身。這種由動詞決定該如何與其他詞類搭配的規則，就稱為動詞的配價。形容詞及名詞也分別有各自的配價。

1. 何 謂 配 價

句子裡是否要有受詞？要用哪一格受詞？或者需要哪一種特定的介系詞片語等，這些構成句子的規則，都是由動詞決定。請見下方的例句。

> A: Haben Sie die Gäste über den Tagesplan für morgen informiert?
> B: Herrn Bach habe ich noch nicht Bescheid gegeben.
>
> A：你是否已通知客人明天的日程表了？
> B：我尚未通知巴哈先生。

這段對話中 A 所提到的 **informieren**（通知），除了第一格主詞之外，還要搭配第四格受詞（人[4]）以及〔**über** + 第四格〕（關於～[4]）一起使用。而另一方面 B 所提到的 **geben**（給予）則必須要有第三格受詞（對象為人[3]）以及第四格受詞（事物[4]）。**Herrn Bach** 是第三格受詞，**Bescheid**（通知）是第四格受詞。

動詞就是像這樣依據不同的語意，來決定要與什麼樣的句子元素合用。而這些結合的方式，可應用化學上原子價的概念，稱之為**動詞的配價**。

例如 **geben** 的配價為 **3** 價，意象如下所示：

想要瞭解德語的句子，配價這個概念佔了相當重要的地位。這是因為德文的句子當中，主詞及受詞的位置並不固定，而且經常會將受詞之類的句子元素放在句首的關係。所以與其把注意力放在句子元素於句中的位置，倒不如以動詞的配價為主，以名詞或代名詞的

格為輔，作為理解句子的線索，這麼一來，對文章的閱讀、理解，甚至是寫作，都會有更深的瞭解。

2. 動詞的配價

　　動詞的配價有數種型態。一價動詞僅搭配第一格主詞（主格／**Nominativ**）；二價動詞是除了主詞之外，可搭配第四格（受格／**Akkusativ**）受詞使用，但必須要有補足語的存在；三價動詞則是除了主詞之外，還必須搭配第三格（與格／**Dativ**）、第四格（受格／**Akkusativ**）使用，至於如何使用則有各種不同的形式。此處僅介紹一些較容易出錯的形式。另外，不管是哪一種動詞，原則上主詞是必須存在的句子元素。以下所列舉的，是雙方對於主詞所指涉的內容已有共識的用法。

＋支配第四格的動詞

Die Nachricht hat mich sehr überrascht.
那則消息讓我非常驚訝。

　　動詞 überrascht（使驚訝）是表示對人的情緒造成影響之意，須搭配第四格受詞（人物）使用。其他具備相同作用及配價的動詞，還有 ärgern（使發怒）、freuen（使開心）等。

＋表示方向的補充語

Im Sommer fahren wir oft in die Berge.
夏天時我們經常去爬山。

　　fahren（搭乘）這個動詞，就如同這個例句，必須搭配 dorthin（往那裡）之類的副詞或是 in die Berge, nach Süden（往南方）之類的片語，只有 Im Sommer fahren wir oft. 並不能算是一個完整的句子。oft 是為了讓句子有更完整明確的資訊而補充的說明而已，就算沒有也不影響句子成立。相對地，in die Berge 則是讓此句子成立不可或缺的補足語。

＋介系詞受詞

Alles hängt von Ihrer Antwort ab.
一切都取決於您的答案。

　　abhängen（取決於）是以〔von＋第三格〕表示對象。當動詞像

這個例句一樣要與特定的介系詞片語合用時，此一介系詞片語就稱為介系詞受詞。☞ p.158

＋支配第三格的動詞

有一些動詞只能和第三格受詞（間接受詞）搭配使用。

Viele Freiwillige helfen den Einwohnern bei der Erhaltung des Waldes.
許多義工協助居民維護這片森林。

helfen 是以第三格（人物）為受詞的動詞中，最具代表性的。在此例句中為「幫助」之意，但可以用「對人 ³ 提供協助」的方式記這個單字。

若硬是把第三格受詞統一翻譯為「對～（對象）」，就有可能會使句中動詞的翻譯顯得怪異又不合常理。

Die Theatervorstellung hat den meisten Zuschauern gut gefallen.
大部分的觀眾對那場戲劇公演感到滿意。

若將 **gefallen** 直接譯成「對人 ³ 感到滿意」，那麼，讓人感到滿意的事物或人就成了主詞，而句中真正的主詞，也就是感到「滿意」的人，則反而成了第三格受詞。

＋支配一個第三格和一個第四格的動詞

Der Reiseleiter hat uns alle Sehenswürdigkeiten gezeigt.
導遊帶我們去看所有的景點。

有很多動詞和 **zeigen**（出示，讓～看）一樣，必須要有兩個受詞，也就是代表「人³」的間接受詞，以及代表「事物 ⁴／人 ⁴」的直接受詞，才能表達完整的意思。**geben**（給予）、**schenken**（贈送）、**erklären**（說明）都是這類動詞，它們都是用來表達給予某人某種物品或資訊等的動詞。因此德文中的第三格才會稱為 **Dativ**（與格）。

只不過，這種型態的動詞所支配的第三格受詞，卻未必都相當於「對～（對象）」。

Das Spiel hat den Kindern die Angst genommen.
遊戲消除了孩子們的恐懼。

nehmen 可搭配第三格受詞（人物）以及第四格受詞（事物／人物）一起使用，意思是「從人 [3] 身上去除事物 [4]／人 [4]」。過去曾有 **Ablativ**（奪格）的用法，而第三格仍受到奪格的影響，具有從人的身上奪走或去除某物的意涵。一樣是第三格，卻同時具備「給予（對象）」和「從～（奪走）」這兩個相反的意思，所以可說是非常棘手。不過會以第三格為受詞且具備奪格性質的動詞數量相當少，除了 **nehmen** 以外，尚有 **rauben**（搶劫、掠奪）、**ab|nehmen**（取下）等動詞。只要把 **nehmen** 所支配的第三格是奪格這條規則記在腦中，應該就能夠應用在其他類似的動詞上。

＋支配第四格 ＋ 介系詞受詞的動詞

Das Unternehmen fragt die Kunden nach ihrer Meinung.
那間公司向顧客尋求他們的意見。

fragen（詢問、提問）是以人物作為第四格受詞的動詞。希望藉由詢問來獲得的資訊，則是以介系詞受詞〔**nach** + 第三格〕表示。

＋支配第四格 ＋ 表示方向的補充語的動詞

Ich bringe Sie zum Bahnhof.
我帶你去車站。

表示「陪同、帶往」之意的 **bringen**，必須要有一個第四格受詞以及像 **zum Bahnhof** 這種表示方向的補足語。這一類的動詞，即使可從文章脈絡或對話情境判斷目的地為何，但若缺少表示目的地的單字或片語，句子便不算完整，這時就需要 **dorthin**（那裡）或 **weg**（遠處）之類的副詞。

Du fliegst vom neuen Flughafen ab? Soll ich dich dorthin bringen?
你是從新機場出發嗎？要我送你去嗎？

＋支配第四格的動詞 ＋ 主詞補語

Viele Bürger finden die Abschaffung der lokalen Buslinie falsch.
許多市民都認為取消當地的公車路線是錯的。

主詞補語是代表第四格受詞的狀態及性質。

+ sich⁴ + 介系詞受詞

Haben Sie sich schon an das Leben in Japan gewöhnt?
您已經習慣日本的生活了嗎？

sich⁴ gewöhnen（習慣）是以〔**an** + 第四格〕來表示習慣的標的物。這類反身動詞 ☞ p.198 大部分都須搭配特定的介系詞受詞。

Column

透過字典確認配價的相關資訊

配價的相關資訊在字典上都找得到。若在字典查找 **nehmen**，就會在「取得」、「獲得」的項目下看到「第四格（受格／**Akkusativ**）」、「**et⁴**」、「～⁴（直接受詞）」等，表示此動詞是以第四格為受詞。另外，**et** 為 **etwas**「某物」的縮寫，**et⁴** 是表示第四格受詞（指事物）。再繼續往下看，應該會看到在「去除」這個解釋的項目下，清楚記載著 **nehmen** 所需的句子元素有哪些。

一個動詞並不僅限一種配價，和 **nehmen** 一樣因應不同語意而有不同配價的單字也不少。例如 **fahren**，除了表示方向的補足語，還有第四格受詞的用法。

雖然看似棘手，不過配價的每一個規則都相當明確，並不存在「可能是這麼使用」的這種模糊地帶。對於我們這些將德語作為外語學習的學習者而言，是提昇德語能力的一個很方便的著眼點。

---

3. 形容詞及名詞的配價

形容詞及名詞有時也必須與補足語合用。不過數量並不如動詞來得多，以下就介紹幾個常見的用法。

（1）形容詞

lang + 第四格　長～⁴ 的

Der Stoff ist zehn Meter lang.
這塊布長十公尺。

ähnlich + 第三格　和～³ 很相似

Sie ist ihrer Schwester sehr ähnlich.
她和她的姐姐／妹妹長得十分相像。

zufrieden + mit 第三格　對於～³ 感到滿意。

Bist du mit dem Ergebnis zufrieden?
你對這個結果感到滿意嗎？

（2）名詞

e Antwort + auf 第四格　對～⁴ 的答覆

Seine Antwort auf meine Frage war ein freundliches
Kopfnicken.
對於我的問題，他的答覆是點頭微笑。

r Mangel + an 第三格　缺乏～³

Die Industrie klagt über den Mangel an Fachkräften.
企業界抱怨缺乏專業人員。

e Sorge + um 第四格　對～⁴ 感到憂慮

Viele Jugendliche sind in tiefer Sorge um die Zukunft.
許多年輕人對未來深感憂慮。

9
配
價

第 **10** 章

過去式

德語的過去式是用於描述與說話者的現在無關,而是於另一個時空下所發生事件的時態。過去式也一樣要做人稱變化。

1. 過去式的用法

在平時的對話或電子郵件這類日常生活的場合中,若要敘述過去所發生的事件,德語主要是以現在完成式表達。 📖 p.170 現在完成式是描述與現在有關的過去事件的時態。

相對而言,過去式則是用在如小說、回憶錄這類**描述與說話者的現在無關的另一個時空中所發生的事件時所使用的時態**。聖經的故事也是使用過去式。

Am Anfang schuf Gott Himmel und Erde.
起初,神創造天地。

Gott hat Himmel und Erde geschaffen. 若是以現在完成式表達,就比較會讓人覺得「神創造天地」是發生在與說話者的現在同一時空下的事,神話性就會顯得較為薄弱。

即使一樣都是描述過去的事件,但從說話者使用的時態,可看出說話者對該事件所抱持的想法。描述時若認為該事件仍以某種形式與現在的自己有所牽連,會以現在完成式表達;若認為該事件是已結束且發生於另一個時空的事,會以過去式表達。

德國直到現在都還是會要求求職者提供敘述式的履歷表,履歷表內就是使用過去式。這應該是為了強調自己的經歷是另一個完整的時空的緣故。

2005 nahm ich ein Studium der Politikwissenschaft an der Universität Stuttgart auf.
2005 年我開始在斯圖加特大學攻讀政治學。

不過在日常生活用語中,**sein、haben** 以及情態助動詞還是偏好使用過去式。其餘的動詞都是用現在完成式表達,因此在表達時會是以現在完成式與過去式混用。 📖 p.170

另外，在特定的用語中，若要表示原本是知道某件事的、卻一下想不起來時，也會用過去式表達。

Wie war gleich Ihr Name?
您說您叫什麼名字？

Wie hieß der Ort noch?
那個地名是叫什麼來著？

※**gleich** 及 **noch** 都是用於替句子添加「這件事我原本是知道的」的語感的語氣助詞。

2. 過去式人稱變化

過去式與現在式相同，動詞都會做人稱變化。過去式基本形 ☞ p.32 會加上人稱變化的字尾。過去式人稱變化最大的特徵，是第一人稱單數與第三人稱單數不加任何字尾，亦即與過去式基本形為同一形態。

弱變化動詞、混合變化動詞

原形	sagen（說）	wissen（知道）	kennen（知道）
過去式基本形	sagte	wusste	kannte
ich	sagte	wusste	kannte
du	sagtest	wusstest	kanntest
er/es/sie	sagte	wusste	kannte
wir	sagten	wussten	kannten
ihr	sagtet	wusstet	kanntet
sie/Sie	sagten	wussten	kannten

強變化動詞

原形	kommen（來）	sitzen（坐）	tun（做）
過去式基本形	kam	saß	tat
ich	kam	saß	tat

10
過去式

du	kamst	saßest / saßt	tatest / tatst
er/es/sie	kam	saß	tat
wir	kamen	saßen	taten
ihr	kamt	saßet / saßt	tatet
sie/Sie	kamen	saßen	taten

※強變化動詞的過去式基本形若以 [s] 或 [ts] 結尾時，第二人稱單數（**du**）的字尾為 **-est**。若以 [t] 結尾，則第二人稱單數（**du**）的字尾為 **-est**，第二人稱複數（**ihr**）的字尾則為 **-et**。

haben、sein、werden

原形	haben（有）	sein（是）	werden（變為）
過去式基本形	hatte	war	wurde
ich	hatte	war	wurde
du	hattest	warst	wurdest
er/es/sie	hatte	war	wurde
wir	hatten	waren	wurden
ihr	hattet	wart	wurdet
sie/Sie	hatten	waren	wurden

過去式人稱變化字尾　總整理

	單數		複數	
第一人稱	ich	–	wir	-(e)n
第二人稱	du	-(e)st	ihr	-(e)t
第三人稱／尊稱您／您們	er/es/sie/Sie	–	sie/Sie	-(e)n

第11章　完成式

完成式是表示事態或行為「從某個時間點來看，已經結束或完成」的時態。有現在完成式、過去完成式、未來完成式三種。

1. 現在完成式

（1）現在完成式的用法

現在完成式是用於表示某個行為或事件**雖已完成或結束，但影響力仍持續到現在**。

● **目前已經完結的事**

現在完成式是用於表示，某件事在說話者發言的現在這個時點，是處於已發生的狀態。只要是已經完結的事，即使是發生在很久之前，同樣是以現在完成式表達。

Vor etwa 180 Jahren haben die Brüder Grimm ihr Deutsches Wörterbuch begonnen.

約 180 年前，格林兄弟開始編寫德語字典。

● **在未來的某個時間點將完結的事**

若要敘述的事件將於未來的某個時點「完結」，雖然完結的時點發生於未來，但仍是可以用現在完成式表示。雖然有未來完成式可用，不過一般偏好以句構較單純的現在完成式表達。p.202

在此用法下，就必須在句中明確交待完結發生的未來時間點。只要將 in einer Woche（一週後）或是 nächsten Monat（下個月）這類片語，加在句中表示未來的事件或行為之前或之後，即可指示未來的時間點。

Kannst du noch warten, bis ich die Mail fertig geschrieben habe?

你可以等我寫完這封郵件嗎？

● **與現在有關的過去**

同樣是描述過去的事件，相對於過去式是將其視為與說話者的現在無關，發生在另一個時空下的事件，現在完成式則是將過去事

件，視為與現在同一時間脈絡下所發生的事。因此在德語中，若要在一般對話、書信、電子郵件等場合描述過去的事情時，主要都用現在完成式表達。

Vor einer Woche habe ich meine Tante getroffen.
我在一週前遇到伯母／嬸嬸。

（2）現在完成式與過去式混用

有些動詞不使用現在完成式，較傾向以過去式表達。像是 sein、**haben 以及情態助動詞**都較偏好**使用過去式**。因此，當要在日常對話及新聞報導等情境中，使用上述這些動詞來描述過去的事件，就會在現在完成式的句子中摻雜使用過去式。

Der Pandabär hat ein Junges zur Welt gebracht. Die Geburt war schwer, aber das Muttertier hat sie gut überstanden.
母熊貓生下了一隻熊貓寶寶。生產的過程雖然艱難，但母熊貓還是倖存下來。

儘管句中摻雜了過去式，但說話者的立場並未因此而有很大的變化，仍舊是描述與現在有關的過去。不過因為同一個句子裡用了不同的時態表達，又因為過去式並不像現在完成式，句子的構造是由後續將介紹的框架結構所構成，所以整個句子的樣貌會有些許的不同。句中過渡為過去式的部分，可以說就像浮雕作品那凹凸不平的表面一樣，讓文章有高低起伏的變化。

除了上述的三種動詞之外，還有 wissen（知道）、stehen（站立）等表示狀態的動詞，在日常生活中大多都是使用過去式表達。此外，作為非人稱動詞用的 geben（es gab）、gehen（es ging）☞ p.83、表示「保持不變」之意的 bleiben，使用時都傾向以過去式表達。geben 及 gehen 應該是為了與原本的語意「給予」、「去」有所區別的緣故，所以用過去式。bleiben 之類的繫動詞，則是因為句子的結構是「動詞…主詞補語」☞ p.283，再加上現在完成式的結構為〔haben/sein... 過去分詞〕，為了避免二者在句構上有所重疊，故 bleiben 便以過去式表示。scheinen（似乎）等具備助動詞性質的動詞也會用過去式表達。☞ p.268 若為報章雜誌的文章，還有 sagen（說）、sprechen（談話）、erklären（說明、宣布）等動詞也經常用過去式表達。這些動詞的過去式用法，若以藝術作品

中的浮雕來比喻，就像是作品中用來當作背景以創造出立體效果的凹下陷落之處。

（3）現在完成式及其語序

現在完成式是由時間助動詞和主要動詞的過去分詞組合而成，亦即以〔**haben/sein 的現在式 ... 過去分詞**〕的形式表示。**haben** 及 **sein** 會放在句子的第二區，搭配放在句尾的過去分詞，打造出述語部分的框架（框架結構）。

前區	述語 1 haben/sein 的現在式	中間區域	述語 2 主要動詞的過去分詞
Ich	habe	gestern einen Reiseführer	gekauft.
Nachmittags	sind	wir ins Reisebüro	gegangen.

我昨天買了一本旅遊指南。

下午我們去了旅行社。

（4）完成式的助動詞

先前提過，完成式的助動詞分別為 **haben** 和 **sein**，但這兩者並不能隨意選用，而是須依據動詞決定該使用 **haben** 還是 **sein**。大多數的動詞都是和 **haben** 連用，只有一部分的不及物動詞是和 **sein** 連用。

• **完成式中與 sein 搭配的動詞**

以下的**不及物動詞（不需要第四格受詞的動詞）**，在完成式中，會搭配作為時間助動詞用的 **sein**。

表示移動的動詞

gehen, fahren, kommen, umziehen（搬家）等。

Wir sind über Berlin nach Danzig gefahren.

我們開車經過柏林到但澤去。

表示狀態改變的動詞（地點改變的動詞）

aufstehen（起床）、**geschehen**（發生）、**sterben**（死亡）、**werden**（成為）等。

Bei dem Unfall ist mir nichts geschehen.

我在事故中沒有受傷。

依慣例會與 sein 搭配的動詞

習慣上，sein 會和 begegnen（與～³ 見面）以及 bleiben（保持不變、停留）搭配使用。

Wo bist du gerade gewesen?

你剛剛去了哪裡？

Wir sind bei unserer Entscheidung geblieben.

我們堅持自己的決定。

• 完成式中與 haben 搭配的動詞

除了上述動詞外，其他的動詞都是搭配時間助動詞 haben 使用。除了由 sein 所支配的不及物動詞外，其他的不及物動詞、及物動詞（需要第四格受詞的動詞）、反身動詞、情態助動詞，都是與 haben 合用。

Auf der Bank hat eine Familie gesessen.

有一家人坐在長椅上。

• 依據語意而選用 haben/sein 的動詞

有一些動詞是依據語意選擇與其搭配的時間助動詞。

fliegen（飛）、schwimmen（游泳）、tanzen（跳舞）等表示運動行為的動詞，若要把句子的重點放在該項運動本身，就用 haben；若要表示的是位置的移動，就會用 sein。

Heute habe ich im Hallenbad geschwommen.

今天我在室內游泳池游泳。

Heute bin ich bis zu einer Boje geschwommen.

今天我游到浮標那邊。

不過，現今即使句子的主要用意並非在於表達位置的移動，也愈來愈常以 sein 表示。

Das Flugzeug ist 10 000 Stunden geflogen.

那架飛機已飛行一萬小時。

• 容易混淆的用法

另外，再舉兩個在時間助動詞 haben/sein 的使用上容易出錯的用法。

表示「移動」、「變化」的及物動詞以及反身動詞

及物動詞及反身動詞當中也有像 besuchen（拜訪～[4]）或 sich ereignen（發生）這種表示位置移動或狀態變化的動詞。這些全都由 haben 所支配。

Neulich habe ich meine alte Schule besucht.
我前些日子回去母校。

Auf der Exkursion hat sich ein Unfall ereignet.
校外教學時發生了意外。

大多作為不及物動詞使用的 fahren，當作及物動詞或反身動詞使用時，就要用 haben。

Soeben habe ich mein Auto in die Garage gefahren.
我剛剛把車開進車庫。

因翻譯而難以分辨其為「變化」亦或是「持續的狀態」的不及物動詞

我們以 schlafen（睡）為例來思考看看。此一動詞是表示處於睡眠狀態中的意思，所以時間助動詞要用 haben。而相對地，einschlafen 則是表示進入睡眠狀態的意思，也就是表示狀態的變化，所以要用 sein。

Haben Sie gut geschlafen?
您睡得好嗎？

Ich bin über dem Lesen eingeschlafen.
我看書時睡著了

中文的「睡」可表示「正處於睡眠狀態中」和「熟睡」兩種意思，德語則須因應不同的語意而使用不同的動詞表示，這點要特別注意。另外還有其他的例子，如中文的「站」可表示「站立」以及「站起來」兩種語意，德語則分別以 stehen（站著、正處於站立中的狀態）、aufstehen（站起來）這兩個字來表示。

11
完成式

Column

利用字典確認時間助動詞

　　當你在翻閱字典查找動詞時，會看到字典上記載著像是「h」「habe ... besucht」或是「s」「bin ... gegangen」這類表明動詞在與時間助動詞搭配時，是該選擇 sein 還是 haben 的相關資訊。由於大多數的動詞都是與 haben 搭配使用，所以有些字典只會針對與 sein 搭配的動詞做標示。這代表當字典沒有標示任何與時間助動詞有關的資訊時，就是搭配 haben 使用。至於依用法而定的動詞，則會在每一用法項下標示「s」或「h」，或者是「h, s」，並加上範例進一步說明各用法之間該如何區分。

---

2. 過去完成式

過去完成式是用於表示過去某個時間基準點之前的行為或狀態。

Endlich habe ich die Aufenthaltserlaubnis erhalten. Ich hatte fünf Wochen darauf gewartet.
我總算拿到了我的居留證。我已經為此等了五週。

　　拿到居留證為過去的時間基準點，第二個句子為過去完成式的句子。過去完成式的句型就是必須要如例句般，有一個現在完成式或過去式的句子來做為時間基準點，才能再搭配過去完成式的句子來描述發生在時間基準點之前的行為或事件。在日常對話中，當要描述兩件過去事在時間上有先後之別時，通常會以副詞等其他的方式表示，比較不會以過去完成式表達。換言之，過去完成式可說是一種專屬於書面的表達方式。

　　過去完成式是以〔haben/sein 的過去式 ... 過去分詞〕的形式表示。我們就以接續在 Ich habe meine Kamera verkauft.（我把相機賣掉了）之後的句子來確認過去完成式的句子構造。

前區	述語 1 haben/sein 的 現在式	中間區域	述語 2 主要動詞的 過去分詞
Die Kamera	hatte	ich vor zwanzig Jahren	gekauft.
Mit der Kamera	war	ich rund um die Welt	gereist.

那台相機是我 20 年前買的。

我曾帶著那台相機到世界各地旅遊。

3. 未 來 完 成 式

　　未來完成式是由表示未來的時間助動詞 **werden** 搭配完成式不定詞片語〔**過去分詞** + **haben/sein**〕組合而成的時態。表未來的時間助動詞 **werden** 請參考第 12 章的內容。 p.186

11
完
成
式

第12章 助動詞

助動詞的作用，是為了在動詞所代表的行為或狀態上添加推測或可能性、願望、使役等特定的語意，常用的助動詞有像 wollen 之類的情態助動詞、表未來的時間助動詞 werden、表使役的 lassen。另外還有與助動詞具有類似功能的感官動詞。

1. 何謂助動詞

　　助動詞是用來搭配及輔助主要動詞，為主要動詞所代表的行為或狀態添加特定的語意。助動詞主要是像 **wollen**（打算）、**können**（能夠）這類可添加各種語氣的**情態助動詞**、表示推測語氣的**未來助動詞 werden**、**使役助動詞 lassen**。其他還包括完成式中使用的 **haben** 及 **sein**，而被動語態中的 **werden** 也是助動詞中的一種。本章將就情態助動詞、未來助動詞、使役助動詞進行介紹。

　　此外，**sehen**（看見）之類的**感官動詞**，用法則是與助動詞非常相似。

2. 助動詞的句構

　　助動詞要置於句子的第二單位，搭配置於句尾的主要動詞（原形），形成整個述語的架構。

基本結構

前區	述語 1 助動詞	中間區域	述語 2 主要動詞原形
Igel	können	auf Bäume	klettern.

刺蝟會爬樹。

Kinder	müssen	die Artikel der Nomen	lernen.

孩子們必須學習名詞的各種冠詞。

Bis 2100	wird	ein Drittel der Sprachen	verschwinden.

到 2100 年，三分之一的語言將會消失不見。

　　在德語的句子中，可能出現兩個以上的助動詞相互搭配使用的情況。

Ein Sommelier **muss** den Geschmack der Weine unterscheiden und beschreiben **können**.

侍酒師必須能夠區別並說明葡萄酒的味道。

3. 情態助動詞

（1）情態助動詞的作用

當我們要表達對各種事物有「打算～」、「能夠～」的想法或態度時，就會以情態助動詞表示。

情態助動詞有六種，分別為 dürfen（准許）、können（能夠）、mögen（願望）、müssen（必須）、sollen（應該）、wollen（打算）。

（2）情態助動詞的現在式人稱變化

	dürfen（允許）	können（能夠）	mögen（想要）	müssen（必須）	sollen（應該）	wollen（打算）
ich	darf	kann	mag	muss	soll	will
du	darfst	kannst	magst	musst	sollst	willst
er	darf	kann	mag	muss	soll	will
wir	dürfen	können	mögen	müssen	sollen	wollen
ihr	dürft	könnt	mögt	müsst	sollt	wollt
sie	dürfen	können	mögen	müssen	sollen	wollen

情態助動詞現在式的人稱變化有以下特徵：

- 第一人稱及第三人稱單數字尾不做變化。
- 單數人稱變化的語幹母音會改變（sollen 除外）。
- 複數人稱變化為規則變化。
- mögen（想要）作為情態助動詞多使用其虛擬二式möchte來表示客氣的用法。Mögen常當動詞「喜歡」使用。

（3）情態助動詞的基本用法

　　本節將針對情態助動詞的基本用法做概略性的介紹。介紹時是依照各個助動詞在語意上的關連性排序，而非依字母的順序。此外，**möchte** 這類用於虛擬二式的情態助動詞，請參考第 19 章的內容。☞ p.253

können **可能性**　能夠～

　　表示各種可能性。可用於表示「有能力～」、「有可能～」、「有權力～」、「准許～」等意思。

Kängurus können nicht rückwärts **hüpfen.**
袋鼠無法倒著跳。

Ein EU-Bürger kann in jedem beliebigen EU-Land **arbeiten.**
歐盟的公民可以在任何一個歐盟的國家工作。

　　也可以用第二人稱疑問句的形式，向對方表達自己的請託、要求。以詢問的方式要求對方，是比命令句更有禮貌的用法。

Kannst du mir die Fotos **schicken?**
你可以把照片寄給我嗎？

　　還可以用於表示「准許」之意，代表同意對方可進行某項行為。

Sie **können** Ihr Gepäck hier **lassen.**
您的行李可以放在這裡。

dürfen　**准許**　准許～
　　　　　（搭配否定）禁止　不准～
表示給予或取得某種權限、許可。

Hier **darf** man **parken.**
這裡可以停車。

Darf ich mal **durchgehen?**
可以借過一下嗎？

　　若搭配 **nicht** 或 **kein** 等表示否定的字一起使用，是表示禁止，意思是「不准～」。

In der Schule **dürfen** die Kinder ihr Smartphone **nicht benutzen**.

孩子們不准在學校使用智慧型手機。

müssen **必要性** 必須、不得不～
　　　　（**搭配否定**）**非必要** 不必～

müssen 是表示出於某些因素而不得不做某事、某事必然會發生的意思。因素可以是命運、不可抗力的自然現象、甚至是周圍的環境或狀況、目標或目的等，各種可能性都有。

Langsam **muss** ich Abschied **nehmen**.

我得走了。

（因為時間很晚了、待會還有事等狀況）

Delphine **müssen** dauernd **schwimmen**.

海豚必須一直不停地游。

（不然就會沉入海底溺死）

搭配表否定的 **nicht** 或 **kein** 等字，是表示「沒有必要～」、「不必～」之意。

Man **muss** sich nicht vorher **anmelden**.

你不必事先預約。

müssen 的否定，可改以 **brauchen** 與帶 **zu** 不定式的組合代替。
☞ p.269 以上面的例句來說，就可以改成以下這樣的句子。

Man **braucht** sich nicht vorher **anzumelden**.

wollen **意圖、意志** 打算、想要～

表示主詞的意圖或意志。

Im Sommer **will** ich den Führerschein **machen**.

我打算在今年夏天取得駕照。

是非疑問句 **Wollen wir ...?** 可用於表示邀請對方「我們是不是該～？」

Wollen wir langsam gehen?

我們是不是該走了呢？

沒有自由意志的無生物也可以用 **wollen** 表達。若搭配表否定的

nicht 使用，是表示事情不如預期，為「無論如何～都不～」之意。

Das Auto **will** nicht **anfahren.**
這部車子無論如何就是沒辦法發動。

另外若搭配被動語態使用，可用於表示必要性。

Die Sache **will** gleich aufgeklärt **werden.**
這個問題必須立刻獲得解決。

sollen　來自他人的請託　應該～

Ich **soll** bis zur nächsten Sitzung den Plan **anfertigen.**
我應該要在下一次開會之前擬定計畫。

來自他人的請託或命令規勸，因為是他人以「我想要你做～」、「你該幫我～」的方式對主詞表示期望或意圖，所以 **sollen** 與 **wollen** 其實是一體兩面的關係。因此，以 **sollen** 表達的句子，大部分都可以用 **wollen** 改寫。上面的例句即可改寫為以下的句子。

Der Chef will, dass ich bis zur nächsten Sitzung den Plan anfertige.

而請託或命令的主體，可能是某個具體的人物，或是某個機構，也可能是某個宗教或是出於道德約束，有各種不同的可能性。例如十誡就是因為被視為神的命令，所以德文聖經中的句子就是用 **sollen**。

Du **sollst** nicht **stehlen.**
你不可偷盜。

只不過，如果是像神這種象徵意志的存在，和 müssen 之間的差異很容易就能分辨清楚，但如果是宗教上的戒律或道德上的信條，究竟該如何歸類就會變得難以判斷，是該歸屬於宗教或道德上的要求，抑或是信仰、教義或社會生活中一定得遵守的規範。例如 Man muss gerecht sein. 或是 Man soll gerecht sein. 都可以用來表示「一定要公正」的意思，不過用 müssen 會帶有「必要」的語感；用 sollen 則帶有「要求」的語感。

sollen 表示的不是主詞的意志，而是他人的意志，所以也可以用來詢問對話對象的意志。

Bis wann **soll** ich die Karten **abholen**?
取票最晚到什麼時候？

mögen　**允許**　可以～
表示說話者允許主詞做某件事。

Du **magst reden**, was du willst.
你可以說你想說的話。

（4）表示說話者針對發話內容的真實性所做的判斷

情態助動詞還有一項功用，是針對發話的內容有幾分真實性，或是與事實有多接近的情況，加入說話者的個人判斷。此一用法也稱為主觀性敘述的用法。

könnnen　**可能性**　可能～
說話者在發話內容加上「有～的可能性」、「可能～」的主觀判斷。

Der Himmel ist ganz dunkel. Es **kann** jederzeit zu regnen **anfangen**.
天空一片黑暗。隨時都有可能下雨。

könnnen 也有用於表示「不可能～」、「可能只是～」之意的否定或限定用法。在這類的用法中，könnnen 會搭配完成式不定式〔**過去分詞 + haben/sein**〕使用（關於完成式不定式請見 p.264），以表示對過去事態的判斷。而當 könnnen 用於表示「可能」之意時，由於說話者進行推論的時間是在說話的「當下」，所以要用現在式。

Hat er wirklich so was gesagt? Das **kann** er aber nicht ernst **gemeint haben**.
他真的說了那種話嗎？他不可能是認真的。

mögen　**推測**　可能～
現代的德文大多會用 könnnen 等助動詞表示。mögen 則通常會用於下列的慣用句中。

Ist sie krank? – Das **mag sein**.
她生病了嗎？－有可能。

müssen　**必然性**　肯定是～

müssen 是用於表示說話者對於事物的必然性所做的判斷，亦即狀況 A 必然會導致狀況 B 的意思。

Wir sind jetzt in der Kleiststraße. Also muss das Museum in der Nähe sein.
我們現在位於 Kleiststraße 的路上。因此博物館一定就在附近。

也經常用於表示對過去事物所做的推論，為「以前肯定是～」之意。

Die Landschaft ist inzwischen völlig anders. Der Bus muss über die Grenze gefahren sein.
不知不覺中景色已完全不同。巴士一定是越過了邊界。

上述的例句中都有明確地提到狀況 A，不過若狀況 A 可透過情境判斷得知，就不一定非提不可。

wollen　**主詞的聲明**　聲稱～

表示意圖的 **wollen**，也可用於表示「某人（主詞）聲稱某事」之意。這種用法其實是反映說話者對於某人聲明中的內容抱持著懷疑的態度。

Die Zuständigen wollen nicht mit einem so starken Erdbeben gerechnet haben.
當局聲稱他們沒預料到會發生如此強烈的地震。

sollen　**傳聞**　據說～

明確地表示傳聞的內容。

Das gestohlene Werk von Gauguin soll mindestens 35 Millionen Euro wert sein.
高更被盜的作品據說至少價值三千五百萬歐元。

如果說話者認為傳聞的內容屬實，也可以選擇不用 **sollen**，改以 **Das Werk ist 35 Millionen Euro wert.** 表示。若以 **sollen** 表示，通常代表說話者自己也不清楚傳聞的內容是真是假，所以 **sollen** 可說是一種信號，用來辨認說話者對於傳聞的態度是否有所保留。這裡的 **sollen** 也經常搭配完成式不定式，用以表示過去事態。

Das Werk **soll** im Besitz eines italienischen Fabrik-
arbeiters **gewesen sein**.
這件作品據說曾為一位義大利工人所有。

（5）情態助動詞作為獨立動詞使用

情態助動詞不一定非得搭配主要動詞（原形）一同使用，也可當
作**獨立動詞**單獨使用。

助動詞原本的語意會加上「做～」的意思

So etwas darf man nicht.
你不可以那麼做。

Wie du willst.
隨你高興。

助動詞原本的語意會加上「去～」的意思

若搭配表示方向的補足語，助動詞原本的語意會加上「去～」的
意思，這時的情態助動詞可單獨使用。

Ich muss jetzt schnell zur Post.
我得趕快去一趟郵局。

Wohin soll die Kerze? – Die kann auf dem Tisch bleiben.
蠟燭要放在哪裡？－把它放在桌上就可以了。

表示「想要」的 wollen

wollen 表示「想要」之意時，搭配的是第四格受詞。

Willst du noch ein Glas Wein?
你想要再來一杯葡萄酒嗎？

在此用法下，第四格受詞可使用 **dass** 子句表示。

Viele Fußgänger wollen, dass sich die Radfahrer an die
Verkehrsregeln halten.
許多行人都希望自行車騎士遵守交通規則。

不過若想以「希望你～」來對對話對象提出要求時，以委婉語氣
表示願望的 **möchte** 會較為適合。☞ p.253

表示「喜歡」的 mögen

mögen 表示「喜歡」之意時，搭配的是第四格受詞。目前
mögen 的主要用法是作獨立動詞用。

Welchen Komponisten magst du? – Ich höre gern Bach.
你喜歡哪一位作曲家的樂曲？－我喜歡聽巴哈。

（6）情態助動詞的過去式

使用情態助動詞表達和過去事態有關的情況時，主要是使用過去
式。☞ p.170　各個助動詞的過去基本形如下。過去式人稱變化與一
般動詞完全相同。☞ p.167

原形	dürfen	können	mögen	müssen	sollen	wollen
過去式基本形	durfte	konnte	mochte	musste	sollte	wollte

Damals durfte man die Lehrer nicht duzen.
當時不允許直接用「你」來稱呼老師

Früher konnte ich einen Kilometer schwimmen.
我以前可以游一公里。

Wir wollten ins Theater gehen.
我們當時想去看戲。／我們當時打算要去看戲。

（7）情態助動詞的完成式

情態助動詞也可以用在完成式。

情態助動詞的現在完成式，在句法上是以〔**haben 的現在式...主
要動詞（原形）+ 助動詞的過去分詞**〕的方式構成框架結構。**情態
助動詞的過去分詞與原形動詞為同形。**

**Wegen des Unfalls haben die Reisenden auf dem
Bahnhof übernachten müssen.**
因為事故的關係，旅客被迫得在車站過夜。

不過情態助動詞不太使用現在完成式，一般都是用過去式表達。

如果是要表示發生在過去某個時間點之前的事，會以過去完成式
表示。☞ p.174

Bis ein Platz in der Kita frei wurde, **hatten** wir ein halbes Jahr **warten müssen**.

我們被迫等了六個月，托兒所才有空位。

若為**獨立動詞**的用法，情態助動詞的過去分詞形為 **ge-語幹-t**。

Bevor ich mein Japanologiestudium angefangen habe, **hatte** ich Japanisch nicht **gekonnt**.

我在大學開始攻讀日本學之前，對日語是一竅不通。

進階學習　noch mehr

情態助動詞與完成式的搭配方式有兩種。

a. Sie **hat** die Bilder *wegwerfen* **müssen**.
　她不得不扔掉照片。

b. Sie **muss** die Bilder *weggeworfen haben*.
　她一定把照片扔了。

粗體字的部分為助動詞，斜體字的部分為主要動詞。

a. 句的 müssen 為現在完成式，句型為 **hat ... müssen**，主要動詞 **wegwerfen** 為原形動詞。

相對地 **b.** 句則是 müssen 的主觀用法。這裡的 müssen 為現在式，是表示說話者的推測。至於主要動詞的部分，由於其所表示的推測內容是指過去的事，因此是以完成式不定式 **weggeworfen haben** 的方式表示。

通常若主要動詞以完成式不定式表示，就代表該句是像 **b.** 句一樣，助動詞是用於表示主觀的看法。

如果說話者說這句話的時間點是發生在過去，那麼 müssen 就要用過去式。

b´. Sie musste die Bilder weggeworfen haben.
　她一定把照片都扔了。

不過這種過去式的主觀用法，在日常生活中幾乎不太使用，只有小說這種以過去式為基本時態的敘述方式才會使用。

4. 表示未來的時間助動詞 werden

（1）不確定未來的猜測

〔werden … 原形動詞〕的形態雖然稱之為未來式，但這個句型與其說是用來單純表示發生於未來的事，倒不如說它比較常用在帶有**猜測**意涵的情況。由於當某件事情在未來確定會發生時，會用現在式表達 ☞ p.17，因此當句子使用〔werden … 原形動詞〕的句型表達時，或多或少會使整個句子加上一些不確定的語氣。

Die Mannschaft **wird** bald einen neuen Trainer **bekommen**.
這團隊或許不久就會有一位新的教練。

（2）與現在有關的猜測

猜測語氣也可以用於表示現在的事情。

Die hier angegebene Internetadresse **wird** wohl einen Fehler **enthalten**.
這裡提供的網址似乎有誤。

（3）未來完成式

werden 搭配完成式不定式〔**過去分詞 + haben/sein**〕使用時，是為了替已經或即將完結的事加上猜測或預測的語氣。此種用法有下列兩種情況。

預測事情應該會在未來的某個時點結束
係指把眼光放在未來的某個時間點上，預測事情應該會在該時間點完結。

In einer halben Stunde **werden** wir zu Hause **ange-kommen sein**.
我應該會在半小時後回到家了。

不過，如果是要表示事情將在未來的某個時間點之前完結，也可以用現在完成式表達。☞ p.169 雖然猜測的語氣會較為薄弱，不過在現今還是較偏好使用形態較單純的現在完成式表示。

In einer halben Stunde sind wir zu Hause angekommen.

對過去事態所做的猜測
用於表示對於已經完結的事情所做的猜測。

Der Patient **wird** sich nicht an die Vorschriften **gehalten haben**.
病人大概沒有遵照規定。

5. 使役助動詞 lassen

〔lassen + j⁴ ... 主要動詞（原形）〕是表示「使人⁴做～、讓人⁴做～」之意。以主要動詞（原形）表示行為本身，被要求執行某項行為的人或物則是以第四格（受格／Akkusativ）表示。這表示 lassen 的第四格受詞是主要動詞（原形）在語意上的主詞。

Lassen Sie **mich** ab und zu von Ihnen **hören**.
偶爾讓我知道您的近況（請和我聯絡）。

※lassen Sie 是表示對 Sie 的要求。☞ p.239

Man darf **den Motor** nicht unnötig **laufen lassen**.
別讓引擎進行沒必要的空轉。

第一個例句中，**mich** 是 **hören** 在語意上的主詞，在第二個例句中，**den Motor** 是 **laufen** 在語意上的主詞。

主要動詞以第四格為受詞時，會像下面的例句一樣，受詞會置於原形動詞之前。

Lass uns einen Kaffee **trinken**.
我們來喝杯咖啡吧。

※lass 是表示對 du 的命令語氣。☞ p.237

在這個句子中，**uns** 是 **lassen** 的第四格受詞，也是 **trinken** 在語意上的主詞，**einen Kaffee** 是 **trinken** 的第四格受詞。

也有像下面的例句一樣，省略代表動作執行者的第四格。

Ich gehe alle vier Wochen zum Friseur und **lasse** mir die Haare **schneiden**.
我每四週去美容院（讓人）剪（我的）頭髮。

通常在明顯知道受詞為何，或是無法舉出具體的人物時，才會省略 lassen 的第四格受詞。以這個句子來說，就可以補上 den Friseur / die Friseuse（美髮師）以幫助理解。還有，die Haare 是 schneiden 的第四格受詞，mir 則是指頭髮的擁有者，以第一人稱的第三格（與格／Dativ）☞ p.55 表示。

現在完成式中作助動詞用的 lassen，不需改成過去分詞，而是直接以動詞原形表示，故現在完成式的句子如下。

Gestern habe ich mir die Haare schneiden lassen.
我昨天剪了頭髮。

6. 感官動詞

sehen, hören, fühlen 等表達感官的動詞，具有助動詞功能，能夠和其他的原形動詞合用。

In dieser Jahreszeit hört man oft Amseln singen.
這個季節經常能夠聽到烏鶇在啼叫。

感官動詞的第四格受詞（例句中的 Amseln），是句尾的原形動詞在語意上的主詞。

在此用法下的感官動詞不需改成過去分詞，而是直接以動詞原形表示。因此現在完成式的句子如下所示。

Früher hat man oft Amseln singen hören.
以前經常聽得到烏鶇在啼叫。

第13章 被動語態

當在描述某個行為時，描述的重點不是放在誰做了這個行為，而是在於這個行為被執行的這件事情上，像這樣將重點聚焦於行為本身的敘述方式，即為被動語態。

1. 被動語態及其形態

以動詞表示某個行為時，大致分為兩種方法。一是以「某人做某件事」的方式表示的**主動語態**，另一種則是以「某件事被執行」的方式表示的**被動語態**。主動語態是由動作的行為人與該行為組成；被動語態則是針對行為本身表達一個現象或過程。德文的對話內容中，大部分都是由「某事或某物是～」、「某人做了～」的主動語態構成，只有少數情況是以被動語態表示。還有調查結果顯示，對話中使用的述語動詞，僅有百分之七的比例是用被動語態表示。

（1）被動語態的形態

我們先試著比較主動語態與被動語態的句子。

主動語態 Wir bitten Herrn Pierre Martin zum Informationsschalter.
我們請皮耶爾・馬丁先生前往服務櫃檯。

被動語態 Herr Pierre Martin **wird** zum Informationsschalter **gebeten**.
皮耶爾・馬丁先生被請求前去服務櫃檯。

被動語態的句子中，是把接受行為的一方，也就是相當於及物動詞第四格受詞的名詞或是代名詞作為主詞，而動詞的部分則是以〔werden ... **過去分詞**〕的框架結構表示。

再者，被動語態所表示的是「某件事物承受某個行為或動作的影響或作用」，由於是表示「（某個行為）被執行」的用法，所以以主動的行為對事物產生影響或作用的 haben（擁有）、kennen（知道）之類的動詞，無法用於被動語態。

（2）被動語態的各種時態

被動語態的時態是透過被動語態的助動詞 **werden** 表示。現在就以「那間禮堂是由女性建築師設計／那間禮堂當時是由女性建築師設計」的這個句子為例，看看被動語態的各種時態變化。粗體字部分分別為 **werden** 的第三人稱現在式、過去式、現在完成式。

現在式

werden 的第三人稱現在式 ·····················過去分詞

Die Halle **wird** von einer Architektin *entworfen*.

過去式

werden 的第三人稱過去式 ·····················過去分詞

Die Halle **wurde** von einer Architektin *entworfen*.

現在完成式

sein 的第三人稱現在完成式 ·····················過去分詞 worden

Die Halle **ist** von einer Architektin *entworfen* **worden**.

※被動語態助動詞 werden 的過去分詞為 worden。

（3）情態助動詞與被動語態

被動語態可搭配情態助動詞一起使用。這種情況下，情態助動詞要變位，而代表被動語態的〔**過去分詞 + werden**〕則是要置於句尾。

情態助動詞（變位後）·············過去分詞　　　werden

Der Eintritt **muss** bei Ausfall **zurückerstattet werden**.

入場費在活動取消後必須退還。

（4）提示行為人資訊的用法

若要在被動句中明確指出做出該行為的行為人，就要用介系詞 **von**。

Das Instrument wurde von einem Geigenbauer restauriert.

那件樂器是被一位小提琴工匠所修復。

表示原因、媒介或方法等，會使用介系詞 **durch**。

Die Geige wurde durch Feuchtigkeit beschädigt.

小提琴因為濕氣而受損。

不過動作行為人在主動語態的句子中是作主詞用，為句中的必要元素，但在大部分被動語態的句子中，反而不太會出現這類資訊。

2. 被動語態的作用

因為敘述時會將重點聚焦在行為本身的這項特性，使得被動語態常會被用在特定類型的文章或情境脈絡中。若句子的主要重點是在講述某個行為或動作的過程，例如像是食譜這類敘述料理過程的情況，便常用被動語態表示。相對地，較常以「某人做了某件事」作為話題的日常對話或小說等場合，大多都會以主動語態表示。

另外，被動語態也經常用在行為人不明，或因某些原因無法說出行為人的情況。

Flüchtlingskinder werden oft massiv benachteiligt.
難民兒童常處於嚴重的弱勢地位。

以例句來說，難民兒童絕不可能是使自己成為弱勢的行為主體。一般而言，是社會整體的系統結構、法律、人們根深蒂固的意識等等各種問題交雜而成的結果。像這樣的情況就很適合以被動語態表示。

再者，使用被動語態也能給人較為客觀的印象。我們就以「這個問題需要更詳細地檢視」的句子，試著比較一下主動語態與被動語態。

Wir müssen das Problem noch genauer untersuchen.

Das Problem muss noch genauer untersucht werden.

雖然敘述的是相同的內容，但因為主動語態的句子有 **wir** 這個主詞，所以就會給人較為主觀的感覺。而若要給人「客觀敘述事件本身」的印象，為避免給人主觀的感覺，就適合用被動語態表示。

正因為有上述這項特徵，使得論文、實用類書籍、報導類的文章較常以被動語態表示。

另外，一件事究竟該以主動語態還是被動語態描述，某程度取決於文章的脈絡。

Die Krönungsmesse ist eine Messe von Mozart. Sie wurde wahrscheinlich für den Ostergottesdienst von 1779 komponiert.

加冕彌撒是莫札特的彌撒曲。這可能是為了 1779 年的復活節彌撒所做的曲子。

這篇文章的主題是 Krönungsmesse。為了不在主題上失焦，所以第二句便改成以被動語態描述。這裡若是寫成 Mozart komponierte sie wahrscheinlich für den Ostergottesdienst von 1779.，文章的主題就會由作品轉為莫札特，整篇文章的走向也會開始出現微妙的差異。而且後句以被動語態表示，負責傳達主要文意的動詞過去式就會被置於句末，反而能使句中的重要新資訊被特別突顯出來。就依資訊重要度決定句中擺放位置　☞ p.286　的觀點來看，若想讓動詞所代表的重要資訊以最有效的方式傳達出去，被動語態亦為最合適的用法。

3. 不 及 物 動 詞 的 被 動 語 態

不及物動詞就是不需要第四格（受格／Akkusativ）受詞的動詞。其中有完全不需要受詞的動詞（jobben, gehen usw.）、需要第三格（與格／Dativ）受詞的動詞（helfen, begegnen, usw.）、以介系詞為受詞的動詞（auf et⁴ anworten usw.）等，上述這些動詞皆屬不及物動詞。雖然是不及物動詞，但只要是用於表示人的行為或動作，就可以以被動語態表示。

In den Ferien **wird gejobbt**.
(Es wird in den Ferien gejobbt.)
放假時要打工。

Wähle 112 im Notfall. Dir **wird geholfen**.
　　　　　　　　　　　(Es wird dir geholfen.)
緊急的情況下撥打 112，就會得到幫助。

Auf meine Frage **wurde** nicht **geantwortet**.
(Es wurde auf meine Frage nicht geantwortet.)
我的問題沒有得到回答。

不及物動詞被動語態的句子基本上是沒有主詞的，因為它不像及物動詞，有動作接受者的第四格受詞可用來當作主詞。為了填補這

個空位，一般都會在句首放入 **es** p.84 。只不過這裡的 **es** 本身並不具任何語意，所以如果是句首以外的位置，都會將其省略。簡而言之，若當前區的位置像上述例句一樣，已被介系詞片語、副詞或第三格受詞佔據，**es** 就不太有出現的機會。

4. 狀 態 被 動 式

被動語態中，也有一些句子是使用 **sein** 作為被動語態的助動詞。

Die Renten **sind garantiert**.
退休年金保證會發下去。

被動式〔werden ... **過去分詞**〕是表示某個行為、動作被執行的過程。而相對地，〔**sein** ... **過去分詞**〕則是表示某個行為、動作的結果，而這樣的狀態會一直持續下去。前者稱為**過程被動式**，後者則稱為**狀態被動式**。例句若改為過程被動式，會變成 Die Renten wurden garantiert.（退休年金保證會發），這個例句是表示退休年金暫時獲得保障，但是不是一直持續都有則不清楚。因此這類句子通常應該要像例句一樣，以狀態被動式表達。

5. 具 有 被 動 性 質 的 用 法

除了被動語態以外，還有一些用法也可用於表示被動的語意。

sein ... 帶 zu 不定式
sein 與帶 **zu** 不定式連用，可用於表示「被動 + 可能性／必然」的意思，為「可以被～」或是「必須被～」之意。 p.269

Die Hitze **ist** kaum **zu** ertragen.
這個熱度幾乎讓人無法忍受。

Von diesem Arzneimittel **sind** zweimal täglich zwei Tabletten ein**zu**nehmen.
這個藥必須每天服用二次，每次服用二顆。

lassen + sich[4] + 原形動詞
為「可以被～」之意。

Er **lässt sich** leicht **überreden**.
他可以輕易地被說服（馬上就聽信別人說的話）。

反身動詞

部分的反身動詞 ☞ p.198 含有被動的語意。

Das Angebot hört sich gut an.
那個提議聽起來很不錯。

bekommen + 過去分詞

「請對方做～」之意的用法。

Den Schal habe ich von Klaus geschenkt bekommen.
那條圍巾是克勞斯送我的禮物。

像這樣的句型，只會有 schenken（贈送）、geben（給予）、schicken（送）、mitteilen（通知）這類表示「將事物⁴以某個動作給人³」之意的動詞可以使用。而這類動詞當以主動句的句型表示時，句中的第三格受詞基本上都會是被動句型中的主詞。

6. 功能動詞句法結構

a. Seine weisen Entscheidungen werden überall anerkannt.

b. Seine weisen Entscheidungen finden überall Anerkennung.

這兩個例句都是表示「他明智的決定受到廣泛的認可。」之意。b. 句中的 finden 與 Anerkennung 可看做一組，意思等同於 a. 句中的 werden ... anerkannt。不過在 b. 句中傳達「認可」之意的，只有由動詞轉化成**動作性名詞的** Anerkennung。至於 finden 這個字，一般是「找到」之意，在本句中則沒有任何語意上的功能，不過它在文法卻有其獨特的作用，是使句子成立不可或缺的動詞。像這樣搭配動作性名詞一起使用，動詞本身不具備任何語意的動詞，就稱為**功能動詞**。

功能動詞句法結構有以下的用法。

bringen　**Der Politiker hat seine Kritik zum Ausdruck gebracht.**
那位政治家表達他的評論。

| kommen | Im Film **kommt** die Sehnsucht nach dem Fremden **zum Ausdruck.** |

這部電影表達了對異鄉的嚮往。

| leisten | Verschiedene Organisationen **leisten** den Opfern **Unterstützung.** |

各種團體援助受害者。

| finden | Krebskranke **finden** bei der Organisation **Unterstützung.** |

癌症患者在該團體中找到支持。

這兩個句子依序分別為功能動詞的主動及被動的用法，et^4 zum Ausdruck bringen 與 et^4 ausdrücken 的意思幾乎相同；et^1 kommt zum Ausdruck 則與 et^1 wird ausgedrückt 的意思幾乎相同。雖說「幾乎相同」，但使用動作性名詞的功能動詞句法結構，和使用動詞原本的字義所構成的句子，在用法上還是有些許的不同。以 et^4 zum Ausdruck bringen 的用法來說，作為功能動詞用的 bringen，與其原本的語意還是有一致的部分。bringen 原本的語意是將某件物品帶到某處之意，亦即空間上的移動，由此引申為時間上的變化，用於表示從某個狀態轉為另一個狀態的意思。et^4 zum Ausdruck bringen 這個用法就是指某件事物的狀態是從尚未表現到呈現出來，連其中的過程都包含在內。而 et^1 kommt zum Ausdruck 的用法基本上也是如此。

另外兩個分別以 leisten 與 finden 構成的功能動詞句，也一樣互為主、被動的關係。除此之外，使用 leisten 構成的功能動詞句，與使用動詞 unterstützen 原意構成的句子相比，是把焦點放在進行援助的主體所擁有的權限或力量。而以 finden 構成的句子給人的感覺，比較像是那位病患之前有在尋找提供協助的人。

相較於使用動詞原意所建構的句子，以動作性名詞為主所構成的功能動詞句法結構是更為正式的用法，而且也可依不同的使用方式表達較為抽象的概念，因此較常用於論文或行政文書中。由於是以〔功能動詞 … 動作性名詞／包含動作性名詞的介系詞片語〕的方式建立框架結構 p.281，所以整篇文章的文體會給人一種較沉穩的感覺，而這或許也是上述類別的文章偏好使用功能動詞句法結構的原因。

第14章

反身代名詞與反身動詞

當行為（動詞）作用的對象為主詞本身，亦即當動詞的主詞與受詞一致時，則受詞與主詞之間即為反身的關係。與主詞之間有反身關係的代名詞，就稱為反身代名詞。

1. 何謂反身

大多數的時候，行為作用的對象皆為他人或事物。

Ich habe das Kind getröstet.　我安慰那個小孩。

但有時動詞的動作或行為作用的對象，也有可能是主詞本身。

Ich habe **mich** getröstet.　我安慰自己。

像這樣主詞與受詞指涉的對象一致的情況，就稱主詞與受詞之間具有**反身**的關係，即主詞行為作用的對象為〔自己（＝受詞）〕。

2. 反身代名詞

代名詞所代稱的對象，與主詞為同一人或同一事物，即稱為**反身代名詞**。反身代名詞有第四格（受格／**Akkusativ**）與第三格（與格／**Dativ**）的用法。

主詞	ich	du	er/es/sie	wir	ihr	sie	Sie
受格	mich	dich	sich	uns	euch	sich	sich
與格	mir	dir	sich	uns	euch	sich	sich

反身代名詞的第一人稱與第二人稱，和人稱代名詞同形，第三人稱則全都用 sich。第一人稱只能用於代稱說話者，第二人稱只能用於代稱對話的對象（聽者），而第三人稱可代稱的對象沒有任何限制，因此當要指稱的對象是與主詞相同的人或事物時，為了要有所區別，就必須使用與第三人稱代名詞不一樣的形態。不過第二人稱的尊稱是由代表第三人稱複數的 sie 轉用，所以第二人稱的反身代名詞也是以 sich 表示。

當要在命令句使用反身代名詞時，雖然命令句中主詞 **du** 與 **ihr**

不會出現，但也一樣要使用對應主詞的反身代名詞。 ☞ p.239

Ruh dich gut aus!
你自己要好好休息！
（對 du 的命令句）

Nehmt euch gut in Acht!
你們自己要小心一點！
（對 ihr 的命令句）

（1）反身代名詞的用法

● 反身代名詞的第四格（受格／Akkusativ）
反身代名詞的第四格可作為動詞及介系詞的第四格受詞（直接受詞）。

Die Studenten haben sich vorgestellt.
學生們做了自我介紹。

Sie hat ihre Erinnerungen nicht nur für ihre Familie, sondern auch für sich niedergeschrieben.
她寫下回憶，不只是為了家人，也為了她自己。

● 反身代名詞的第三格（與格／Dativ）
反身代名詞的第三格可作為動詞及介系詞的第三格受詞（間接受詞）。

Hast du dir zum bestandenen Examen etwas geschenkt?
為慶祝通過考試你送給自己什麼禮物？

Der Mann kam zu sich.
那個男人恢復了理智。

此外，反身代名詞第三格若搭配 **waschen**（洗）、**putzen**（刷）等表示對身體部位所做行為的動詞，則該身體部位的所有者即為主詞本身。 ☞ p.56

Waschen Sie sich sorgfältig die Hände.
請仔細地把（自己的）手洗乾淨。

● 相互代名詞
當主詞為複數時，反身代名詞可用於表示「彼此～」之意。這個

用法另稱為**相互代名詞**。

Wir haben uns vor drei Jahren kennengelernt.
我們是在三年前認識彼此的。

以單數形表複數的名詞作為主詞時亦同。

Das Paar hat sich regelmäßig geschrieben.
那對情侶定期寫信給彼此。

搭配介系詞使用時,就不用相互代名詞,而是改用 **einander**(彼此)。這時介系詞與 einander 會合併為一個字。

Alle Mitglieder des Vereins kommen miteinander klar.
協會裡的每位成員都彼此相處融洽。

(2) 反身代名詞的位置

反身代名詞相當於人稱代名詞。 ☞ p.87 尤其是當句子的前區已有說明語,而動詞的後方又同時有主詞及反身代名詞時,相較與主詞,反身代名詞所代表的資訊價值反而更高,因此會傾向把反身代名詞放在比主詞更前面的位置。

a. **Heute hat sich eine alte Bekannte gemeldet.**
   今天有一位熟識的女性老友和我聯絡。

b. **Heute hat eine alte Bekannte sich gemeldet.**

b. 句的語序並沒有錯,不過 **a.** 句較為常見,而且是讓人覺得最「習慣」的用法。

3. 反身動詞

當動詞與反身代名詞成一組,以表示同一語意時,這個組合而成的動詞就稱為**反身動詞**。反身動詞中,雖然有像 sich^4 **befinden**(在、位於)這種只能當反身動詞使用的情況,但大多數的反身動詞,由於本來就是由及物動詞與反身代名詞結合而成的,因此其中的動詞即使不當反身動詞使用,仍能當及物動詞使用。例如 **melden** 是表示「通報」之意的及物動詞,要是轉為反身動詞使用,就是表示「通知」的意思。

作及物動詞用

Der Empfang meldet einen Gast.
接待處通報客人到了（到目的地）。

作反身動詞用

Der Gast meldet sich durch den Empfang.
客人透過接待處通知他們的到訪。

以下便列出主要的反身動詞。

● 支配反身代名詞第四格的反身動詞

sich anstrengen	Du musst **dich** nicht so **anstrengen**.
	你可以不用這麼努力。
sich beeilen	Wir müssen **uns beeilen**.
	我們得快一點。
sich erkälten	Haben Sie **sich erkältet**?
	您感冒了嗎？
sich lohnen	Das Seminar **lohnt sich**.
	那場討論會很值得參加。
sich vorstellen	**Stellen** Sie **sich** bitte **vor**.
	請您自我介紹一下。

● 支配反身代名詞第四格與介系詞受詞的反身動詞

sich über et⁴ ärgern

Wir haben **uns über** seine Bemerkung **geärgert**.
我們對他的意見感到生氣。

sich für et⁴ interessieren

Sie **interessiert sich für** Astronomie.
她對天文學有興趣。

sich auf et⁴ vorbereiten

Langsam müssen wir **uns aufs** Neujahrsfest **vorbereiten**.
我們必須逐漸為新年做準備。

這些用法只要當成慣用語直接背起來即可。也可以參考介系詞受詞這一節的內容。 ☞ p.158

- **支配反身代名詞第三格與第四格受詞的反身動詞**

sich³ et⁴ vorstellen

Das Großstadtleben hat sie sich anders vorgestellt.
她想像的是一種截然不同的都會生活。

sich³ et⁴ leisten

Endlich kann ich mir ein Fahrrad mit 20 Gängen leisten.
我終於買得起一部 20 段變速的自行車。

Column

用字典查動詞（2）

若利用字典查詢反身動詞，會發現字典裡所列出的反身代名詞，全部都是以第三人稱 sich 表示。然而，當各位要以第一人稱及第二人稱表示時，還是得配合主詞使用對應的反身代名詞。

例如在字典查詢 gewöhnen 這個動詞，通常會看到類似 sich⁴ an et⁴ /j⁴ gewöhnen（習慣）的標示。若要利用這個用法造句，就要像以下的例句一樣，配合主詞把 sich⁴ 改成對應的反身代名詞。

Ich habe **mich** an die neue Arbeit gewöhnt.
我已經習慣新的工作。

Kannst du dich an die Schule gewöhnen?
學校還習慣嗎？

Alle Teilnehmer haben **sich** an die Regeln gewöhnt.
所有的參加者都已經習慣這些規則。

第 15 章

否定

否定有兩種，一是否定句中的述語，也就是否定整個句子
（完全否定）；另一種則是否定句中的部分內容。而否定的用
法除了使用 nicht 這類具否定作用的單字外，其他還有 -los
（沒有）、un-（非、不）等同樣具否定作用的形容詞前綴詞
或後綴詞，以及含有否定語意的介系詞或動詞。

1. 否定

//

　　所謂的否定，就是以「不～」否定一件事。不過在日常生活中，
有些情況就算沒有直接說出「不～」，也能表達否定的意思。

**Kommst du morgen mit ins Kino? – Morgen habe ich
Besuch.**
明天你要和我一起去看電影嗎？－明天我有訪客。

　　這樣的回覆方式，也是一種表示否定的方式，而這類對話在溝通
上相當重要。事實上遇到這種問題，大部分的人都不會真的以
Nein, ich komme nicht mit.（不，我不去。）的方式回答對方。

　　有時也會使用具有否定意味的用法，表達與否定句相同的意思。

Meine Kollegen haben meinen Vorschlag abgelehnt.
同事們拒絕了我的提議。

　　這句話也可以這麼說。

**Meine Kollegen haben meinen Vorschlag nicht ange-
nommen.**
同事們不接受我的提議。

　　其他像是介系詞的 **ohne**（沒有～）以及 **statt**（代替）也都含有
否定的意味。而相當於「非、不」之意的 **un-**，以及表示「沒有～」
之意的 **-los** 這類形容詞的前綴詞或後綴詞也可用於表示否定的意
思。

Ohne Auto ist das Landleben schwer.
沒有汽車很難在鄉下生活。

**Die Brieftaube ist sofort weiter geflogen, statt einen
Augenblick zu rasten.**
信鴿沒有短暫停留休息，而是立刻繼續飛行。

Unsere Familie ist unmusikalisch.　　我們家沒有音樂細胞。

Sie war sprachlos.　　她無言以對。

以上這些句子都可表達否定的用法。若將句子以 **nicht** 或 **kein** 改寫成下列的句子就會更清楚易懂。

Wenn man kein Auto hat, ist das Landleben schwer.

Die Brieftaube hat keinen Augenblick gerastet, sondern ist sofort weiter geflogen.

Unsere Familie ist nicht musikalisch.

Sie konnte keine Worte finden.

2. nicht 及其用法

nicht 的使用範圍相當廣泛，從述語動詞到形容詞、副詞、介系詞，甚至是名詞都可以成為它否定的對象。

（1）nicht 的位置

nicht 的位置，只要利用不定式詞組作為思考判斷的基準就會非常容易理解。原則上，**nicht** 的位置是在否定的對象之前，換句話說，**nicht 所否定的就是接續在 nicht 後面的內容**。

我們試著以「他今天不來」與「她不在今天來」這兩個例句來思考看看。「今天不來」是在否定「來」這件事，所以 **nicht** 要放在述語動詞 kommen 的前面。不過若以句子來看，變位後的 **kommen** 會移動到句子的第二位，因此 **nicht** 會留在句末。

a. heute nicht kommen　➡　Er kommt heute nicht.

而相對的，如果是要表達「不在今天來」，亦即要表達的是「來的日子不在今天」，由於要否定的是「今天」，所以 **nicht** 就要置於 **heute** 的前面。

b. nicht heute kommen　➡　Sie kommt nicht heute.

若像 **a.** 句一樣，否定的是句中述語的部分，就是完全否定，然

而，有時也會像 **b.** 句一樣，否定的是句中述語以外的元素，而這就是部分否定。若為部分否定，還可以在句子之後補上**..., sondern morgen**（…，而是明天）之類的補充資訊。

（2）框架結構與 nicht

nicht 若是用於否定述語，由於述語動詞會在變位後置於句子的第二位，所以句末通常只會剩下 **nicht**。不過若述語的部分是由多個字所構成的框架結構，則除了動詞以外，其他的述語要素都會留在句末 ☞ p.281，這時 **nicht** 就會置於這些述語要素之前，以下的句型即為如此。

〔情態助動詞或表未來的時間助動詞 ... 原形動詞〕

Hier **darf** man **nicht fotografieren**.
這裡不能拍照。

可分離動詞

Die Mehrheit **stimmt** dem Vorschlag wohl **nicht zu**.
多數人不同意這個提議。

〔sein ... 主詞補語〕

Das Gespräch **war nicht ergiebig**.
這次對話沒有任何成果。

表示一項行為〔動詞 + 名詞〕的慣用語

Ich **fahre nicht Auto**.
我不開車。

〔功能動詞 ... 介系詞片語〕

Sämtliche Versuche **brachten** die Lage **nicht in Ordnung**.
試過所有的方法都無法恢復正常（試過所有方法都無法解決問題）。

在框架結構的句子中，究竟 **nicht** 只是用來否定置於其後的句子元素（部分否定），還是用於否定包括句子元素在內的整個述語（完全否定），其實並不容易判斷。特別是像下列句子的情況。

〔表示移動的動詞 ... 表方向的補足語〕

Der Präsident **fährt** diesmal **nicht nach Moskau**.
總統不去莫斯科。

15

否定

　　雖然翻譯為「總統不去莫斯科」，但其實在這個句子中，**nicht** 到底是用來否定 nach Moskau fahren（完全否定），還是只有否定 **nach Moskau**（部分否定），單從這個句子來看，沒有辦法清楚判斷得知。上述的翻譯，是將句子視為完全否定所做的翻譯。如果是部分否定，那麼在說話時，會把重音放在 **nach Moskau** 上，句子的翻譯就會變成「總統去的 "不是莫斯科"（要去別的都市）」。

（3）否定整個子句

　　主要子句中的 **nicht**，有時可用於否定整個子句。

Ich lese die Bibel nicht deshalb, weil ich besonders religiös bin.
我之所以閱讀聖經，並不是因為我很虔誠。

Vertrauen lernt man nicht dann, wenn alles glatt geht.
當事情進展順利時，人是無法學會信任的。

　　為明白指出 **nicht** 只是用來否定子句的部分內容，通常會在 **nicht** 之後放入 **deshalb**（因此）或是 **dann**（於是），再接續表示理由或條件的子句。

3. nicht 與 kein

　　除了 **nicht** 以外，經常用於表示否定語氣的還有 **kein**。**kein** 原本是 **ein** 的否定形態，所以是用於否定帶有不定冠詞的名詞。

Wir haben keinen Keller, dafür aber einen Dachboden.
我家沒有地下室，但是有閣樓。

　　無冠詞的複數名詞也是用 **kein** 表示否定。

Angesichts der wirklichen Lage konnten wir keine Worte finden.
面對實際的狀況，我們連一句話都說不出來。

　　而帶有定冠詞或所有格冠詞的名詞，就用 **nicht** 表示否定。

Wir nehmen heute nicht den Bus, wir gehen zu Fuß.
今天我們不搭公車，而是走路。

　　不過 **nicht** 有時也可以用來否定無冠詞的名詞。接著我們就來看

看 nicht 與 kein 的用法。

（1）kein 的用法

kein 主要用於以下的情況。

- 否定帶有不定冠詞的名詞以及無冠詞的名詞

Meine Frau hat keinen Führerschein.
我太太沒有駕照。

Seit kurzem sieht man hier keine Schwalben mehr.
最近在這裡都看不到燕子。

有時不用 kein 而是用 nicht ein 表示。這時為「一次都沒有～」之意，是表示強烈的否定。

Es vergeht nicht ein Tag, an dem ich nicht daran denke.
我沒有一天不在想那件事。

- 否定無冠詞的物質名詞

Das Getränk enthält keinen Alkohol.
這種飲料不含酒精。

- 否定無冠詞的抽象名詞

Ich habe keine Lust mehr.
我再也提不起勁。

- 由形容詞轉為中性名詞的語言名稱及色彩名稱

Viele Kinder mit Migrationshintergrund sprechen zu Hause kein Deutsch.
許多有移民背景的孩子在家裡都不說德語。

Der Bildschirm ist irgendwie defekt und zeigt kein Blau.
螢幕有點故障顯示不出藍色。

由於 kein 是直接否定接續其後的名詞，因此看起來很像是部分否定，不過也經常用來否定由〔述語 + 名詞〕所代表的整件事，亦即用於表示完全否定之意。

Ich schreibe keine E-Mails.
我不寫電子郵件。（完全否定）
我寫的不是電子郵件。（部分否定）

15
否定

　　而到底這個句子究竟是完全否定還是部分否定，取決於被否定名詞的性質或是文章的脈絡。不知道該如何解讀時，可試著在後面加上〜, sondern ...（不是〜而是⋯）。**Ich schreibe keine E-Mails, sondern nur SMS.**（我寫的不是 E-mail，而是 SMS。）若加上後面的內容可以釐清句子的前後關係，就可得知該句否定的對象只有電子郵件的部分。**Ich schreibe keine E-Mails, sondern kommuniziere im Chat.**（我不寫 E-mail，而是以聊天的方式溝通）若後半句加上這樣的內容後，可以和前半句銜接，那麼就表示否定的是 **E-Mails schreiben** 這整個述語。

（2）以 nicht 否定無冠詞的名詞

　　無冠詞的名詞若為以下的情況，可以用 nicht 表示否定。

● **當〔動詞 + 名詞〕是表示某個行為的慣用語時**

Ich kann nicht Klavier spielen.
我不會彈鋼琴。

　　有一些由名詞與特定的動詞結合而成的慣用語，如 **Klavier spielen, Auto fahren** 等，這些名詞已不被視為單純的名詞。之所以會這麼說，是因為從 **Klavier** 以及 **Auto** 沒有任何冠詞或形容詞之類的定語來看，即可得知這兩個單字已不被視為單純的名詞。☞ p.67 這種情況下就可以用 nicht 表示否定。

※若為「樂器」，由於名詞仍被視為單純的名詞，故否定句如下所示。
　Ich kann kein Musikinstrument spieien.

● **專有名詞**

Die schweizerische Hauptstadt ist nicht Genf, sondern Bern.
瑞士的首都並非日內瓦，而是伯恩。

Nicht Katharina, sondern Monika hat morgen Geburtstag.
明天生日的不是卡薩琳娜而是莫妮卡。

※人名雖然也可以用 kein 表示否定，但這時是表示「不是像〜那樣的人」之意。
　Er ist eben kein Goethe.　他並不是像歌德那樣的作家。

- 表職業、國籍、身分的名詞用作 **sein** 等繫動詞的主詞補語

在 **sein** 或 **werden** 等繫動詞的句型中,主詞補語會被視為用於表示主詞屬性的形容詞類,在這類句型中,用 **nicht** 表達否定為標準用法。

Sie ist nicht Christin.
她不是基督教徒。

不過上面的句子也可以用 **kein** 表示:**Sie ist keine Christin.**,目前這樣的用法反而比較普遍。

若在名詞添加修飾性用法的形容詞,由於肯定句會加上不定冠詞 ☞ p.66,所以一定要用 **kein** 表示否定。

Er ist kein gebürtiger Bayer.
他不是土生土長的巴伐利亞人。

進階學習 **noch mehr**

由〔功能動詞 + 動作性名詞第四格〕所構成的功能動詞句構,當用於表示否定時,一般人常會在 **nicht** 與 **kein** 這兩個選擇之間搖擺不定。

當動作性名詞與功能動詞合而為一用來表達同一語意,而感覺上這個名詞是屬於動詞的一部分時,就要用 **nicht** 表示否定。

Auf seine familiäre Situation können wir leider nicht Rücksicht nehmen.
不幸的是,我們不能把他家裡的狀況列入考量。

而相對地,若動作性名詞被視為真正的名詞時,就要用 **kein** 表示否定。

Auf seine familiäre Situation können wir leider keine Rücksicht nehmen.

最讓人困擾的是,到底哪一種組合可以用 **kein** 表示,並沒有明確的分辨方式。可以透過字典中的例句,或是在網路上搜尋 "nicht Rücksicht" 與 "keine Rücksicht" 的方式,確認正確的用法。

15
否定

4. 除了 nicht 及 kein 以外的否定詞

除了 **nicht** 及 **kein** 以外，還有一些單字同樣也具有否定的作用。以下例舉一些較具代表性的單字。

keiner　沒有一個人～

Keiner von uns kannte sich in der Gegend aus.
我們之中沒有一個人熟悉這一帶的路。

niemand　沒有人～

Ich habe geklingelt, aber es schien niemand da zu sein.
我試著按鈴，但那裡似乎沒有人在。

nichts　什麼都沒有～

Ich habe mit der Clique nichts zu tun.
我和那群人一點關係都沒有。

nie　從未～

Nie hat sich unsere Katze getraut, die Wohnung zu verlassen.
我們家的貓從來不敢離開這間房子。

keineswegs　決不～、完全不～

Diese Krankheit ist keineswegs selten.
這種病決不罕見。

nirgends　哪裡都不～

Ich fühle mich nirgends so wohl wie hier.
我覺得沒有其他地方跟這裡一樣舒服。

weder A, noch B　既不 A 也不 B～

Igel sind weder aggressiv noch gefährlich.
刺蝟既沒有攻擊性也不具危險性。

5. 否定的強調用法與限定範圍

（1）否定的強調用法

nicht 或 kein 加上副詞 überhaupt 或 gar，可以用於強調否定，表示「一點也不〜」的意思。

Ich bin überhaupt nicht bereit.
我完全沒有（心理）準備。

Sie hat gar keine Ahnung.
她完全不知道。

（2）在時間上設限的否定

nicht 或 kein 加上以下的副詞，是表示在時間上有所限制並加以否定。

noch + 表示否定的字　還沒有〜

Ich war noch nie in den USA.
我從來沒有去過美國。

表示否定的字 + mehr　不再〜

Wir möchten hier keinen Ärger mehr.
我們希望這裡不再有任何麻煩事。

15
否
定

第 16 章

連接詞

連接詞就是負責連接單字與單字、片語與片語以及句子與句子的一種詞類。除此之外，連接詞同時還具有為句子添加各種語意，使文章更流暢的作用。

1. 連接詞的作用

只要將兩個句子並列，句子之間就會自然地形成語意上的關聯。

Gestern wurde es plötzlich kalt.
昨天突然變冷了。

Ich habe mir eine Erkältung geholt.
我得了感冒。

如果說話時將這兩句連在一起說，傳達出的語感，就是感冒的原因（之一）是天氣冷的關係。只要像這樣把兩個句子放在一起，句子之間就會自然地形成因果或順接關係，而這在日常生活中大多也被視為是一種自然的表達方式。

不過在溝通或寫作時，若只是單純地把句子依序排列，可能會出現句子與句子之間的邏輯關係不明，甚至演變為通篇不合邏輯的情況。而連接詞的使用就是為了避免發生上述的情形。因為連接詞的作用正是統整多個句子，使句子之間建立明確的邏輯關係，像是「因為…」、「雖然…」等。

2. 連接詞的種類

連接詞可用於連接兩個句子，而德語的句子有兩種。一種是兩個主句的形式的句子，另一種則是主句＋子句的用法。

a. **Diesen Sommer haben wir wenig Regen. Man sorgt sich daher um die Ernte.**
今年的夏天雨量很少。所以人們很擔心收成。

b. **Man sorgt sich um die Ernte, weil wir diesen Sommer wenig Regen haben.**
人們擔心收成，是因為今年夏天雨量很少。

例句 **a.** 是兩個獨立的主句。而相對地在例句 **b.** 中，後半句的 **wir diesen Sommer wenig Regen haben** 是藉由連接詞 **weil**（因為）構成原因子句，是從屬於主句 **Man sorgt sich um die Ernte**。

可單獨成立的句子稱為**主句**，附屬於主句之下，成為主句一部分的句子則稱為**子句**。主句的動詞會放在第二位，而子句的動詞則會放在句末（**後置動詞**）。主句與子句之間一定會加上逗號以明確區隔兩個句子。而子句不管字數多寡，在句型結構上只算佔一位，從以下例句可明顯看出主句的動詞仍在第二位：**Weil wir diesen Sommer wenig Regen haben, macht man sich Sorge um die Ernte.**

連接詞大致上也分為兩種，一種是連接兩個主句，另一種則是用來連接主句與子句。置於兩個主句之間以連接兩個句子的是**對等連接詞**；幫助子句與主句建立從屬關係的則是**從屬連接詞**。二者皆為構成句子的元素之一 ☞ p.11，是使句子與句子之間得以連結的樞紐。

而具連接詞作用的副詞，在本章中也會一併介紹。**副詞連接詞**也是句子元素的一種，雖然不屬於狹義的連接詞，但卻具備連接詞的作用，可透過連接兩個句子將句意進一步地延伸擴展開來。

除了上述的詞類之外，還有一種**複合連接詞**，是放在兩個相連的句子之間，以緊密的邏輯關係連結兩個句子。

3. 對 等 連 接 詞

對等連接詞是獨立於句子之外的元素，放在兩個主句之間，以連接這兩個句子。

由於不屬於句子元素的一部分，所以也不會影響後續句子的語序。此外，對等連接詞也可以用於連接兩個單字或兩個片語。

對等連接詞有 **und**（並且）、**oder**（或者）、**aber**（但是）、**denn**（因為）等。

另外，關於對等連接詞在連接單字、片語及句子時，逗點要如何使用，請參考第 **24** 章的內容。☞ p.305

und　並且

不添加任何特定的語意，將兩個單字、片語或句子連接在一起。而在相連之後，二者之間的邏輯關係是相加、結合的概念。

Wir haben Kaffee, Espresso, schwarzen Tee, Kräutertee und Früchtetee.
我們有咖啡、義式濃縮咖啡、紅茶、草本茶以及水果茶。

Ich trinke jeden Tag Kaffee, und meine Frau zieht Tee vor.
我每天喝咖啡，而太太喜歡喝茶。

oder　或者

Am Wochenende wollen wir in den Zoo oder ins Aquarium gehen.
我們打算週末去動物園或水族館（海洋館）。

Bauen wir selber ein Regal, oder kaufen wir uns eins?
我們要自己做一個書架，還是要用買的？

aber 或 **denn** 將在第五小節進行介紹。

4. 從 屬 連 接 詞

（1）從屬連接詞的作用

從屬連接詞的作用是統整子句以連接主句，並讓句子之間的時間、邏輯關係更為明確。主句與子句所代表的資訊，重要程度並不相同。主句所陳述的資訊當然是主要資訊，而子句則正如其名，是為主句補充額外的資訊。

子句中的動詞會置於句末，從屬連接詞則會與後置的動詞形成框架結構。而包裹在這個框架中的子句，則會再透過從屬連接詞與主句連接。

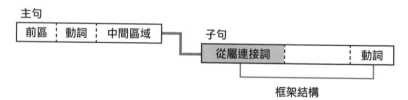

（2）引導名詞子句、修飾性子句的從屬連接詞

從屬連接詞中，有引導名詞子句以作為主詞或受詞用的連接詞；也有引導修飾性子句，用以說明主句中名詞內容的連接詞，本節將介紹這些連接詞並說明其作用。其他主要的從屬連接詞則將留待第5 節再做介紹。

dass　是～的意思；～叫做…

dass 是引導敘述句使其可做子句使用的連接詞。子句有名詞子句（～的是，～），或是修飾性子句（～叫做…）。

敘述句　　Es geht dir gut.　　你很好。

→　子句　dass es dir gut geht.　　是你很好的意思。

作主詞用

Es ist sicher, dass heute Meyers kommen.
可以肯定的是，今天邁爾一家人要來。

若如同上述的句子，名詞子句是接在主句之後，做為主句的主詞，這時主句就要使用虛主詞 **es**。☞ p.81

作及物動詞的受詞（直接受詞）用

Ich kann mir nicht vorstellen, dass Martin bald nach Taiwan kommt.
我無法想像馬丁不久要來台灣。

作介系詞受詞用

若子句與介系詞連用時，會以〔**da(r)**-介系詞〕的形式表示。
☞ p.145

Ich bin davon überzeugt, dass du es schaffst.
我相信你辦得到。

ob　是否～、～是否要…

連接詞 **ob** 所引導的子句是由是非疑問句轉化而來的**間接問句**。

是非疑問句　　Ist die Bibliothek heute geöffnet?
圖書館今天有開放嗎？

→　間接問句　　ob die Bibliothek heute geöffnet ist
圖書館今天是否開放

ob 子句和 dass 子句相同，可作為主句的主詞或受詞，也可作為主句中名詞的修飾語用。

Weißt du, ob die Bibliothek heute geöffnet ist?
你知不知道今天圖書館有沒有開放？

Die Frage, ob ein neuer Flughafen notwendig ist, wird jetzt diskutiert.
目前討論新機場是否必要的問題。

也可以利用疑問代名詞或疑問副詞引導間接問句。

Weißt du, wer noch zum Essen kommt?
你知道還有誰要來用餐嗎？

Ich verstehe nicht, warum er zum fünften Mal wieder gewählt wurde.
我不知道他為什麼可以連任五次。

（3）關於語序的注意事項

● 當子句位於前區
　子句是構成主句的其中一項句子元素。因此當子句位於整個句子的前區時，主句的動詞就要接在子句的後面。

前區	動詞	中間區域
Wenn ich erkältet bin,	trinke	ich immer Ingwertee.

每當感冒時，我總是喝薑茶。

● 當子句中有多個原形動詞
　子句中動詞要放在句末，但若為以下情況，則屬例外。

a. **Ich bin erst um zwölf aufgewacht, obwohl ich um zehn zum Bewerbungsgespräch hatte erscheinen müssen.**
我必須在 10 點參加面試，但我卻在 12 點才醒來。

b. **Ich glaube, dass er sich bald zum Meister wird qualifizieren können.**
我相信他可能很快會取得師傅的資格。

例句 a. 中的過去完成式助動詞 hatte，以及例句 b. 中的未來（推

量）時間助動詞 **wird**，都不是放在句末。在子句中若有兩個以上的動詞（包括原形動詞、變位後的動詞、過去分詞）時，依規定，變位後的完成式助動詞必須置於原形動詞之前。

5. 連接詞的用法

（1）表示時間的連接詞

als 當～之時 〔從屬連接詞〕
　事件在過去只發生過一次，亦即非反覆發生的狀態下使用。

Als ich an der Uni Deutsch gelernt habe, gab es noch Ost- und Westdeutschland.
我在大學學習德語的時候，還有東德與西德。

wenn 當～時；每當～ 〔從屬連接詞〕
　表示過去、現在及未來一再重覆發生的事情，或可表示現在或未來只發生一次的事件。

Wenn ich mich mit der Grammatik auseinandersetzen musste, bekam ich Kopfschmerzen.
每次要應付文法上的問題，我就覺得頭痛。

Machen wir eine Rheinfahrt, wenn du nächstes Mal zu uns kommst.
你下一次來我們家時，我們來趟萊茵河旅遊吧。

während 當～時 〔從屬連接詞〕

Die Kinder haben schlimme Streiche gemacht, während wir weg waren.
當我們外出時，孩子們在家裡正準備對我們惡作劇。

bevor 在～之前 〔從屬連接詞〕

Ich hole schnell einen Kaffee, bevor der Film beginnt.
我在電影開場前去買杯咖啡。

16
連
接
詞

bis 直到～ 〔從屬連接詞〕

Warten wir hier ab, bis sich der Stau auflöst.
我們在這裡等待塞車的狀況解除。

nachdem 在～之後 〔從屬連接詞〕

Schauen wir uns auch den Garten an, nachdem wir das Schloss besichtigt haben.
我們參觀完城堡後，也去參觀花園。

sobald 一～就；剛～就 〔從屬連接詞〕

Der Zug fuhr ab, sobald wir eingestiegen waren.
我們才剛上火車，火車就開了。

seitdem 自從～以來 〔從屬連接詞〕

Seitdem ich ihn kenne, hat er mehrmals die Stelle gewechselt.
自從我認識他以來，他換過好幾次工作了。

Sie widmet ihre Zeit ihren Hobbys, seitdem sie in Rente gegangen ist.
自從她退休以來，她把時間都花在興趣上。

（2）表示條件或假設的連接詞

wenn 如果；倘若 〔從屬連接詞〕

Wenn wir unseren Lebensstil nicht ändern, werden wir bald einen neuen Planeten brauchen.
如果我們不改變現在的生活方式，很快地我們將會需要一個新的星球。

Lassen Sie uns wissen, wenn Sie verhindert sind.
如果您不方便的話，請讓我們知道。

falls 如果 〔從屬連接詞〕

與表示條件的 **wenn** 同義。**wenn** 還有表達時間的用法，**falls** 則只有表達條件的用法。

Falls es nötig ist, komme ich morgen wieder.

有必要的話，我明天再來。

※ es 是用來代替主句的內容

不使用連接詞，也可以透過將動詞置於句首的方式，造出條件子句。這時條件子句一定要置於主句之前。

Regnet es weiter so, wird es zu einem Erdrutsch kommen.

雨如果再這樣繼續下，可能會造成山崩。

特別是使用虛擬第二式的假設語氣 p.242 ，可以下列的句型表達。

Sollten alle Zimmer ausgebucht sein, versuchen wir es mit einem anderen Hotel.

如果所有的客房都已被預訂，我們試試與其他的飯店訂房。

dann　那麼～　〔副詞連接詞〕

前句所提出的條件成立，後半句就以「那麼～」開頭。

Wenn weiter so günstiges Wetter herrscht, dann kann man mit einer guten Ernte rechnen.

若天氣一直都這麼好，那麼就能期待有好收成。

Schlaf dich gut aus, dann fühlst du dich wohler.

好好睡飽，那麼你會感覺好些。

sonst　否則～　〔副詞連接詞〕

前句所提出的條件成立，後半句則以「否則～」指出前項條件若未滿足可能會面臨到的情況。

Hoffentlich gelingt uns der Versuch diesmal. Sonst war alle unsere Mühe vergeblich.

希望這次的實驗能夠成功。否則我們所有的努力都將白費。

Nimm deinen Schirm mit. Sonst wirst du nass.

把傘帶著，否則你會淋濕。

16
連接詞

（3）表示根據、理由、原因的連接詞

denn　因為～　〔對等連接詞〕
由後句補充說明前句的立論根據時使用。

Mir fällt der Artikelgebrauch schwer, denn Chinesisch kennt keine Artikel.
我覺得冠詞的用法很難，因為中文沒有冠詞。

Die deutsche Mannschaft hat wohl gewonnen, denn von überall ertönt Jubel.
德國隊之所以會贏，是因為從四面八方傳來的加油聲。

nämlich　因為～；也就是說　〔副詞連接詞〕
意思與 **denn** 相同，是用於補充前句的立論根據。具連接詞性質的 **nämlich** 通常要置於動詞之後，且位置要離動詞愈近愈好。

Mir fällt der Artikelgebrauch schwer, Japanisch kennt nämlich keine Artikel.

weil　因為～　〔從屬連接詞〕
解釋主句中所描述事件的理由或原因。

Mir fällt der Artikelgebrauch schwer, weil Chinesisch keine Artikel kennt.
我覺得冠詞的用法很難，因為中文沒有冠詞。

weil 所引導的句子為子句，隸屬於主句。因此當使用 **weil** 表達時，主句所描述的事件與理由之間的連結，會比 **denn** 引導的子句要來得更緊密。除此之外，**weil** 與 **denn** 的另一項不同之處在於，**weil** 所表達的原因或理由是單純基於事實而做出的陳述，而非主觀臆測所做出的推論。目前一般人不太意識到 **denn** 與 **weil** 在語意上有這些差別，像下面這個例句嚴格來說並不算成立。

△Die deutsche Mannschaft hat wohl gewonnen, weil von überall Jubel ertönt.

weil 所引導的子句，原本要描述的事情應該是像下面的例句這樣，和主句之間存在某種因果關係。

Die deutsche Mannschaft hat gewonnen, weil sie viele
talentierte Spieler hat.
德國隊會贏是因為隊上有多位才華出眾的選手。

weil 也可以用來回答以 warum（為何）所提出的問題。另外，
如果從對話內容或文章脈絡中可以清楚得知理由為何，也可以不用
連接詞。

Warum warst du letztes Mal nicht da? – Weil ich verreist
war. / Ich war verreist.
你上次怎麼沒來？－因為我去旅行了。／我去旅行了。

da　因為～　〔從屬連接詞〕

　　敘述理由或原因的連接詞。與 weil 的不同之處在於，weil 所陳
述的主要是句中的未知資訊，而 da 所表示的理由，則是以聽者／
讀者已知的資訊為主。由於是已知資訊，因此 da 子句大多放在主
句前 ☞ p.286，此外也會搭配 ja（真的！）或 bekanntlich（眾所
周知的是）等強調已知事實的單字一同使用。（補充：da 主要出現
在書面文章中）

Da Chinesisch bekanntlich keine Artikel kennt, fällt mir
der Artikelgebrauch schwer.
眾所周知，中文中沒有冠詞，所以我才會覺得冠詞的用法很難。

deshalb　因此　〔副詞連接詞〕

　　對語序會產生影響的句子元素之一。在這類句型中，前句敘述的
是理由或原因，而 deshalb 的作用，就是讓基於前句所推導出的結
論，能以順接的句型結構表達出來。同類型的副詞還有
deswegen、daher、darum 等。

Chinesisch kennt keine Artikel, deshalb fällt mir der
Artikelgebrauch schwer.
中文沒有冠詞。因此我覺得冠詞的用法很困難。

16
連
接
詞

（4）表示結果的連接詞

sodass　以致於～　〔從屬連接詞〕

雖然不算是因果句，但若要表示一件事的結果造成另一種情況，即可用 sodass（so dass 亦可）表示。

Die Behandlung hat ihre Wirkung getan, sodass ich keinen steifen Rücken mehr habe.
治療發揮了效果，以致於我的背部不再僵硬。

當原因是以形容詞或副詞表示時，多半都會在形容詞或副詞之前加上 so，而表示結果的句子則只會在句首加上 dass。

Der Sitzplatz war so eng, dass man sich nicht bewegen konnte.
這座位太狹窄，以致於讓人無法動彈。

與 sodass 相反，如果要表示一件事的結果使得另一種情況變得不可能，要用〔zu 形容詞, als dass〕表示。例如上面的例句即可改寫為下列的句子。

Der Sitzplatz war zu eng, als dass man sich bewegen konnte.
這座位太狹窄讓人移動不了。

folglich　因此　〔副詞連接詞〕

因為受到某個事件的影響而導致某個結果，在敘述結論時使用。

Er war geistesabwesend, folglich hat er wichtige Mitteilungen überhört.
他心不在焉，因此沒聽到重要的訊息。

（5）表示讓步的連接詞

讓事件 A 能與不同於預期或是情況相反的事件 B 串連在一起。

aber　但是～　〔對等連接詞〕

Es war schon Mitternacht. Aber keiner ist weggegangen.
已經是深夜了。但卻沒有人離開。

aber 也可以放在句子裡。

Es war schon Mitternacht. Keiner ist aber weggegangen.

obwohl　雖然～　〔從屬連接詞〕

Obwohl sie das Wahlrecht haben, üben sie es nicht aus.
他們雖然有投票權，但卻不行使這項權力。

wenn auch　雖然～　〔從屬連接詞〕

Wenn sie auch das Wahlrecht haben, üben sie es nicht
aus.

像例句這樣把 **wenn** 和 **auch** 拆開來用的用法很常見。也可以用
auch wen 的形態表示，意思和 **wenn auch** 相同。不過 **auch
wenn** 的形態在使用時，必須將兩個字連在一起不能分開。

trotzdem　儘管如此　〔副詞連接詞〕

Hier gilt eine Höchstgeschwindigkeit von 30 Kilometer.
Trotzdem rasen viele Autofahrer.
這裡的速限是 30 公里。儘管如此，還是有很多駕駛超速。

dabei　但是～；雖然　〔副詞連接詞〕

Hier rasen viele Autofahrer. Dabei gilt hier eine
Höchstgeschwindigkeit von 30 Kilometer.
這裡有許多駕駛超速。雖然這裡的速限是 30 公里。

16
連
接
詞

（6）表示對立的連接詞

aber　但是　〔對等連接詞〕
aber 的用法很廣泛，也可以用來表示二件事情的立場互斥，彼此
為對立關係。

Viele Taiwaner wollten in Deutschland studieren, aber er
entschied sich für Frankreich.
許多台灣人都希望去德國留學，但是他決定去法國。

während　而；卻　〔從屬連接詞〕

Während viele Taiwaner in Deutschland studieren wollten, entschied er sich für Frankreich.
許多台灣人都希望去德國留學，而他卻決定去法國。

像這樣表示對照關係的連接詞，還有副詞連接詞 **hingegen**、介系詞片語 **im Gegensatz dazu**。都是表示「相對地」之意。

（7）表示目的的連接詞

damit　為了使～　〔從屬連接詞〕

Ich schreibe alles auf, damit ich nichts vergesse.
我把所有的事都記下來，免得忘記。

damit 所敘述的意圖、目的，也可以用〔**um** + 帶 **zu** 不定式詞組〕表示。☞ p.270

Ich schreibe alles auf, um nichts zu vergessen.

不過若如下面的例句一樣，主句和 **damit** 子句的主詞不同時，就不能用〔**um** + 帶 **zu** 不定式詞組〕表示。

Damit keine Unklarheiten bestehen bleiben, bevorzuge ich schriftliche Korrespondenz.
為避免有不清楚的地方，我偏愛以書面的方式聯絡。

（8）表示手段的連接詞

indem　由於～；透過～方法　〔從屬連接詞〕

Der Lehrer hat das Vertrauen der Schüler gewonnen, indem er mit allen offen redet.
那位老師透過和學生開誠布公的對談方式，贏得了學生們的信賴。

dadurch　因此～　〔副詞連接詞〕

Der Lehrer redet mit allen offen. Dadurch hat er das Vertrauen der Schüler gewonnen.
那位老師以開誠布公的方式和學生對話。他因此贏得了學生們的信賴。

(9) 限制範圍的連接詞

soweit　就～而言　〔從屬連接詞〕

Soweit ich weiß, ist die Sache vom Tisch.
就我所知，那件事已經結束了。

(10) 表示比較的連接詞

wie　如～；像～　〔從屬連接詞〕

Die Reise war nicht so, wie ich sie mir vorgestellt habe.
這趟旅程和我想像中的不一樣。

也可以像例句一樣，在主句加上和 **wie** 呼應的 **so**。

als ob　就好像～；似乎　〔從屬連接詞〕

Ich musste mich so verhalten, als ob ich alles wüsste.
我必須要裝作好像我對這一切都很清楚的樣子。

als ob 引導的子句要像例句一樣，使用表示非現實狀況的虛擬二式 p.249。

有時會不加 **ob**，只在句首以 **als** 開頭。這時句中的動詞要接在 **als** 之後，表達的意思和 **als ob** 相同。

Es sah so aus, als hätte es hier Randale gegeben.
這裡看起來就像發生過暴動。

16
連
接
詞

6. 複合連接詞

不但能將 A 與 B 放入同一個句子中，還能在 A 與 B 之間建立緊密的連結關係，像這樣的連接詞就稱為**複合連接詞**。複合連接詞也可以用來連接兩個片語。

nicht A, sondern B　不是 A 而是 B

Dieses Jahr fahren wir nicht ans Mittelmeer wie sonst, sondern in die Alpen.
我們今年不是像往年一樣去地中海，而是去阿爾卑斯山。

相當於英語的 **not... but** 的句型。

利用 **nicht** 與 **sondern** 分別表達兩件事，並把說話者所主張的重點放在 **sondern** 之後的內容。前半部先否定預期中的 A，「若不是 A，那麼到底是什麼」藉此抓住聆聽者／讀者的注意力，接著再將注意力導引到 **sondern** 之後的內容。

也可以用否定冠詞代替 **nicht**。

Keine militärischen Maßnahmen, sondern humanitäre Hilfe stabilisiert die Lage.
不是軍事行動，而是人道救援穩定局勢。

如同上述的例句，當 **nicht** A（或 **kein** A）, **sondern** B 為主詞時，動詞變位要與 B 一致。

nicht nur A, sondern auch B　不僅～而且～

Die Verfassung ist nicht nur die Grundlage der staat-lichen Gewalt, sondern auch deren Einschränkung.
憲法不只是國家權力的基礎，而且也是它的限制。

為 **nicht** A, **sondern auch** B 的變化句型，重點也一樣在 B 的部分。先提出「不僅 A」這項普遍預期的事情作為前提，再出乎意料地提出「而且 B」突顯 B 與 A 程度上的落差。在這個句型中，應該要把注意力放在 B 的內容。

zwar A, aber B　雖然～但是～

Das Internet ist zwar nützlich, aber es birgt auch verschiedene Gefahren.
網路雖然很方便，但也充斥著各式各樣的危險。

zwar A, **aber** B 的句型，是先陳述讓人認同的事情 A，再出乎預料地提出完全不同於 A 的事情 B，這是對主句內容設限的用法。**zwar** 為副詞，所以會影響語序。另外，後半句除了 **aber** 之外，也可以使用 **doch** 或 **allein** 之類的對等連接詞表示。

Zwar ist der Satz grammatisch korrekt, doch er besagt Unsinn.
那個句子雖然語法沒錯，但內容毫無意義。

entweder A order B　不是～就是～

Viele von uns waren damals entweder im Kindesalter oder noch gar nicht geboren.

我們之中的許多人當時不是孩童，就是還沒出生。

weder A noch B　既不～也不～

Seine Behauptung ist weder logisch noch konstruktiv.

他的主張既不合邏輯也沒有建設性。

sowohl A als auch B　既～也～

將兩個以上的事項並列時使用的連接詞。

Er ist sowohl Schriftsteller als auch Dichter.

他既是作家也是詩人。

16
連
接
詞

第 17 章

關係子句

關係子句為子句的一種，而其最主要的作用，是與主句中的名詞建立連結並加以說明。關係子句是以關係代名詞或關係副詞開頭，動詞則置於句末。

1. 何謂關係子句

當子句主要的作用是與主句中的名詞（先行詞）建立連結，並針對該名詞加以說明，則該子句即稱為關係子句。

（1）關係子句的作用

關係子句有兩種，一種是為先行詞的名詞所表示的語意添加詳細的說明，或是限制其範圍，另一種是承接主句的資訊並補充不足之處。

- 為先行詞添加詳細的說明並限制其語意的範圍

  a. **Der Sprachkurs, den** ich letzten Monat besucht habe, war recht interessant.
  上個月我參加的語言課程很有趣。

  b. **Das Gebäude, wo** der Kurs stattfand, liegt im Stadtzentrum.
  舉辦課程的那棟建築物位於市中心。

- 承接主句的資訊並補充不足之處

  c. Während des Kurses kam **ein neuer Lehrer, der** unsere Klasse bis zum Ende unterrichtet hat.
  課程期間來了一位新老師，幫我們上課到課程結束為止。

  d. Ich musste anfangs in eine andere Klasse wechseln, **was** mich aber nicht gestört hat.
  剛開始（起初）我不得不換到另一個班，但我並不是很介意。

（2）關係子句的結構

關係子句就是藉由例句 **a., c., d.** 中的 **den**、**der**、**was** 這類關係

代名詞，以及例句 **b.** 中的 **wo** 這類關係副詞建構而成。關係子句有可能是與主句中的先行詞建立關聯，亦有可能如例句 **b.** 所示，是與整個主句建立關聯。

關係子句是以關係代名詞或關係副詞為首，動詞則要置於句末。主句與關係子句之間要以逗號分隔開來。

由於關係子句為子句的一種，因此其中所敘述的內容是屬於次要的背景資訊。主句與主句之間、主句與關係子句之間的關係，分別如下所示。

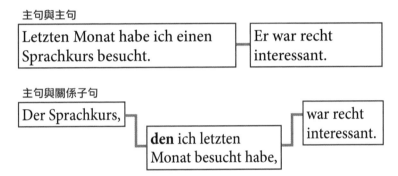

主句與主句

| Letzten Monat habe ich einen Sprachkurs besucht. | Er war recht interessant. |

主句與關係子句

Der Sprachkurs, **den** ich letzten Monat besucht habe, war recht interessant.

2. 限定關係代名詞

關係代名詞中，有與主句中的特定名詞（**先行詞**）建立關聯的**限定關係代名詞**，以及不使用先行詞，用於表示不特定人事物的**不定關係代名詞**。

限定關係代名詞的形態與指示代名詞相同。

	單數			複數
	陽性	中性	陰性	
主格	der	das	die	
受格	den			
與格	dem		der	denen
屬格	dessen		deren/derer	

- 雖然與定冠詞很相似，但陽性與中性的第二格（屬格／Genetiv）、陰性與複數的第二格（屬格／Genetiv）、複數第三格（與格／Dativ）都與定冠詞不同，屬於強調的形態。
- 與定冠詞同樣形態的限定關係代名詞，相較於定冠詞，會加強母音的發音。

（1）限定關係代名詞的性別、單複數、格

限定關係代名詞的性別及單複數，要與先行詞的性別及單複數一致。格的部分則與先行詞的格無關，要視關係代名詞在關係子句中的作用而定。以下便利用不同格的關係代名詞所構成的關係子句來舉例說明。每一個主句的句型皆為 Der Kaiser war ...，主詞 Kaiser 為關係子句的修飾對象。括弧內則是關係子句的原句。

第一格　Der Kaiser, **der** nach Canossa zur Buße ging, war Heinrich IV. (der Vierte)
（**Der Kaiser** ging nach Canossa zur Buße.）
前往卡諾莎懺悔的皇帝是亨利四世。

第四格　Der Kaiser, **den** man wegen seines Bartes „Barbarossa" nannte, war Friedrich I. (der Erste)
（Man nannte **den Kaiser** wegen seines Bartes „Barbarossa".）
因為滿臉的鬍子而被稱為巴巴羅薩（Barbarossa，紅鬍子）的皇帝是腓特烈一世。

第三格　Der Kaiser, **dem** die Ehe diesen Titel ermöglichte, war Franz I.
（Die Ehe ermöglichte **dem Kaiser** diesen Titel.）
因為婚姻而得到頭銜的皇帝是法蘭茲一世。

第二格　Der Kaiser, **dessen** Bild von Albrecht Dürer gemalt wurde, war Maximilian I.
（Das Bild **des Kaisers** wurde von Albrecht Dürer gemalt.）
由阿爾布雷希特·杜勒繪製肖像的皇帝是馬克西米利安一世。

第二格的關係代名詞與其所修飾的名詞（以上述的例句而言是指
Bild）的格沒有關係。此外，名詞若為第二格關係代名詞的修飾對
象，該名詞不加定冠詞。

先行詞若為事物，用法亦相同。

第一格　Dort ist die Kirche, **die** zugleich ein Gemeindes-
zentrum ist.
那間教堂同時也是教區中心。

第四格　Dort ist die Kirche, **die** ich jede Woche besuche.
那間教堂我每週都會去。

第三格　Dort ist die Kirche, **der** auch das Gebäude hier
gehört.
那間教會也擁有這座建築物。

第二格　Dort ist die Kirche, **deren** Gemeinde die größte
in der Stadt ist.
那間教會的教區是這個城市最大的。

（2）介系詞與限定關係代名詞

限定關係代名詞搭配介系詞使用時，關係代名詞的格取決於介系
詞。介系詞不會和關係代名詞分開，必定會以〔介系詞 + 限定關係
代名詞〕為一組的形態，放在關係子句的句首。

Wie hieß der Film, **in dem** Ulrich Mühe die Rolle eines
Stasi-Offiziers spielt?
那部由烏爾里希·穆埃扮演東德國家安全區軍官的電影叫什麼名字？

Da oben ist eine Terrasse, **von der** man eine wunderbare
Aussicht genießen kann.
上面有個露台，那裡可以欣賞美景。

（3）判斷先行詞的指標

先行詞有時會加上 **derjenige** 或 **jener** 之類的冠詞。若作為先行
詞的名詞有冠詞修飾，表示後接的子句為限定名詞內容的關係子
句。

Diejenigen Bücher, die nicht ausleihbar sind, sind hier aufgelistet.

不得借閱的書籍皆列於此處。

關於 **derjenige** 的變格請參考第 4 章 ☞ p.92 的內容；**jener** 的變格請參考第 3 章 ☞ p.73 的內容。

（4）指示代名詞 derjenige

若以代稱人的指示代名詞 **derjenige** ☞ p.92 作為先行詞，後句就是表示「～的人」之意的關係子句。

Derjenige, der am lautesten ist, setzt sich oft durch.

聲音最大的人往往都會贏。

（5）關係子句的位置

關係子句為了要明確表示與先行詞之間的關係，原則上會置於先行詞之後。不過這樣的排列方式，有時會演變成主句中只剩下一項句子元素接在關係子句後面。當遇到這種情況，通常會像下面的例句一樣，把關係子句接在主句之後。

Ich möchte dir **das Hotel** empfehlen, **in dem** wir letztes Jahr gewohnt haben.

我想推薦我們去年下榻的飯店。

（6）限定關係代名詞 welcher

在書面用語中，**welcher** 也可作為限定關係代名詞使用。

Die Reise, **welche/die** die Gruppe unternommen hat, war ein Erfolg.

那個團體所舉辦的旅行很成功。

特別是像例句這樣，為避免接在限定關係代名詞之後的定冠詞出現與限定關係代名詞同形的情況，就會用 **welche** 表示。

welcher 的變格和定冠詞相同。 ☞ p.72 但是只有第二格是使用與限定關係代名詞 **der** 第二格相同的形態表示。

第一及第二人稱的人稱代名詞也可以作為先行詞使用。這時的限定關係代名詞，性別要視人物的性別而定。

Ich, dem ihr alle geholfen habt, kann endlich das Werk be-enden.

過去受到你們幫助的我，總算能夠完成這份工作。（ich 為男性）

關係代名詞若為關係子句中的主語時，關係代名詞之後要補上人稱代名詞第一格。而關係子句的動詞也要和人稱代名詞一致。

3. 關係副詞

當先行詞是表示時間或場所時，可用關係副詞代替關係代名詞。

（1）若先行詞是表示場所時

依據不同語意，可使用 **wo**、**woher**、**wohin**。特別是先行詞為地名時，經常會使用關係副詞表示。

Ich bin in den Dom getreten, **wo** (= in dem) die Messe bereits angefangen hatte.

我走進教堂，在那裡彌撒已經開始了。

Im Sommer reisen wir nach Tirol, **woher** meine Mutter kommt.

夏天時我們去了我母親的出生地提洛邦旅行

若為比喻性質的「場域」，也可用關係副詞表示。

Es mehren sich Fälle, **wo** sich gestresste Männer im öffentlichen Raum streiten.

壓力大的男人在公共場所吵架的情況越來越多。

（2）若先行詞是表示時間時

用 **wo** 表示。

Ich erinnere mich gut an den Tag, **wo** sich mein Leben völlig verändert hat.

我清楚地記得我的人生徹底改變的那一天。

（3）若先行詞是表示理由時

若以 *r* Grund（理由）、*e* Ursache（起因）等字作為先行詞，關係副詞要用 **warum**。

Es gibt mehrere **Gründe, warum** immer weniger junge Leute diesen Beruf wählen.

選擇這個行業的年輕人越來越少有幾個原因。

（4）若先行詞是表示方法、狀態時

可用 **wie** 表示。

Die **Art und Weise, wie** etwas gesagt wird, ist auch eine wichtige Information.

說話方式也是一種重要的資訊。

4. 不定關係代名詞

一個字可同時作為先行詞與關係代名詞使用，也就是不定關係代名詞。有表示不特定人物的 **wer**（凡～的人），以及表示事物的 **was**（什麼），皆視為第三人稱單數。

（1）wer　誰

wer 不需先行詞，用以表示不特定的人物。**wer** 所指涉的人物，並無明確的性別與單複數之別。不過在文法上會將 **wer** 視為第三人稱單數，並且會在後接的主句中，以陽性指示代名詞 **der** 取代 **wer** 來表示前句所指涉的人物。

wer 的變格如下所示，與疑問代名詞 **wer** 相同。

主格	受格	與格	屬格
wer	wen	wem	wessen

wer 要以哪一個格表示，取決於它在關係子句中的作用。而另一方面，整個關係子句的格，須視關係子句在主句中所扮演的角色而定，並藉由陽性指示代名詞 **der** 的格來表示。

關係子句為主句的第一格主詞（主格／Nominativ）

a. Wer schön sein will, (der) muss leiden.
想要漂亮，就必須受苦。（台語俗諺：愛水不怕流鼻水）

b. Wen die Götter lieben, **der** stirbt jung.
受神眷顧的人都英年早逝。（佳人薄命）

例句 **a.** 中的關係代名詞，由於是關係子句中的主語，所以是用第一格的 **wer**，例句 **b.** 中的關係代名詞，則因為是 **lieben** 的直接受詞，所以是用第四格的 **wen**。

關係子句為主句的第四格受詞（受格／Akkusativ）

Wer zu spät kommt, **den** bestraft das Leben.
生命會懲罰那些姍姍來遲的人。（機會稍縱即逝）

關係子句為主句的第三格受詞（與格／Dativ）

Wer einmal lügt, **dem** glaubt man nicht.
曾說過謊的人，任誰都不會相信他。

關係子句為主句的第二格定語（屬格／Genetiv）

Wer hier zu Besuch war, **dessen** Name wird ins Gästebuch eingetragen.
來過這裡拜訪的人，姓名都會被登錄在訪客名冊中。

關係子句有四種格，**wer** 也有四種格，因此理論上應該會有 16 種組合，但有一些用法幾乎沒在使用。最常見的就是像例句 **a.** 這種用法，亦即 **wer** 為關係子句的主詞，而關係子句同時又是主句的主詞，並且句子是以 **wer...**, **der...** 句型表示的情況。

（2）was 什麼（指事物）

用於表示事物的不定關係代名詞。**was** 所指涉的事物，並無明確

的性別與單複數之別。不過在文法上會將 **was** 視為第三人稱單數，並在後接的主句中，以中性指示代名詞 **das** 取代 **was** 來表示前句所指涉的事物。

was 的變格如下所示。

主格	受格	與格	屬格
was		-	wessen

沒有第三格的用法，而第二格也幾乎不用。

若搭配介系詞一起使用時，會與介系詞合併，以 **wo(r)** **-介系詞**的形態表示。 ☞ p.146

was 有以下三種用法。

● **沒有先行詞的用法**

表示「什麼」的 **was**，不需先行詞即可引導關係子句，而由 **was**所引導的關係子句，可做為主句的主詞或受詞。

was 要用哪一格表示，取決於 **was** 在關係子句中的作用。關係子句的格，須視其在主句中所扮演的角色而定，且引領主句的指示代名詞 **das** 也要隨之變格。不過當 **was** 為第一格或第四格，而 **das**也用第一格或第四格表示時（儘管大多是以 **was** 引導子句而非 **wessen**），負責引領主句的 **das** 則可省略。

關係子句為主句的第一格主詞

Was du da sagst, (das) ist nachvollziehbar.
你所說的話是可以理解的。

這裡的 **was** 為關係子句中的動詞 **sagst**（< **sagen**）的第四格受詞（直接受詞）。

關係子句為主句的第四格受詞（直接受詞）

Was du da sagst, (das) verstehe ich nicht.
我沒辦法理解你說的話。

● **有先行詞的用法**

alles（所有的、全部的）、**etwas**（某物、某事）、**nichts**（什麼也沒有）等中性不定代名詞，以及由中性名詞轉化而來的形容詞，可作為 **was** 的先行詞。

Nicht **alles, was** teuer ist, ist auch gut.
並非所有價格高昂的物品都是好東西。

Das ist **das Beste, was** wir jetzt tun können.
這是我們目前所能做到最好的結果了。

Gibt es **etwas, worauf** wir uns alle einigen können?
有哪件事是我們所有人都一致同意的？

※sich einigen（同意）的受詞是介系詞受詞〔auf + 第四格〕。例句中是
　使用 worauf，為 auf 與 wo(r) 合併而成的形態。

● 用於代表前半句的內容
　was 可用於代稱整個主句，引導子句以補充主句的內容。

Das Schulfest wurde abgesagt, **was** die Kinder enttäuscht
hat.
校慶取消讓孩子們很失望。

　前面的句子雖然可以用指示代名詞 **das** 以及人稱代名詞 **es** 代替
（**das** ☞ p.91 、**es** ☞ p.81），不過若用 **was**，後半句就成為關係子
句，便會如 **p.227** 中所提到的，該子句所傳達的訊息，重要程度會
次於主句。

第 **18** 章 ## 命令語氣

可用於向對方表示要求或請求的文法句型有許多種，但其中有一種特殊型態的句型稱為命令語氣，是專門用於表示要求的用法。另外，透過虛擬式或情態助動詞也可以用來表示請求。

1. 何謂語氣

在以德語溝通時，我們其實會思考自己的發話內容到底有幾分合理性，並且會在說話時加入這一類的訊息。像這樣的說話態度就稱為**語氣**。德語有三種說話的語氣，有用來表示真實事件以及實際可能發生的事件的**直陳語氣**，以及表示非現實事件的**假設語氣**（虛擬式），還有向對方表達要求的**命令語氣**（命令式）。

通常語氣是藉由動詞表達，接下來我們便試著透過動詞 kommen 來比較一下它在三種語氣下的用法。

直陳語氣　Du **kommst** ja immer spät.
你老是遲到。

假設語氣　Wenn du doch mit mir **käm(e)st**!
如果你有和我一起來就好了。

命令語氣　**Komm** mal her!
過來一下！

先前提過的動詞及助動詞的用法（第一～二章、第十一～十四章），除了特別說明是「假設語氣（虛擬式）」、「命令語氣（命令式）」的例句以外，全部都屬於直陳語氣。直陳語氣可說是一種以中立態度說話及表達的語氣，內容不含非現實假設或要求等特殊意涵。

有關假設語氣（虛擬式）」的內容會在下一章說明。不過虛擬式若是用於表示向對方提出要求，則會在本章一併介紹。

2. 命令語氣

命令語氣是以「對方應該實現某事」作為發話內容來提醒對方，以表示向對方提出要求或是請託。

（1）命令式的形態

命令式分為對 **du** 的形態以及對 **ihr** 的形態。

對 du　　原形動詞的語幹（-e）

對 ihr　　原形動詞的語幹-(e)t（與直陳式現在式人稱變化的形態相同）

	sagen（說）	schlafen（睡覺）	besuchen（拜訪）	ändern（改變）	arbeiten（工作）
du	sag	schlaf	besuch	änd(e)re	arbeite
ihr	sagt	schlaft	besucht	ändert	arbeitet

對 **du** 的命令句，以往會加上字尾 **-e**，但是在現代口語用法中通常不加字尾。不過有部分的情況還是會加上字尾 **-e**。另外，無論是對 **du** 還是 **ihr** 的命令句，通常主詞都不會出現在句子中。

	〔對 du〕	〔對 ihr〕
schlafen	Schlaf gut!　好好睡一覺！	Schlaft gut!
besuchen	Besuch mich mal!　時不時來看看我吧！	Besucht mich mal!

命令語氣句的句尾究竟該放驚嘆號（！）或是句點（.），須視語調而定。語氣較強烈或是說話速度較快時就可以選擇以驚嘆號結尾；如果說話的語調較為安靜穩定，就可以選擇以句點結尾。

- **對 du 的命令句要加上字尾 -e 的動詞**

　有兩種類型的動詞，在表示對 **du** 的命令語氣時，要在語幹加上字尾 **-e**。一種是原形動詞中以 **-eln** 或 **-ern** 結尾的動詞，另一種是語幹以 **-d, -t, -chn, -ffn, -tm** 結尾，但當主詞為 **du** 時，現在式會把字尾改成 **-est** 的動詞。

	〔對 du〕	〔對 ihr〕
sammeln	Samm(e)le deine Gedanken!　集中精神。	Sammelt eure Gedanken!
warten	Warte mal.　你等等。	Wartet mal.
öffnen	Öffne bitte das Fenster!　請把窗戶打開。	Öffnet bitte das Fenster!

237

• 對 **du** 的命令式要變音的動詞

隨主詞 **du** 做現在式人稱變化時，詞幹的母音會由 e 變為 i 或 e 變為 ie 的動詞，當在表示對 **du** 的命令語氣時，詞幹母音也要做相同的變化。此外，這些動詞的命令式，字尾不加 -e。

	〔對 du〕	〔對 ihr〕
geben	**Gib** Acht!	Gebt Acht!
	小心！※Acht geben 或 achtgeben	
lesen	**Lies** das Schild dort!	Lest das Schild dort!
	看清楚那裡的標示！	

另外，**sehen** 在對 **du** 的命令式中，動詞變位為 **sieh**，不過，若要在論文之類的文章中用以表達「請參見～頁」之意時，習慣上會以 **siehe**（加上字尾 -e）的形態表示。

（2）sein, haben, warden, tun 的命令語氣

	sein （是～）	haben （擁有）	werden （成為）	tun （實行）
du	sei	hab	werde	tu
ihr	seid	habt	werdet	tut

	〔對 du〕	〔對 ihr〕
sein	Sei vernünftig!	Seid vernünftig!
	你要理智！	
tun	Tu so was nicht!	Tut so was nicht!
	別那麼做！	

（3）可分離動詞

可分離動詞的部分，基本動詞要轉為命令式並放在句首，前綴字則置於句尾。

	〔對 du〕	〔對 ihr〕
anrufen	Ruf mich bitte an!	Ruft mich bitte an!
	請來電與我聯絡。	

teilnehmen	Nimm daran teil!	Nehmt daran teil!
	你去參加吧。	

（4）反身動詞

反身動詞的命令式，須依句中設定的主詞在句中補入反身代名詞。☞ p.197

	〔對 du〕	〔對 ihr〕
sich⁴ vorstellen	Stell dich kurz vor.	Stellt euch kurz vor.
	請做個簡單的自我介紹。	
sich³ et⁴ vorstellen	Stell dir das vor!	Stellt euch das vor!
	試著想像一下。	

3. 其他表示要求的句型

（1）對 Sie 提出要求

由於第二人稱敬稱是由第三人稱複數轉化而來，所以沒有命令式。若要對 Sie 提出要求，要採用原形動詞（即 [語幹 -en Sie]）。

Warten Sie bitte einen Moment.
請您稍等一下。

Seien Sie nicht so nervös.
請您別過度緊張。

（2）對第一人稱複數的邀約、勸誘

對包含說話者在內的第一人稱複數所做的勸誘，也是使用原形動詞，而 **sein** 動詞變化特殊，須去掉字尾 **n** 後，再加上 **en**，變成 **seien**（請見以下例句）。

Treffen wir uns um sechs am Eingang.
我們六點在入口見。

Seien wir ehrlich.
老實說。

（3）以〔lassen + uns … 原形動詞〕表示邀約

以〔**lassen + uns... 原形動詞**〕在命令句的用法，就等同於英語的 **let's**（< **let us**），是表示邀約、勸誘的用法，邀約、勸誘的對象則是包含說話者在內的第一人稱複數。

對 du   **Lass uns** etwas essen gehen!
我們去吃點什麼吧！

對 ihr   **Lasst uns** anstoßen!
乾杯！

對 Sie   **Lassen Sie uns** in Kontakt bleiben!
我們要保持聯絡。

（4）其他

除了上述這三種之外，還有無數種可用於表示要求、請託的用法。以下列舉的是一些比較常見的用法。

- **第二人稱的直陳式現在式疑問句**
可用於表示請求。

Kommst du hierher?
你要來我這裡嗎？

- **第二人稱的直陳式現在式或未來式的直述句**
依據不同的發話情境，可表達強烈的要求以及命令。

Du gehst sofort ins Bett!
立刻上床！

Ihr werdet ans Werk gehen!
你們該去做事了。

- **主詞省略的被動句**
這個用法也一樣可依不同的發話情境，用於表示強烈的要求以及命令。

Jetzt wird aber geschlafen!
現在去睡覺！。

- **原形動詞**

  政府官員語氣的命令語氣句型。

  Alles aussteigen!
  全部下車。（列車到站之類的情況）

  Aufstehen!
  起立！

- **以名詞或副詞表示**

  Hilfe!　救命！　　　　　　Vorsicht!　小心！

  Los!　開始／走，快走！。　　Weg damit!　丟掉！

- **獨立的 dass 子句**

  Dass du dir nichts darauf einbildest!
  你別太自以為是！

  情態助動詞的 **können** 或 **wollen** 也可用於表示要求或請託。

  ☞ p.178, 179 此外，客氣有禮的請託要用虛擬二式表示。 ☞ p.254

19章　虛擬式

虛擬式是一種敘事的態度，指說話時，說話的內容並非實際發生的事，而是將之視為將來應該會實現、可能會發生或者非現實的事。

1. 何謂虛擬式

我們並非只會思考或陳述現實中發生的事，也會期望或想像一些現實中並沒發生的事，我想這才是人之所以為人的原因。當說話者以「真希望是這樣啊」表示期望，或是認為某件事「不太實際（不確定語氣）」時，在德語中就要使用虛擬式表達。

虛擬式基本上是將表示「期望～」（要求語氣）、「假如～」（與事實相反的假設）、「○○說～」（間接引述）等語氣的句子，轉為子句並接續主句之後的用法。

虛擬式分為**虛擬一式**及**虛擬二式**。主要的作用如下表所示：

用法	說話的態度	句法
要求語氣	願望及請求	虛擬一式
非事實假設	與事實相反的假設、潛在的可能性	虛擬二式
讓步	假設與結論不一致	虛擬一式 虛擬二式
間接引用	引述別人的說話內容	虛擬一式 虛擬二式

要求語氣　虛擬一式

Man **denke** an die Folgen der globalen Erwärmung.
想想全球暖化的後果。

假設語氣　虛擬二式

Ohne Ihre Hilfe **wäre** das Geschäft nicht zustande **gekommen**.
若沒有你的協助，這項交易就不可能成功。

讓步　虛擬一式

Wie dem auch **sei**, man braucht Geduld.
無論如何都需要耐心。

※若前句為表示讓步的子句，子句未必會對後續主句的語序產生影響。

間接引用 虛擬一式

Er sagte, er **tue** sein Bestes.
他說自己會盡全力。

上述的用法將在第四節之後進行介紹。

2. 虛擬式的人稱變化

（1）虛擬一式

虛擬一式的人稱變化是以原形動詞的詞幹為基礎，再加上下表的字尾。與現在式人稱變化的不同之處在於，虛擬一式在做人稱變化時，詞幹母音不會隨之變化，因此其變化的形態可說是非常規則。

ich	-e	wir	-en
du	-est	ihr	-et
er/es/sie	-e	sie	-en

	sein	haben	werden	tun	können	wechseln
ich	sei	habe	werde	tue	könne	wechsle
du	seiest	habest	werdest	tuest	könnest	wechselst
er	sei	habe	werde	tue	könne	wechsle
wir	seien	haben	werden	tun	können	wechseln
ihr	seiet	habet	werdet	tuet	könnet	wechselt
sie	seien	haben	werden	tun	können	wechseln

* 只有 **sein** 的第一人稱單數及第三人稱單數不加字尾，以 **sei** 表示。
* 像是 **tun** 或 **wechseln** 這類原形動詞字尾為 -n 的動詞，第一人稱及第三人稱複數的字尾要加 -n。**sein** 則是例外，以 **seien** 表示。

以 **-eln** 結尾的動詞，除了 **du** 要加字尾 **-st**、**ihr** 要加字尾 **-t**，以及第三人稱單數以外，都與直陳式現在式的人稱變化同一形態。

若人稱變化與直陳式現在式同一形態，間接引述會以虛擬二式代替。 ☞ p.257

（2）虛擬二式

虛擬二式是以過去式基本形的詞幹為基礎所構成的虛擬二式基本形，字尾的變化如下：

ich	-e	wir	-en
du	-est	ihr	-et
er/es/sie	-e	sie	-en

● **規則動詞**

規則動詞、**sollen** 以及 **wollen** 的虛擬二式，與直陳式過去式的形態完全相同。

原形動詞	leben	sollen	wollen
過去式基本形 ＝虛擬二式基本形	lebte	sollte	wollte
ich	lebte	sollte	wollte
du	lebtest	solltest	wolltest
er	lebte	sollte	wollte
wir	lebten	sollten	wollten
ihr	lebtet	solltet	wolltet
sie	lebten	sollten	wollten

● **不規則動詞**

sein 與強變化動詞的虛擬二式基本形，都是由過去式基本形加上字尾 **-e** 所構成。過去式基本形的語幹母音若為 **a, o, u**，須變母音為 **ä, ö, ü**。

haben、**werden**、混合變化動詞、情態助動詞（**sollen, wollen**

除外）的虛擬二式基本形，也是由過去式基本形的語幹母音變音而成。這些動詞及助動詞的過去式基本形都是由 -e 結尾，所以轉為虛擬二式時不會再多加一個字尾 -e。

不規則動詞的虛擬二式基本形，字典上也有記載。

原形動詞	sein	haben	werden	gehen	kommen	wissen	können
過去式基本形	war	hatte	wurde	ging	kam	wusste	konnte
虛擬二式	wäre	hätte	würde	ginge	käme	wüsste	könnte
ich	wäre	hätte	würde	ginge	käme	wüsste	könnte
du	wär(e)st	hättest	würdest	gingest	käm(e)st	wüsstest	könntest
er	wäre	hätte	würde	ginge	käme	wüsste	könnte
wir	wären	hätten	würden	gingen	kämen	wüssten	könnten
ihr	wär(e)t	hättet	würdet	ginget	käm(e)t	wüsstet	könntet
sie	wären	hätten	würden	gingen	kämen	wüssten	könnten

有部分動詞在做母音變音時，與目前常用的過去式基本形詞幹母音不同，而是採用舊式的母音變化。

原形動詞	過去式基本形	虛擬二式	原形動詞	過去式基本形	虛擬二式
helfen	half	hülfe / hälfe	stehen	stand	stünde / stände
kennen	kannte	kennte	sterben	starb	stürbe

目前並非所有形態的虛擬式都仍在使用。其實在現代德語中，虛擬式的使用範圍已限縮不少，就如同後面將提到的內容一樣，有部分的句型已愈來愈少使用虛擬式表示，而是改以直陳式表達。

特別要說的是，在虛擬二式中，若為 **sein, haben, werden** 或是情態助動詞，會使用上述表格內的形態表示，除此之外的其他動詞，現在都逐漸以〔**würde... 原形動詞**〕的句型，來取代原本的虛擬二式。由於此句型是以 **würde** 代表虛擬二式，而負責表示核心語意的動詞則只需使用原形動詞即可，所以使用時完全不必擔心會用錯，是較為簡單好用的形態。不過，**finden (fände), kommen (käme), stehen (stünde), wissen (wüsste)** 等動詞常用原本的虛擬

二式表示。另外，**geben** 及 **gehen** 若用在非人稱句型時，除了使用 **es würde geben** 或 **es würde gehen** 的形態，也會用原本的虛擬二式，也就是以 **es gäbe, es ginge** 的形態表示。

3. 虛擬式的時態

虛擬一式及虛擬二式分別有四種時態。這四種時態與直陳式、虛擬一式、虛擬二式之間的對應關係如下表所示。

wissen

	直陳式		虛擬一式	虛擬二式
現在式	er weiß	現在式	er wisse	er wüsste
過去式	er wusste	過去式	er habe ... gewusst	er hätte ... gewusst
現在完成式	er hat ... gewusst			
過去完成式	er hatte ... gewusst			
未來式	er wird ... wissen	未來式	er werde ... wissen	er würde ... wissen
未來完成式	er wird ... gewusst haben	未來完成式	er werde ... gewusst haben	er würde ... gewusst haben

kommen

	直陳式		虛擬一式	虛擬二式
現在式	er kommt	現在式	er komme	er käme
過去式	er kam	過去式	er sei ... gekommen	er wäre ... gekommen
現在完成式	er ist ... gekommen			
過去完成式	er war ... gekommen			

未來式 （未來一式）	er wird ... kommen	未來式	er werde ... kommen	er würde ... kommen
未來完成式 （未來二式）	er wird ... gekommen sein	未來完成式	er werde ... gekommen sein	er würde ... gekommen sein

　　直陳式中可表示過去事件的時態共有三種，包含過去式、過去完成式、現在完成式，但虛擬式則無此區分，只有以〔haben/sein...過去分詞〕表示的這一種時態。這種時態稱為「虛擬一式／二式過去式」。相對地，沒有使用完成式助動詞以及未來助動詞的虛擬式時態（即表格第一行），就稱為「虛擬一式／二式現在式」。

　　至於先前曾提過的虛擬二式形態，也就是〔würde... 原形動詞〕的句型，是用於取代虛擬二式現在式。而虛擬式的未來完成式〔würde... 過去分詞 + haben/sein〕則並不常用。

　　虛擬式的時態和它的使用方式有相當密切的關係。例如以「希望做～」表示要求時，由於是用於敘述未來應該要發生的事，所以要使用虛擬一式**現在式**表達。

4. 命令語氣

　　若說話時的態度是將欲表達的事項視為「未來應該要發生的事、期望發生的事」，就應該使用**虛擬一式**，時態則為現在式。

（1）要求、希望

　　若要向第二人稱的對象表示要求，必須要使用命令語氣，但若是向第三人稱的對象表示要求及希望，則是必須要使用虛擬一式。

Man **beachte** die Ironie zwischen den Zeilen.
注意字裡行間的反諷之意。

Das **sei** dahingestellt.
那仍有待觀察。

Gott **sei** Dank!
感謝老天！（謝天謝地）
※Gott 為第三格，Dank 為第一格主詞

Möge dir das neue Jahr viel Glück bringen!
願新年帶給你好運！

正如同上述的例句，表達要求語氣時有時會把動詞置於句首。

表示要求的對象若為第一人稱複數或第二人稱敬稱，也是使用虛擬一式表示。這時的語序為〔動詞－主詞〕。

Reden wir jetzt über ein anderes Thema!
我們來聊聊別的話題吧。

Seien Sie mir bitte nicht böse!
請別生我的氣。

（2）意圖、目的

表示意圖、目的之從屬連接詞 **damit**（為了）所引導的子句，要用虛擬一式表示。

Wir haben laut gesungen, damit unsere Müdigkeit
weiche.
我們為了趕走睡意而大聲地唱歌。

不過由於 **damit** 已明確指出子句的內容是表示目的，因此現在都比較傾向以直陳式取代虛擬一式。就連在口語上，多半也是以直陳式表達。

Wir haben laut gesungen, damit unsere Müdigkeit
weicht.

像例句這樣，主句陳述的是過去的事情，而 **damit** 子句所敘述的是「即將發生的事情」，所以 **damit** 子句的時態基本上是以現在式表示。

damit 所陳述的意圖及目的，在大部分的情況下，也可以用〔**um**
+ **zu** + 不定式詞組〕表示。☞ p.222, 270

5. 非現實的假設

眼前所發生的事，即所謂現實，但生活中除了現實，我們也常會有各式各樣與現實不同的期望與想像。像這樣針對非現實或是實現

可能性較低的狀況進行假設性敘述時，就要用**虛擬二式**表示。另外，如果要將自己的想法或是對對方的請求透過像是「如果是我，我會這麼想」、「如果你可以這麼做，我會很開心」這種較為委婉的方式表達，也是用虛擬二式表示。

（1）非現實的假設

● **對於現在及未來的非現實假設**
必須要使用**虛擬二式現在式**。

Es **wäre** mühsam, wenn man jetzt einen anderen Weg suchen **müsste**.
現在很難找到其他的方法／其他的路。

Er hat sich vorgestellt: er **würde** einfach kündigen und wegziehen.
他想像自己會直接辭掉工作並且搬到別處。

正如同先前所提過的，除了 sein、haben、werden 以及情態助動詞之外，現在都逐漸以〔**würde… 原形動詞**〕的句型，來取代虛擬二式。 ☞ p.246 werden 在直陳式未來式是用於表示推測，而其取代虛擬二式的〔**würde… 原形動詞**〕句型，與原本的虛擬二式在意思上並無任何差別

Ich **käme** gern mit ins Konzert, wenn ich Zeit **hätte**.

Ich **würde** gern mit ins Konzert **kommen**, wenn ich Zeit **hätte**.
若有時間我會想去參加演奏會。

● **對於過去事件的非現實假設**
回想過去發生的事，以「那時要是這麼做就好了」、「那時要是你在，或許就會是～」等假設情境的方式陳述時，要用**虛擬二式過去式**。

Ich **wäre** gern mit zum Vortrag **gekommen**, wenn ich Zeit **gehabt hätte**.
如果我當時有時間，我會樂意和你一起去聽演講。（事實上當時我沒有時間）

Wir **hätten** es eigentlich **wissen müssen**.
我們早該知道的。

Es ist fraglich, ob man anders **hätte handeln können**.
我們當時是否真能採用其他做法，這點值得商榷。
※關於動詞在子句中的位置，請參考 p.214

● **非現實條件**

以非現實的事情作為假設的條件時，要用從屬連接詞 **wenn** 或
falls 引導子句。

Benachrichtigen Sie uns so bald wie möglich, falls Sie
verhindert sein sollten.
若您無法參加，請儘早通知我們。

※sollten 為 sollen 的虛擬二式。sollte(n)為「如果～就」之意，表示該條
件實現的可能性較低。

Es würde länger dauern, wenn ich das Projekt allein
durchführen müsste.
如果我得獨自執行這個專案，可能得花更長的時間。

也可以透過將動詞置於句首造出條件子句，這時的條件子句要放
在主句之前。

Müsste ich das Projekt allein durchführen, würde es
länger dauern.

單字或片語也可用於表示假設。

An seiner Stelle würde ich noch verantwortungs-
bewusster handeln.
如果我是他，我會比他更負責。

Ich würde das unterlassen. **Das** würde nichts bringen.
我會避免這麼做。這麼做一點好處都沒有。

Früher wäre so was unmöglich gewesen.
這種事在過去是不可能發生的。

● **非現實的願望**

只陳述非現實假設而不提出結論，即為非現實的願望。

Wenn du bloß hier bei mir wärest!
要是你在這裡就好了。

Wenn ich damals nur mehr Zeit gehabt hätte!
如果當時我有更多時間就好了。

※bloß，doch 或是 nur 都是用來強調希望願望能實現的語氣助詞。

☞ p.299

有一種與事實相反的願望句型是省略 **wenn**，並將把動詞移到句首。

Wärest du bloß hier bei mir!

（2）非事實假設的其他用法

• **beinahe/fast　差一點就～**
副詞 **beinahe** 或 **fast** 與動詞的虛擬二式過去式結合，即可表示某件事差一點就成真，但最後沒能實現的情況。

Ich hätte beinahe/fast den Termin vergessen.
我差點就忘了與人有約。

還有一種表達方式是慣用語 **um ein Haar**，為「差一點」之意。

Um ein Haar wäre der Unfall zu einer Katastrophe geworden.
那場事故差點就演變成一場災難。

• **als ob　就像～一樣**
若要以「就像～一樣」的比喻方式表示非現實的事宛如真實事件發生一般，就要使用從屬連接詞 **als ob**。

Viele Politiker tun so, als ob ihre Vorschläge nur Vorteile brächten.
許多政治家都把自己的提案說得好像只有好處一樣。

也可以只用連接詞 **als** 表示，這時要將動詞放在 **als** 之後。

Mir ist, als würde ich selbst gelobt.
我感覺就像是自己受到稱讚一樣。

這種用法偶爾也會用虛擬一式表示。在語氣上所代表的意思並無差別。

Sie kümmert sich so intensiv um ihren Sohn, als gebe/ gäbe es nur ihn auf der Welt.
她全心全意地照顧兒子，彷彿世上只有他一人。

- **說話者的疑問**

  用於是非疑問句，以表示說話者對事件的真實性抱持著懷疑的態度。

  Wäre das möglich?
  這真的有可能嗎？

  情態助動詞 **sollen** 的虛擬二式 **sollte**，也同樣可用來表示說話者對某事感到疑惑。

  Sollte sie das wirklich getan haben?
  她真的做了那件事嗎？

- **對於事情最終得以實現而感到放心**

  若要表達的是原本一直擔心無法實現的事，最後總算得以實現並鬆了一口氣的心情，一般習慣上會以虛擬二式表示。

  Da wären wir endlich am Gipfel!
  我們總算登上山頂了！

  Das hätte ich geschafft!
  我總算辦到了！

- **表示否定的連接詞所引導的子句**

  「沒做～就～」這類表示否定的連接詞所引導的子句，因為敘述的內容是尚未實現的事，所以動詞要使用虛擬二式。但是因為連接詞已明確指出後接子句所描述的內容為非現實的事，所以也可以用直陳式表示（下面例句括孤中的內容）。二者在語氣上則無任何差別。

ohne dass　沒做～就～

Wir sind losgefahren, ohne dass wir unseren Plan vorher überlegt hätten (überlegten/überlegt haben).
我們沒擬定任何計畫就出發了。

另外，以 **ohne dass** 引導的子句，也可以改以〔**ohne + zu** + 不定式詞組〕取代。☞ p.270

Wir sind losgefahren, ohne unseren Plan vorher zu überlegen.

zu 形容詞／副詞, als dass　太～以致於～

Es war zu dunkel, als dass man Gesichter hätte erkennen können.

太暗了以致於無法分辨人臉。

※ 有關 als dass 之後的語序請參考 p.215

此種句型大多也可以用〔zu 形容詞／副詞, um + zu + 不定式詞組〕取代。如下：

Es war zu dunkel, um Gesichter erkennen zu können.

nicht, dass　並不是～

Ich konnte nicht gleich antworten.　Nicht, dass ich die Frage nicht verstanden hätte.

我沒辦法立刻回答。可是並不是因為我不懂問題的內容。

（3）委婉客套的用法

虛擬二式也可以表示以委婉客套的語氣，表達自己的想法或是對對方的請求。

Ich hätte eine Bitte an Sie.

我想要請您幫個忙。

Ich würde sagen, wir machen langsam Schluss und gehen essen.

我想我們是不是該休息一下，吃頓晚飯。

Wie wäre es mit dem 15. April?

4 月 15 日你覺得如何？

這些例句都是以虛擬二式表達，表示說話者只是將自己的請求視為一種可能性，因此語氣較不具強迫性，是屬於較有禮貌的用法。

常用的客套用法如下所示。

● 委婉地表示期望

möchte　希望～、想要～

　mögen 的虛擬二式 möchte，是委婉地表達主詞的期望。與原形動詞搭配時是表示「希望～」，與第四格受詞搭配時，則是表示「想要～」。

Sie möchte ihr eigenes Unternehmen gründen.
她希望自行創業。

Ich möchte gern einen Druck von Kandinsky.
我想要一張康定斯基的藝術海報。

以「我本來希望～」、「我本來想要～」敘述過去的事時，不是以 **hätte... gemocht** 的形態表示，而是以 **wollen** 的直陳式過去式 **wollte** 表達。

würde gern 希望～
必須搭配原形動詞使用。

Ich würde gern um die Welt reisen.
我希望環遊世界。

hätte gern 想要～
支配第四格受詞（直接受詞）。

Ich hätte gern diesen Füller.
我想要這支鋼筆。

- **委婉地提出要求及請託**
  若使用 **könnte** 或 **würde**，是表示委婉地提出要求或請託。

Könnten Sie mir bitte sagen, wie der Fahrkartenautomat funktioniert?
可以請您跟我說如何操作售票機嗎？

Würden Sie mir vielleicht einen Gefallen tun und den Brief ins Deutsche übersetzen?
可以請您幫我將這封信翻譯成德語嗎？

Wir würden uns sehr freuen, wenn Sie uns umgehend antworten könnten.
若您能立刻回覆，我們將會很開心。

使用 **dürfen** 的虛擬二式以尋求對方的許可，算是以一種較為間接的方式向對方提出要求。

Dürfte ich Sie kurz stören?
我可以打擾您一下嗎？

- **建議**

表示要求的 **sollen** ☞ p.180，若使用虛擬二式，是表示客氣、委婉的建議，表示「最好～」。

Du solltest dich mehr bewegen.
你最好還是多動動身體。

- **委婉地表達説話者的判斷**

dürfte　推測　大概～

Die Antwort dürfte nicht schwer sein.
答案應該不難。

könnte　**可能性**　也許～

können 是「也許」的意思，表示可能性。☞ p.181 若以虛擬二式表示，則是以更為委婉、不確定的語氣表達可能性。

In dem alten Schloss könnten bis zu 300 Menschen gelebt haben.
那座古城最多可能有多達三百人曾在那裡生活過。

müsste　**假想中的必然性**　照理說應該～才是

Wir sind jetzt in der Kleiststraße. Also müsste das Museum eigentlich in der Nähe sein.
我們現在是在 Kleiststraße 路。那麼博物館應該就在這附近才對。

müssen 是表示必然性的「一定是～」☞ p.182，但若用虛擬二式的 **müsste**，代表說話者對於自己的說法不是這麼肯定。

6. 讓 步

這是一個當說話者認為假設與結論不完全一致時的用法。大多為慣用句型，須視句法結構決定要選用虛擬一式還是虛擬二式表達。

（1）使用虛擬一式的讓步用法

es sei denn　除非～

Alter ist irrelevant, es sei denn, du bist eine Flasche Wein.

年齡並不重要，除非你是一瓶酒。

※es sei denn 後接主句及 dass 子句。主句或 dass 子句的動詞現今大多以直陳式表示，不過仍然可能使用虛擬一式表示。

sei es A, sei es B　無論是 A 還是 B

Die Kinder sollen sich, sei es zu Hause, sei es in der Schule, sicher fühlen.

無論是在家裡還是在學校，孩子們都應該要覺得安全。

wie dem auch sei　無論如何

Wie dem auch sei: immer mehr Menschen treten aus der Kirche aus.

無論如何都會有越來越多的人脫離教會。

（2）使用虛擬二式的讓步用法

auch wenn　即使～也還是～

Ich hätte genau so handeln müssen, auch wenn ich es gewusst hätte.

即使早知如此，我也還是會這麼做。

表示相同意思的連接詞還有 wenn auch, wenngleich 等。wenn auch 可以像下面的例句一樣，在句中分開使用。

Ich hätte genau so handeln müssen, wenn ich es auch gewusst hätte.

7. 間 接 引 用

　　引用自第三者的發言，經常散見於報章雜誌的文章或是小說中。而引用的方式大致上分為兩種。一種是將發言的內容放入引號中，

完整地引用引號中的內容；另一種則是說話者以自己的觀點重組後再放入文本中。前者稱為**直接引用**，後者稱為**間接引用**。

直接引用

Max sagte: „Es **hat mir** viel Spaß gemacht."
麥克斯說：「那件事讓我很開心」。

間接引用

Max sagte, es **habe ihm** viel Spaß gemacht.
麥克斯說那件事讓他很開心。

直接引用是說話者（或書寫者）將他人的發言（或是想法）放進引號中、並直接重現在自己的發言內容中的一種表達方式。而這樣的表達方式比較像是將一種性質完全不同的要素嵌入說話者所敘述的內容中。

相對而言，間接引用則是說話者將他人的發言以自己的觀點重新敘述的一種表達方式。亦即透過說話者的角度，以間接的形式做為引用的方式。一般的做法是將被引用的發言內容，以說話者的角度出發，做適度的改寫變更。以前面的例句來說，就是把麥克斯發言內容中的 mir 改成 ihm。另外，為了能成為間接引用的辨認標記，動詞必須要以虛擬一式表示。

以下我們就來看看間接引用的特徵有哪些。

（1）間接引用的動詞變位

間接引用通常都使用**虛擬一式**表示。說話者藉由虛擬一式不但可以表明該段內容是引用自他處，同時也可以傳達「我不知道該段內容是否為真」的個人判斷。

„Der Messwert stimmt nicht", sagte der Arzt.
醫生說：「測量值有誤」。

Der Arzt sagte, der Messwert **stimme** nicht.
醫生說測量值有誤。

當虛擬一式與直陳式為同一形態時，要以虛擬二式取代。

Der Arzt fragte mich: „Haben Sie Beschwerden?"
醫生問我：「你哪裡不舒服？」。

Der Arzt fragte mich, ob ich Beschwerden **hätte**.
醫生問我哪裡不舒服。

在口語用法上，虛擬一式十分少見。大部分都是以直陳式表示，如果要使用虛擬式表達，也多半是以虛擬二式表示。

Der Schüler meint, er **hat/hätte** die Aufgabe nicht verstanden.
該名學生說他看不懂題目。

德語的間接引用句，並不會刻意與文中其他敘述內容的時態一致。如果原本引用內容中的動詞是現在式，文中其他的敘述內容就會使用虛擬一式現在式表示；若為未來式，就會以〔 werde ... 原形動詞 〕表示，然而，若像下面的例句一樣，動詞是現在完成式或過去式，文中其他的敘述內容就會以虛擬一式過去式表示。

„Es war draußen ein Geräusch", sagte sie.
她說過：「外面很吵」。

Sie sagte, es **sei** draußen ein Geräusch **gewesen**.
她說過外面很吵。

如果間接引用的句子是表示命令、要求或請託的句子，要使用情態助動詞表示。

若為命令式，要用 sollen。

Der Arzt sagte mir: „Fahren Sie zur Kur!"
醫生對我說過：「您要去療養！」。

Der Arzt sagte mir, ich **solle** zur Kur fahren.
醫生說過要我去療養。

若為表示請託的句子，要用 mögen。

Der Sekretär sagte: „Bleiben Sie bitte am Apparat!"
祕書說：請您稍等一下」。（接電話用語）

Der Sekretär sagte, ich **möge** bitte am Apparat bleiben.
祕書請我稍等一下。（接電話用語）

（2）間接引用的人稱代名詞及所有格冠詞

若為間接引用，他人說過的話會以說話者的觀點重新改寫，在改

寫的同時，也須以同一觀點選用適合的人稱代名詞及所有格冠詞。

Der Reiseleiter flüsterte: „Ich habe meine Stimme verloren.“
導遊低聲地說：「我發不出聲音了」。

Der Reiseleiter flüsterte, er habe seine Stimme verloren.
導遊低聲地說他發不出聲音了。

直接引用句如果是對 **du** 或 **ihr** 的命令式，句中通常不會出現主詞，但若以間接引用的方式表達時，就必須依據上下文添加主詞。

Die Mutter sagte mir: „Pass auf! Du bekleckerst dein Kleid!“
媽媽對我說：「小心一點！你會弄髒你的裙子！」

Die Mutter sagte mir, ich solle aufpassen. Ich würde mein Kleid bekleckern.
媽媽告訴我要小心。我可能會弄髒自己的裙子。

（3）引導間接引用句的連接詞

引用的發言內容若為直敘句，則引導間接引用句的連接詞要使用從屬連接詞 **dass**。

Er sagte: „Ich habe mich geirrt.“
他說：「我搞錯了」。

Er sagte, dass er sich geirrt habe.
他說自己弄錯了。

原本的發言內容若為是非疑問句 p.29 ，就要用 **ob**；若為補充疑問句 p.29 ，就直接把原本的疑問詞當成連接詞用，並把原本的問句轉為間接疑問句（子句）。

Sie fragte: „Kommst du mit?“
她問：「你要來嗎？」

Sie fragte, ob ich mitkomme.
她問我是否會來。

Die Leute fragten das Kind: „Wo sind deine Eltern?“
人們問那個孩子：「你的父母在哪裡？」

Die Leute fragten das Kind, wo seine Eltern seien.
人們問那個孩子他的父母在哪裡。

不使用連接詞的情況也很常見。動詞若為虛擬一式，通常就表示該句為間接引用句，所以即使沒有做為標示使用的連接詞也沒關係。

Nach Informationen der Nachrichtenagentur hat der Chef des Sportverbandes illegal Geld erhalten. Er habe Hilfsgelder für Erdbebenopfer zur Seite geschafft und für private Zwecke verwendet.
根據通訊社的報導，體育協會的會長以非法手段取得金錢。他挪用地震災民的捐款，作為私人用途使用。

（4）間接引用的效果

間接引用是指說話者完全以自己的觀點陳述事情，並時而將他人說過的話加入自己的陳述內容的一種引用方式。而將事件以發生可能性較低的虛擬式表達，也可以藉此突顯引用內容的真實性並不如其他的陳述內容。

以下便節錄法蘭茲・卡夫卡（**Franz Kafka**）的小說《失蹤者》中的一小節來看看。

Karl hatte nicht viel Zeit, alles anzusehen, denn bald trat ein Diener auf sie zu und fragte den Heizer mit einem Blick, als gehöre er nicht hierher, **was er denn wolle**. Der Heizer antwortete, so leise als er gefragt wurde, **er wolle mit dem Herrn Oberkassier reden**. Der Diener lehnte für seinen Teil mit einer Handbewegung diese Bitte ab, ging aber dennoch auf den Fußspitzen, dem runden Tisch in großem Bogen ausweichend, zu dem Herrn mit den Folianten. Dieser Herr – das sah man deutlich – erstarrte geradezu unter den Worten des Dieners, kehrte sich aber endlich nach dem Manne um, der ihn zu sprechen wünschte, und fuchtelte dann, streng abwehrend gegen den Heizer und der Sicherheit halber auch gegen den Diener hin. Der Diener kehrte darauf zum Heizer zurück und sagte in einem Tone, als vertraue er ihm etwas an: **„Scheren Sie sich sofort aus dem Zimmer!"**

卡爾沒什麼時間仔細觀察，因為很快就有一名僕人朝著他們走過來，問司爐想要做什麼，眼神就像是在說他不該在這裡一樣。司爐用和對方相同的音量低聲地回答說他想和出納主任談一談。僕人揮揮手表示拒絕，但還是踮起腳尖繞了一大圈避開圓桌，朝著正在翻看一大本帳冊的那位先生走過去。這位先生在聽僕人說話時，可以很清楚地看到他整個人愣住了，最後還是轉身朝向想和他談話的人，明白表示拒絕。他先是對司爐做出揮手要他離開的手勢，為了保險起見，也對著僕人揮了揮手。於是僕人回到司爐這邊，以像是透露祕密的口吻對他說：「你馬上滾出這個房間！」

這一節的前半部，不管是僕人或是司爐的說話內容，都是以間接引用的方式嵌入文章中。讀者能夠感受到的，只有敘述者的聲音。然而，在這個場景的最後，也就是僕人因出納主任表示出強硬拒絕的態度，而得以將司爐趕出房間的這個部分，卻改以直接引用的方式，將僕人那句語氣強烈的話真實地重現在讀者眼前。這個段落很像電影中運用旁白的場景，原本都以回憶的口吻進行描述，到了關鍵句時，就由僕人親自登場一樣。

進階學習 › noch mehr

　　在小說中，有時候明明是敘述者在進行描述，但卻讓人有種故事中的角色親自登場演出的感覺。營造出這種效果的引用方式，就稱為**自由間接引用**。

　　以下是由卡夫卡《變形記》中所節錄出來的段落，內容為葛雷戈·薩姆沙某天早晨起床時的場景。

Und er sah zur Weckuhr hinüber, die auf dem Kasten tickte. „Himmlischer Vater!" dachte er. Es war halb sieben Uhr, und die Zeiger gingen ruhig vorwärts, es war sogar halb vorüber, es näherte sich schon drei Viertel. Sollte der Wecker nicht geläutet haben? Man sah vom Bett aus, daß er auf vier Uhr richtig eingestellt war; gewiß hatte er auch geläutet. Ja, aber war es möglich, dieses möbelerschütternde Läuten ruhig zu verschlafen? Nun, ruhig hatte er ja nicht geschlafen, aber wahrscheinlich desto fester. Was aber sollte er jetzt tun?

然後，他看了一眼箱子上滴答滴答響的鬧鐘。他想：「我的老天！」。已經六點半了，指針還在安靜地往前走，甚至都過了六點半，快要接近四十五分了。鬧鐘沒響嗎？　從床上可以看到鬧鐘的確是設定在四點沒錯，肯定是響過了。嗯，是這樣沒錯，可是他怎麼可能沒聽到那震耳欲聾的鬧鈴聲而睡過頭了呢？　嗯，好吧，他昨晚的確睡得不太好，大概就是因為這樣才會睡死了。那現在該怎麼辦呢？

※ daß 是 dass 的舊正字法拼字；gewiß 是 gewiss 的舊正字法拼字。

　　文章中的葛雷戈・薩姆沙皆以人稱代名詞 er 代稱即可得知，文本中基本上是以敘述者的角度在說故事。不過粗體字的部分，就會讓人有種敘述者的聲音與書中人物的聲音交織在一起的感覺。這部分是因為敘述者將自己的視角與書中人物葛雷戈・薩姆沙的視角重疊，並引用薩姆沙的獨白來進行敘述的關係。

　　將視角維持在敘述者身上並引用登場人物所說的話，單從這一點來看，與間接引用相同。但與間接引用不同的是，動詞與文中的其他敘述內容一樣，都是使用直陳式過去式表示。因此，在以間接引用方式表達時，讀者可清楚感覺到那種敘述者與故事人物之間的距離感，在以自由間接引用的方式表達時是感受不到的。

　　由於自由間接引用缺少可辨別引用內容的標記，所以有時也會發生難以分辨或判斷句子是否有使用自由間接引用的情況。不過還是有一些詞語標記可供判別。像是 Sollte der Wecker nicht geläutet haben? 或是 Ja, aber war es möglich, ...?、Was aber sollte er jetzt tun? 這類表示懷疑、困惑等想法的自言自語，以及 Nun, ruhig hatte er ja nicht geschlafen 的 nun「嗯，好吧」、ja「的確」等呈現說話者的情緒或判斷的感嘆詞 ☞ p.297 的句子。除此之外，還有可使文本所敘述的時間與故事人物視角的時間相互重疊的 jetzt。

　　自由間接引用可說是以登場人物的內心世界作為敘事的出發點，是近代小說特有的表現手法。在德語圈是由亞瑟・史尼茲勒（Arthur Schnitzler）、湯瑪斯・曼（Paul Thomas Mann）、法蘭茲・卡夫卡（Franz Kafka）等作家於二十世紀初所確立的用法。

第 20 章

不定式與不定式詞組

動詞須配合主詞的人稱、單複數、時態而變位，相對地，不定式（原形動詞）的形態則不包含這類的資訊。不定式帶有名詞的性質，可用作句子的主詞或受詞等。而不定式搭配 zu 及受詞等其他元素所構成的詞組，則擁有與子句類似的結構。

1. 不定式（原形動詞）

　　用於主句或子句中大部分的動詞，都要依據人稱、單複數、語氣而做**動詞變位**，相對地，不帶有這些資訊的動詞即為**不定式**。大部分的不定式與 werden 及 kommen 一樣，是以 -en 結尾。也有一些是像 wechseln 及 ändern 一樣，是以 -n 結尾。德語的不定式也是字典中所呈現的形態。

2. 不帶 zu 的不定式（原形動詞）用法

　　不定式主要除了用於搭配情態助動詞或未來時間助動詞 werden 以外，還可搭配 sehen, hören 等感官動詞 ☞ p.188 ，以及使役助動詞 lassen ☞ p.187 。

Es muss schon Mittag sein.
肯定已經是中午了。

Von hier aus sieht man die Leute kommen und gehen.
從這裡可以看到人來人往。

Sie hat in ihrer Antwort Enttäuschung mitklingen lassen.
她的回應中帶著失望語氣。

另外，下列情況會使用不定式。

● **轉為中性名詞**
　　原形動詞在轉為中性名詞後，可像名詞一樣作為主詞或主詞補語，也可以與介系詞結合使用。由於已轉為名詞，字首要大寫。

Musizieren macht ihm Freude.
演奏音樂讓他高興。

Mein Hobby ist **Reisen**.
我的興趣是旅行。

Das Bergsteigen ist eine beliebte Freizeitbeschäftigung.
登山是很流行的一種休閒活動。

Mit dem neuen Gerät hat man **beim Tippen** weniger
Stress.
用這台新設備打字較沒壓力。

- 作為 **lernen** 及 **lehren** 的第四格受詞（直接受詞）

Seit April lerne ich **kochen**.
我從四月開始學做菜。

Die Erfahrung hat uns **warten** gelehrt.
經驗教會我們等待。

這些動詞在轉為中性名詞後，也可作為受詞使用。

Seit April lerne ich **Kochen**.

- 作為 **gehen** 及 **bleiben** 等字的補足語

Gehen wir morgen Abend **essen**?
我們明晚要不要一起去吃頓飯？

Bleib hier einen Moment **sitzen**.
在這裡坐一下吧。

- **haben** + 第四格受詞 + 原形動詞
  stehen（存在）之類表示存在狀態的動詞，若搭配 **haben** 一同使用，可表示「處於某個狀態下」之意。

Sie hat ihr Auto bei ihren Eltern **stehen**.
她把自己的車留在父母那裡。

3. 不定式詞組

　　不定式（原形動詞）是動詞的其中一種形態，既可以因應動詞的配價搭配受詞或補足語，也可以搭配說明語以補充更詳細的資訊，還可以延伸為其他用法。

reisen　旅行

ins Ausland reisen　出國旅行

über den Jahreswechsel ins Ausland reisen
新年時出國旅行

不定式（原形動詞）再加上其他的句子元素所擴展而成的詞組，就稱為**不定式詞組**。德語的不定式詞組中，不定式須置於句尾。

不定式詞組有表示完成式的句型以及表示被動語態的句型。

完成式不定式詞組　〔過去分詞 + haben/sein〕

im Chor gesungen haben
在合唱團唱歌

pünktlich angekommen sein
準時到達

被動態不定式詞組　〔過去分詞 + werden〕

aufgeräumt werden
被清理乾淨

4. 帶 zu 不定式詞組

不定式用來當作述語動詞的受詞，或是限定名詞語意的定語用時，不定式會加上 zu（**帶 zu 的不定式**）。帶 zu 的不定式若再加上受詞之類的句子元素而構成的詞組，則稱為**帶 zu 不定式詞組**。

zu 要放在不定式之前。若不定式（原形動詞）為可分離動詞，則要將 zu 置於前加音節與基本動詞之間。情態助動詞也可以是帶 zu 不定式詞組。

mit der ganzen Familie zusammen zu leben
全家人一起生活

mit verschiedenen Menschen offen umzugehen
敞開心胸接觸各式各樣的人

dort herrliche Tage verbracht zu haben
在那裡度過了美好的日子

gleich hierher gekommen zu sein
立刻來到這裡

die Gegenwart verstehen zu können
能夠了解現今的世界

帶 **zu** 不定式詞組具有以下的作用。

（1）名詞的用法

　　帶 **zu** 不定式詞組大多當作名詞使用，可作為句子的主詞或受詞。為了與其他的句子元素清楚區分，帶 **zu** 不定式詞組前後會加上逗號。☞ p.305

● 作為主詞使用

Fremdsprachen zu lernen, ist mir ein Vergnügen.
學習外語對我而言是種樂趣。

Gelobt zu werden, stärkt die Motivation.
受稱讚讓人更有動力。

　　一般會將形式主詞的 **es** ☞ p.81 置於句首，而帶 **zu** 不定式詞組則放在句子的後方區域。特別是如果帶 **zu** 不定式詞組的長度較長，更會偏好用 **es** 作為形式主詞。

Es ist die Pflicht der Anwohner, im Winter den Schnee auf dem Bürgersteig zu beseitigen.
冬天時去除人行道上的積雪，是當地居民的責任。

● 作為第四格受詞（直接受詞）使用

Ich habe vergessen, die Tür abzuschließen.
我忘了鎖門。

Die Kirche findet es nun wichtig, Jugendliche anzusprechen.
教會現在發現和年輕人交談很重要。

　　若不定式（原形動詞）沒有搭配受詞之類的其他句子元素，逗號也可以省略。

Es hat angefangen zu regnen.
開始下雨了。

● 作為介系詞受詞使用

　　帶 **zu** 不定式詞組也可以作為動詞的介系詞受詞使用。這時要先讓帶 **zu** 不定式詞組的形式主詞 **es** 與介系詞合併，合併成〔**da(r)-** 介系詞〕後再放在中間區域，而帶 **zu** 不定式詞組本身則置於後方區域。

j⁴ zu et³ veranlassen　推動人 ⁴ 做某事 ³、促使人 ⁴ 做某事 ³

Mehrere positive Kommentare haben mich dazu veranlasst, das Buch zu lesen.
數則好評促使我閱讀這本書。

j⁴ zu et⁴ veranlassen　希望、拜託某人 ⁴ 做某事 ⁴

Darf ich Sie (darum) bitten, die Bestellung zu bestätigen?
可以請您確認一下這筆訂單的內容嗎？

sich⁴ über et⁴ freuen　對某事 ⁴ 感到高興

Ich habe mich (darüber) sehr gefreut, Sie kennengelernt zu haben.
我很高興認識你。

● 作為形容詞的補足語使用

Wir sind manchmal nicht **fähig**, unsere eigene Schwäche zu gestehen.
我們有時候無法承認自己的弱點。

Ich bin **bereit**, diese Aufgabe zu übernehmen.
我準備好接受這份工作。

（2）修飾性質的用法

● 作為説明、規範先行詞（名詞）的修飾語

Er hält sein **Versprechen**, jeden Tag den Hund auszuführen.
他遵守諾言，每天都去遛狗。

Hast du **Zeit**, kurz bei mir vorbeizukommen?
你有時間來順道來我家嗎？

● 作為先行詞（不定代名詞）的修飾語

當作是 **viel, etwas, nichts** 等不定代名詞的修飾語，以規範其語意時，帶 **zu** 不定式詞組便不會再與其他的元素搭配使用，而且也不會以逗號另外隔開。

Bis zum Umzug gibt es noch **viel** zu tun.
搬家前還有很多事要做。

Hast du **etwas** zu schreiben?
你有可以用來寫字的東西嗎？

Vielen Dank! – **Nichts** zu danken!
謝謝！－別客氣！

（3）搭配助動詞性質的動詞

有些動詞會搭配帶 **zu** 不定式詞組一起使用，以限制動詞的語意表達。這些動詞的作用與情態助動詞相似，可和帶 **zu** 不定式詞組結合並構成句中的述語。因此也不需要額外加上逗號來區分帶 **zu** 不定式詞組。另外，若敘述的是過去的事，這些具備助動詞性質的動詞就要使用過去式表示。這一點也和情態助動詞很相似。

☞ p.170

scheinen　看來～、似乎～

Sie scheint mir meine Absage nachzutragen.
她似乎對我的拒絕心懷不滿。

Er schien endlich zu sich gekommen zu sein.
看來他總算恢復理智了。

dorhen　即將發生～危險〔指負面的事〕

Ein Gewitter drohte auszubrechen.
暴風雨就快來了。

brauchen 〔搭配否定詞〕不需要～
〔搭配 **nur**〕只需要～

Sie brauchen sich nicht darum zu kümmern.
你不需要擔心那個。

brauchen 在此用法下的直陳式完成式及虛擬式過去式，要使用與不定式同一形態的過去分詞。因此帶 **zu** 不定式詞組要放在以〔**haben ... brauchen**〕句型所構成的框架內。這點也與情態助動詞非常相似。 ☞ p.184

Du **hättest** das nur abzusagen **brauchen**.
你只要拒絕就沒事了。

（4）搭配 haben 及 sein 使用

● **haben ...** 帶 **zu** 的不定式　必須～、不得不～
與情態助動詞 **müssen** 一樣是用於表示**必要性**、**義務**。

Sie müssen kein Examen ablegen, Sie haben nur den Kurs zu besuchen.
你沒必要參加考試。你只需去上這門課程即可。

● **sein ...** 帶 **zu** 的不定式　有可能被～、必須被～
sein 要是搭配由及物動詞所構成的帶 **zu** 不定式，可表示**被動形式的可能性**，即「有可能被～」之意；此外也可表示**被動形式的必要性**，即「必須被～」之意。

Die Wohnung ist zu vermieten.
那間房子能出租。

Seine Entscheidung ist zu berücksichtigen.
他的決定必須被納入考量。

（5）副詞性質的用法

將介系詞 **um, ohne, statt** 置於帶 **zu** 不定式詞組前，當副詞使用。

- **um + 帶 zu 不定式詞組　為了～**

Er brachte mit Mühe Geld auf, um seine Ideen umzu-
setzen.

他為了將自己的想法付諸實行，辛苦地籌備資金。

〔**um + 帶 zu** 不定式詞組〕的用法，可以改成以從屬連接詞
damit 引導的子句表示。☞ p.222

Er brachte mit Mühe Geld auf, damit er seine Ideen
umsetzen kann.

- **zu 形容詞／副詞, um + 帶 zu 不定式詞組　太～以致於**

Die Straße ist zu eng, um mit über 40 km/h (Kilometer
pro Stunde) befahren zu werden.

這條路太過狹窄，不能以超過 40 公里的時速行駛。

上面的句型可以改用〔**zu** 形容詞／副詞, **als dass ...**〕的句型表
示。☞ p.253

Die Straße ist zu eng, als dass sie mit über 40 km/h
befahren werden könnte/kann.

- **ohne + 帶 zu 不定式詞組　而不～**

Vielleicht habe ich ihn verletzt, ohne es zu merken.

我可能傷害過他而不自覺。

Die Kamera fokussiert automatisch, ohne eingestellt
werden zu müssen.

這台相機可自動對焦而無需調整。

上面的例句可以改用〔**ohne dass ...**〕的句型表示。☞ p.253

Vielleicht habe ich ihn verletzt, ohne dass ich es gemerkt
hätte.

Die Kamera fokussiert automatisch, ohne dass sie
eingestellt werden muss.

- **statt + 帶 zu 不定式詞組　做～而不～**

Immer mehr Menschen entscheiden sich dafür, ein Auto
zu mieten, statt eines zu kaufen.

愈來愈多人決定租車而不買車。

第 **21** 章　**分詞**

分詞具備形容詞的作用，是動詞的形態之一。主要是用來當
作規範名詞的定語，也可作副詞用，亦可搭配受詞以構成分
詞片語。

1. 何謂分詞

　　分詞與原形動詞（不定式）相同，是不會隨主詞的人稱及單複數
做變化的一種動詞形態。分詞這個名稱的字面意思，也就是「與動
詞和形容詞分別都有關係的詞類」，也就是說，分詞既是動詞的形
態之一，也可以拿來當作形容詞使用。由於仍屬動詞，所以會因應
配價搭配所需的補足語。但另一方面，分詞也可以像形容詞一樣用
來當作規範名詞的修飾語，甚至可以當副詞使用。

　　分詞有兩種，一種是用於表示「正在～」之意的**現在分詞**，另一
種則是用於表示「～了」、「被～了」之意的**過去分詞**。接下來就藉
由 kochen（煮沸、煮）這個字來檢視一下二者之間的差異。

現在分詞

Tun Sie die Knödel ins **kochende** Wasser.
請把湯圓放入正在沸騰的熱水中。

過去分詞

Zum Frühstück gab es ein weich **gekochtes** Ei.
早餐有一顆煮得軟嫩的蛋（半熟蛋）。

2. 分詞的形態

（1）現在分詞的形態

現在分詞是以**原形動詞 -d** 的形態表示。

brennen（燃燒）　➡　brennend

fliegen（飛翔、急速運動）　➡　fliegend

wechseln（交替、更換）　➡　wechselnd

sein 與 tun 屬於例外的形態。

sein（存在） ➡ seiend   tun（實行） ➡ tuend

（2）過去分詞的形態

請參考第 1 章的 p.32 之後的內容。

3. 現在分詞的用法

現在分詞為「正在～」的意思，是表示某個行為或現象為正在持續的狀態。它不但可以像形容詞一樣作為名詞的修飾語，也可以當名詞使用，甚至還可以用來當作規範動詞等詞類的副詞。

（1）修飾性質的用法

Das wechselnde Wetter macht mir zu schaffen.
天氣不穩定讓我覺得很困擾。

Im laufenden Programm steht auch die Oper *Der Fliegende Holländer.*
目前正在公演的節目中包含歌劇《徬徨的荷蘭人》。

現在分詞置於名詞前作修飾語用時，要與形容詞做相同的字尾變化。以上述的例句來說，現在分詞 wechselnd 要加上中性第一格的弱變化字尾 -e；第二個例句中的 laufend 要加上中性第三格的弱變化字尾 -en，fliegend 則要加上陽性第一格的弱變化字尾 -e。

（2）轉化為名詞

現在分詞可轉化為名詞。這時也一樣要和形容詞做相同的字尾變化。

ein Reisender   一位（男性）旅人

eine Reisende   一位（女性）旅人

die Studierenden   大學生們

die Lehrenden   教師們

現在如果要表示學生或教師的複數時，經常會以此形態表示，反而較少以陽性名詞形態的 **Studenten** 表示。

可以轉化為中性名詞的分詞，僅限於在一般認知中可作為形容詞的事物。

das Spannendste　　讓人興奮的事

Folgendes　　下列內容

（3）副詞性質的用法

現在分詞可作副詞用，以限定動詞或形容詞。

Wir müssen Ihre Einladung leider **dankend** ablehnen.
很遺憾，我們必須謝絕您的邀請。

Überraschend viele Menschen haben sich versammelt.
令人驚訝的是聚集了這麼多人。

進階學習　noch mehr

部分動詞的現在分詞，可作為 **sein** 的主詞補語。

Eure Leistung ist beeindruckend.
你們的表現讓人印象深刻。

Das Gespräch war anregend.
這場會談激勵人心。

雖然是與 **sein** 結合，但與英語中的進行式並不相同。德文沒有進行式，若要表示現在進行中的狀態，要以現在式表達。

就如上述的例句一樣，現在分詞若作為 **sein** 的主詞補語使用，用法與形容詞極為相近。這一類的現在分詞，大多在辭典中都會被列為詞條，而且在「現在分詞」旁，也會看到「形容詞」的標示與其並列。

（4）未來被動分詞〔zu + 現在分詞〕

在修飾用法的現在分詞前如果加上 **zu**，是用於表示**被動語態的可能性**，為「可以被～」之意，也可以用於表示**被動語態的必要性**，為「必須被～」之意。這裡的 **zu** 現在分詞稱為**未來被動分詞**。主

要是書面用語。

**Wir möchten Ihnen die leicht zu bewältigende Lauf-
strecke von drei Kilometern empfehlen.**
我們想推薦的是可以輕鬆地跑完的三公里路程。

**Im Folgenden wird auf einige zu berücksichtigende
Aspekte eingegangen.**
須深入考量的幾項觀點如下所述。

未來被動分詞相當於〔**sein ...** 帶 **zu** 的不定式〕☞ p.269 的句型。
上面的例句皆可以改以〔**sein ...** 帶 **zu** 的不定式〕表示。

**Wir möchten Ihnen die Laufstrecke von drei Kilometern
empfehlen, die leicht zu bewältigen ist.**

**Im Folgenden wird auf einige Aspekte eingegangen, die
zu berücksichtigen sind.**

4. 過 去 分 詞 的 用 法

過去分詞是表示某個行為**已完成**或狀態**已結束**。及物動詞的過去
分詞通常還會具有**被動**的意思。可使用的範圍較現在分詞廣泛，搭
配 **haben** 或 **sein** 可構成完成式 ☞ p.171，搭配 **werden** 則可構成
被動語態。☞ p.189

（1）修飾性質的用法

可當作限定名詞的修飾語。
　一般會因為原本的動詞是否及物，或者是否由 **sein** 所支配的不及
物動詞而有不同的意思。變格與形容詞相同。

及物動詞的過去分詞：被動語態的完成式　已經被～

eine erledigte Sache
木已成舟
※ < et⁴ erledigen　完成某事⁴

Ich musste meinen voll gepackten Koffer mitschleppen.
我得拖著我塞得滿滿的行李箱一起去。
※ < et⁴ packen　填塞某物⁴

由 sein 所支配的不及物動詞：主動語態的完成式　～了

eine **gelungene** Sache
成功了
※ < gelingen　成功

Ich musste drei Stunden meinen **verschwunden**en
Koffer suchen.
我不得不耗費三個小時尋找消失的行李箱。
※ < verschwinden　消失

進階學習　noch mehr

　　並不是所有的及物動詞的過去分詞都可以當修飾語使用。像 freuen
和 erfreuen 這兩個字都是「使高興」的意思，但只有 erfreuen 的過
去分詞能用來當作修飾語。平常我們會說 mit einem erfreuten
Gesicht（開心的表情），卻不會說 × mit einem gefreuten
Gesicht。這是使用習慣的問題，至於究竟哪些字的過去分詞可以用來
當修飾語，只有透過查詢字典用例才能得知，除此之外別無他法。

21
分詞

（2）轉化為名詞

過去分詞也可轉為名詞使用。

ein Betrunkener　一個（男性）醉鬼

die Angeklagte　那位（女性）被告

die Angestellten　員工們

Verletzte　傷患們

（3）副詞性質的用法

過去分詞當作副詞使用，以限定動詞或形容詞。

Er kam **aufgeregt** auf mich zu.
他很興奮地朝我走來。

Sie hat **ausgesprochen** tapfer gehandelt.
她表現得十分勇敢。

過去分詞沒有敘述性用法。

部分不及物動詞的過去分詞若搭配 **sein** 使用，即為完成式。

Alle Gäste sind angekommen.

所有的客人都已到齊。

及物動詞的過去分詞若搭配 **sein** 使用，則形成狀態被動式。

Alle Zimmer waren besetzt.

所有的房間都已被預訂（客滿）。

5. 前置修飾語

　　分詞也是動詞用法中的一種，因此與原形動詞相同，搭配受詞或說明語等其他句子元素一起使用，即可形成片語。以分詞為主的片語，就稱為分詞片語。而這一類的分詞片語作為修飾語使用時，就稱為**前置修飾語**。以一個放在名詞前用來修飾名詞的片語來說，這名字真是再適合不過了。

　　前置修飾語中，分詞的位置是在片語的末段。

現在分詞

das **lange andauernde** Regenwetter

長期的雨天

das **über einen Monat andauernde** Regenwetter

持續一個多月的雨天

過去分詞

der **im siebten Jahrhundert gebaute** Tempel

建造於七世紀的寺院

der **im siebten Jahrhundert mit der damals besten Technik gebaute** Tempel

以七世紀時最好的技術所建造的寺院

關係子句是從後方針對前面的主句做補充說明，前置修飾語則與關係子句不同，其特徵是依照得知的順序提供所見所聞的資訊。要完全理解前置修飾語，最重要的就是要瞭解前置修飾語是由哪些詞語所構成，並掌握這些元素彼此之間的關係。以下面的句子為例。

Dort war eine von Bäumen umgebene, mit Moos dicht bedeckte Lichtung.
那裡有一塊被樹木包圍且長滿了青苔的空地。

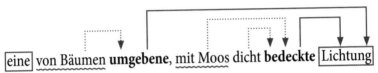

第一格主詞的 **eine ... Lichtung** 為名詞詞組的核心。而 **Lichtung** 的前面則是以過去分詞 umgeben（< umgeben：搭配第四格受詞，為包圍之意）和 bedeckt（< bedecken：搭配第四格受詞，為覆蓋之意）為中心的前置修飾語。過去分詞 **umgeben** 則有介系詞片語 **von Bäumen**，作為說明語使用，而另一個過去分詞 **bedeckt** 則有介系詞片語 **mit Moos** 和 **dicht** 作為說明語使用。

6. 分詞句構

內含受詞或說明語的分詞片語若獨立使用，具備和子句相同的作用，這種分詞片語就稱為**分詞句構**。分詞句構沒有主詞，而且分詞也不會因應時態及人稱做變化，所以會比子句更為簡潔。通常為書面用法，但也有部分分詞句構在口語上被當作慣用的片語使用。

分詞句構包含下列語義。

● **方法、狀態**

Auf den Stadtplan zeigend und wild gestikulierend, habe ich die Leute nach dem Weg gefragt.
我指著地圖且比著誇張的手勢向人問路。

Die Augen geschlossen, lehnte sie sich zurück.
她閉上眼向後靠。

- 時間

Nach einem langen Flug endlich angekommen, hat er den Körper gestreckt.
經過長途飛行總算抵達目的地後，他伸展了一下自己的身體。

- 理由、原因

Sie hat die Stadtverwaltung angerufen, entschlossen, sich über den gefährlichen Zustand der Straßen zu beschweren.
她下定決心投訴危險路況而打電話到市政府。

- 讓步

Ich stehe, obwohl durch die Kur gut erholt, wieder im Stress.
儘管我已從療養中復原健康，但我卻又再處於壓力之下。

- 條件

Abgesehen von der Hitze und der Luftfeuchtigkeit, war der Aufenthalt dort schön.
除了高溫和潮濕以外，待在那裡很不錯。

Jetzt zeigen sich Versuche, wenn auch vereinzelt, die Krise als Chance anzunehmen.
雖然只是偶爾發生，但只要現在試著將危機當作轉機。

有些表示條件的分詞句構可作為慣用片語使用。

ehrlich/kurz/offen gesagt　真誠地／簡短地／坦白地　說

genau genommen　嚴格來說

abgesehen von et³　除了～³ 之後

verglichen mit et³　與～³ 相比

angenommen, dass　假設

vorausgesetzt, dass　以～為前提

7. 以名詞為主的句型

中文裡以動詞表達的部分，德語有時會使用以名詞為中心的片語來表示。這種句型和分詞句構一樣簡潔，基本上仍屬於書面用法。

Der Gärtner arbeitete in gehockter Haltung, mit gesenktem Kopf, eine Schere in der rechten Hand.
園丁右手拿著剪刀，蹲在地上低著頭工作。

in gehockter Haltung（以蹲下的姿勢）是替述語動詞 **arbeitete** 添加說明的元素，接著再加上 **mit gesenktem Kopf**（他的頭較低）這個〔介系詞 + 過去分詞 + 名詞〕的片語，以及 **eine Schere in der rechten Hand**（剪刀在右手）這個獨立的名詞第四格 ☞ p.55 。若在小說或報章雜誌中看到這一類的用法，可以像把「他的頭較低」理解為「低頭」一樣，將其視為一種動詞性質的用法。

21
分詞

第**22**章 語序與段落的整體性

句子的構成要素在排列組合時，都有既定的規則可供遵循。
像動詞就有既定的位置，還有已知的資訊要放在句首，未知
資訊要放在動詞之後。此外，從已知資訊到未知資訊之間，
還可配合其他的方式安排語序，以構成整個段落。

1. 語序

（1）德語的語序

名詞及代名詞會因為變格而突顯出來，所以主詞即使不放在句首
也沒關係，正是因為諸如此類的因素存在，使得德語語序上的規
則，相對而言顯得較為鬆散。話雖如此，德語的語序仍舊有一定的
規則存在，而且有時也會因為語序上出了點差錯，而導致無法正確
地傳遞想要傳達的想法。

句子元素在構成句子時，規範其排列組合方式的規則主要有三大
類。第一大類是規範動詞的位置。句子是主句還是子句？若為主句
又是哪一種句子？是直述句、是非疑問句、補充疑問句還是命令
句？動詞須依句子的種類安排在固定的位置。第二大類規範的是可
分離動詞分離使用時，前綴詞、一般動詞以及其他搭配使用的元素
在句中的位置。另外還有一大類規則是和資訊傳遞有關。德語中要
將已知資訊作為句子的主題並放在句首（前區），而描述未知資訊
的內容則須放在動詞的後方。

本章將針對除了動詞的位置以外的另外二大類規則進行介紹。而
有關動詞的位置請參考第 1 章及第 16 章的內容。☞ p.28, 211

（2）由不定式詞組考量語序

以下先從不定式詞組來思考該如何建構德語的句子，大致上都不
會太過偏離上述的三大類規則，並能成功地建構出一個句子。接下
來就以「下週我婆婆要來家裡作客」這個句子來思考看看。以下先
看沒有主詞、以動詞不定式為基礎的結構。

nächste Woche	zu uns	zu Besuch	kommen
下週	我家	作客	來

這是以不定式詞組為基礎的結構，主要動詞（不定式形態）放最

後。以這個不定式詞組為基礎，接著加上主詞 meine Schwiegermutter（婆婆），然後再將不定式詞組末端的 **kommen** 做動詞變位，並於完成變位後移至句中第二個位置。最後，由於「下週」是句子的主題，所以要放在句首（前區）。綜合以上所有步驟，即可完成下列的句子。

Nächste Woche kommt meine Schwiegermutter zu uns zu Besuch.

由於動詞在變位後移到第二個位置，所以與動詞有密切關係的 **zu Besuch** 就留在句末。

2. 框架結構的規則

（1）框架結構

從上一節的內容中我們已經瞭解到，在不定式詞組中，與動詞有緊密連結關係的要素，會放在原形動詞（不定式）之前，但在完整的句子中，由於變位後的動詞會移到句中的第二個位置，因此這些要素就會留在句末。也就是說，**和句中動詞有較強連結性的要素會放在句末，並與放在句中第二個位置的動詞，一起構成句子的框架**。這就稱為**框架結構**。

最具代表性的框架結構組合有以下四種。

- 〔情態助動詞以及未來助動詞 … 原形動詞〕

Mein Mann **kann** sehr gut **kochen**.
我先生非常擅長烹飪。

功能類似情態助動詞的動詞 ☞ p.187, 268 也可打造出框架結構。

In letzter Zeit **lässt** er sich nur selten **sehen**.
他最近很少現身（我很少看到他）。

- 〔完成式助動詞 haben/sein … 過去分詞〕

Wir **haben** in den Ferien Skiurlaub **gemacht**.
我們在休假期間去滑雪。

- 〔被動態助動詞 werden ... 過去分詞〕

Die Gäste werden vom Bahnhof abgeholt.
客人在車站被接走。.

- 〔可分離動詞的基礎動詞 ... 前綴詞〕

Ich nehme im Sommer an einem Deutschkurs teil.
我參加夏天的德語課程。

雖然代表性不如上述四組，不過以動詞搭配另一個要素構成框架的用法，還有其他的組合。

- **視為單一動詞的〔動詞 + 名詞〕**
Rad fahren（騎自行車）、**Klavier spielen**（彈鋼琴）這類常用詞組，是由特定的動詞與名詞搭配而成。 ☞ p.67 這一類的用法，可從零冠詞判斷得知，若為零冠詞，詞組中的名詞已不再被視為名詞，而是與動詞合而為一，用於表達一個完整的意思。這樣的組合也可以構成框架結構。

Ich fahre in meiner Freizeit oft Rad.
我在閒暇時經常騎自行車。

- **功能動詞句法**
有一種用法是以名詞的語意來代表整個詞組，而動詞則失去本身的意思，在句中只有用來建構句子的功用。例如 **Abschied nehmen**（告別）這個字，**nehmen** 原本的「拿取、取得」的意思幾乎已不復存在，只剩下用來和 **Abschied** 搭配的作用。像這種以動作性名詞與功能動詞組合而成的用法，就稱為功能動詞句法。☞ p.194 在功能動詞句法下，動作性名詞或是〔介系詞 + 動作性名詞〕的片語會置於句末。

Der Schauspieler nahm nach einem langjährigem Theaterleben Abschied.
那位演員告別他多年的演藝生涯。

- **表示方向的補足語**
在 **ins Ausland fahren**（出國）、**die Kinder zur Schule bringen**（帶著孩子去學校）的這一類詞組中，表示方向的介系詞片語是句子不可或缺的補充元素，與動詞之間也有很密切的關係。
☞ p.161, 163

Wir **fahren** in den Ferien ins **Ausland**.
在假期中我們出國。

- 〔sein ... 主詞補語〕
  像 Krankenpfleger sein（護理師）或是 rüstig sein（〔老人〕精力充沛的）這類以名詞／形容詞搭配 sein 而成的組合，由於是作為主詞補語的名詞／形容詞，會與 sein 合而為一，用於表示主詞的屬性。因此主詞補語與 sein 可說是構成了句子的框架。

Unser Großvater **ist** immer noch **rüstig**.
我們的祖父仍精力充沛。

除了 sein 以外，還有 bleiben（保持不變）、werden（成為～）等繫動詞也是一樣的用法。

- 及物動詞的第四格受詞（直接受詞）

Im Winter **bekomme** ich immer **kalte Füße**.
冬天時我的腳總是很冰冷。

- 介系詞受詞
  在動詞當中也有不少的動詞須搭配介系詞受詞使用。 ☞ p.158　介系詞受詞也是構成句子不可或缺的補充元素，通常會傾向置於句末。

Warten wir noch einen Tag **auf seine Antwort**.
我們再多花一天等他的回覆。

（2）破框結構

在上一個部分我們談到構成框架的要素。有時候，由框架結構所構成的主句，會因為某些理由而將部分詞組放在構成框架的要素之後，也就是後方區域的位置，這種句法就稱為**破框結構**。特別是中間區域的部分太長，可能會導致框架結構出現漏洞，而為避免這種情況發生，就會使用破框結構。在下列例句中，構成框架結構的要素是以粗體字表示，而以下各類型的詞組就經常會置於框架之外。

- 介系詞片語

Wir **haben** die ganze Zeit **gehofft** auf seine Teilnahme.
我們一直很期待他的加入。

22
語序與段落的整體性

- 子句

Ich **habe** damals nicht **gewusst**, dass man kein Feuer-
werk außerhalb von Sylvester ohne Genehmigung an-
zünden darf.
我們當時並不知道，未經允許，在除夕以外的日子不能放煙火。

Es **kommt** darauf **an**, ob du einverstanden bist.
一切都取決於你同意與否。

若子句的作用類似介系詞受詞，用來代替主詞的〔**da(r)**-介系詞〕
👉 p.213 通常會像下面的例句 a. 一樣，放在中間區域的尾端，若為
口語表達，則會像例句 b. 一樣，把〔**da(r)**-介系詞〕放在後方區域。

a. Die Organisatoren **waren** sehr daran **interessiert**, ob
die Teilnehmer zufrieden waren.

b. Die Organisatoren **waren** sehr **interessiert** daran, ob
die Teilnehmer zufrieden waren.
主辦人對於參加者是否滿意感到非常好奇。

- 帶 **zu** 不定式詞組
帶 **zu** 不定式詞組通常也一樣是置於後方區域。

Ihm **ist gelungen**, den Fragen auszuweichen.
他成功地迴避了問題。

- 關係子句或是先行詞連同關係子句
關係子句一般是置於先行詞之後，但是，如果先行詞的位置是在
中間區域的尾端，也就是位於後方的框架要素之前，關係子句就會
和先行詞分開，並置於框架之外。

Ich **habe** endlich die Unterlagen **zusammengestellt**, die
ich für die Bewerbung brauche.
我總算備齊了提出申請所需的文件。

有時關係子句會和先行詞一起置於框架之外，特別是當先行詞為
介系詞片語的一部分時。

In Japan **legen** viele Leute Vorräte **an** wegen eines
Erdbebens, das früher oder später sicher geschehen
wird.
在日本，許多人為了遲早會發生的地震儲備物資。

● 比較的對象

同等比較或比較級中，表示比較對象的詞組或子句也一樣是置於後方區域。

Der Turm der evangelischen Kirche **ragt** so hoch **empor** wie der des nahen katholischen Doms.

新教教堂的塔樓，高度和附近大教堂的差不多。

Die Baukosten **waren** viel **teurer** als vorher erklärt wurde.

建設成本比先前提出的要高得多。

不過，**so bald wie möglich** 這類較短的慣用用法，通常會放在中間區域。

Ich **möchte** so bald wie möglich **umziehen**.

我想儘快搬家。

（3）子句的框架結構

由從屬連接詞或關係代名詞所引導的子句，是由位於子句句首的從屬連接詞或關係代名詞與句末的動詞，構成框架結構。這個框架結構，會使整個子句從頭到尾緊密地連結在一起。

Eine Reform ist immer schwierig, **weil** sich die privilegierten Leute dagegen **wehren**.

改革總是困難的，因為既得利益者都會抗拒改革。

Der Krimi, **den** du mir vorgestern geliehen **hast**, ist unheimlich spannend.

你前天借給我的推理小說十分地緊張刺激

3. 根據資訊的重要程度決定語序

（1）主題與未知資訊的框架

除了上述的框架結構，資訊的新舊也是決定語序的重要因素。德語的**前區**在動詞前面，**放置的是作為句子主題的已知資訊**，動詞之**後則是放未知資訊**。先在前區宣告句子接下來的內容是和哪些事物

有關，動詞之後才提出和主題有關的未知資訊。

　　從主題開始，再到未知資訊的這種句子走向，有時和中文有類似之處。接著就來比較一下。

主題	未知資訊
這塊蛋糕	是我烤的。
Den Kuchen	habe ich gebacken.

　　雖然也能用 **Ich habe den Kuchen gebacken** 的語序來造句，但與之相比，直接從主題主題開始的句子反而更能馬上提示聽者接下來要談的主題，這樣會比較明確。除此之外，德語的框架結構規則 ☞ p.281 也充分發揮協助的效果，而且前區還有只能放置一項要素的限制。先從不定式詞組開始，將位於不定式詞組中尾端的動詞或是助動詞做動詞變位後，再移到全句中的第二個位置，就能建構出上述這類具有完整框架結構的句子。

　　若有多項和主題有關的未知資訊排在動詞之後，則對於聆聽者而言，愈新或者是重要程度愈高的資訊，通常會放在靠近句末的位置以下就以不同語序的四個例句來試著比較看看。

a. **Ich habe in der Boutique Undine diese Jacke gekauft.**
　　我在 Undine Boutique 買了這件上衣。（強調這件上衣）

b. **Ich habe diese Jacke in der Boutique Undine gekauft.**
　　我這件上衣是在 Undine Boutique 買的。（強調在 Undine Boutique）

c. **In der Boutique Undine habe ich diese Jacke gekauft.**
　　在 Undine Boutique 我買了這件上衣。

d. **Diese Jacke habe ich in der Boutique Undine gekauft.**
　　這件上衣是在 Undine Boutique 買的。

　　例句 **a.** 與 **b.** 的主題都是 **ich**，動詞（第二位置）之後所敘述的則是未知資訊（＝我做的事）。在中間區域則有 **in der Boutique Undine** 以及 **diese Jacke** 兩項句子元素，而這兩項句子元素在 **a.** 與 **b.** 的順序是相反的。例句 **a.** 中是把與動詞連結性較強的 **diese Jacke** 放在 **gekauft** 之前，是屬於符合框架結構規則的常見語序。而相對地，例句 **b.** 則是把與動詞連結較弱、用於表示位置的說明語 **in der Boutique Undine** 放在 **gekauft** 之前。這樣的排列方式宣告了此一說明語為此句的重點標記，代表這是句中最重要的資訊。

例句 c. 中則是以 **in der Boutique Undine** 為主題，動詞則是敘述未知資訊，傳達的是「在 **Boutique** 做了什麼又買了什麼」。

例句 **d.** 的主題則是 **diese Jacke**，而和上衣有關的未知資訊則是動詞（第二位置）之後的內容。

即使是這麼短的句子，在語序上也有多種可能的排序。必須因應文章或對話的走向，將主題、句子敘述的重點納入考量後，才能確定語序的編排方式。

（2）置於前區的要素

在前區，只會放一個表示全句主題的句子元素。由於主題是句子的骨架，代表了接下來要訴說的內容，所以聆聽者／讀者已知的事（即便只有模糊的概念），或是說話者認為聆聽者／讀者已知的事，是最容易成為主題的內容。因此，最常置於前區的，通常是一般人都知道的概念、時間或場所。

In der Schweiz befinden sich rund 3 000 Seilbahnen.
瑞士大約有 3000 座纜車。

而句中第二位置之後，則常放置與前句有關或是可以作為後續主題的內容。我們就以上述例句之後所接續的句子來思考看看。

Dort ist auch die höchste Bergstation in Europa.
那裡也是歐州最高的高山纜車站。

第二句的主題是 **dort**，是把前一句所提到的瑞士再度提出作為句子的主題，而且若將此句與前句對照來看，這個副詞還連帶包含了「有許多纜車的地方」之意。正因如此，才可以將「歐州最高的高山纜車站」安排做為此句所傳達的未知資訊。

若名詞附帶定冠詞，則代表該名詞為已知事物 ☞ p.60 。附帶定冠詞的名詞，也是經常置於前區的要素。相反地，若名詞所附帶的是代表未知資訊的不定冠詞（或是無冠詞的複數名詞），則較傾向置於距離句末較近的位置。

有時也會不揭示主題，直接就把未知資訊說出來。這時就會在前區以 **es** 填補（填補句首的 **es** ☞ p.84 ）。

Es kommt endlich unser Bus!
我們要搭的公車總算來了。

以 es 填補前區最廣為熟知的例子，應該是童話開頭最常出現的 es 了吧。

Es war einmal ein König, *der* **hatte drei Töchter.**
從前有一位國王。這位國王有三個女兒。

粗體字為未知資訊，以斜體字表示的指示代名詞 **der** 則是第二句的主題。童話最典型的開場白，都不會特別提示「在哪裡」、「何時」之類的主題，而是一開始就以「從前有一位國王」這個未知資訊作為開場白。這樣的做法可以直接引領讀者／聆聽者進入故事的世界當中。第二個句子的走向則是按照已出現的資訊→未知資訊，進一步地引導讀者／聆聽者的注意力。

4. 其他的語序

（1）說明語的順序

時間或是場所這類次要資訊的副詞或介系詞片語，若同時出現在一個句子中，又該如何排序？這一類的副詞（片語），由於是針對動詞所表示的行為或狀態而補充次要的相關資訊，所以也稱做**說明語**。 ☞ p.11 從句子中就算沒有說明語也不會有太大的影響這點來看，它和以動詞配價為基礎的補足語大不相同。而說明語則是用於表示 (1) 位置、方向；(2) 時間；(3) 原因、理由、目的；(4) 方法、狀態。

以上四種說明語，實際上幾乎沒有任何一種是放在動詞之後。只不過在理論上要如同下面的例句一樣，以時間→原因、理由、目的→方法、狀態→位置、方向的順序排列。

Die erwartete Post kam gestern wegen des Streiks in der Branche sehr verspätet bei mir an.
我在等的郵件因為（郵務業）罷工，以至於昨天很晚才收到。

若像下面的例句一樣有多個同種類的說明語並列時（例句為時間的說明語），則是由範圍較大的往範圍較小的排序。

Ich arbeite heute bis acht.
我今天工作到八時。

（2）第三格受詞、第四格受詞的順序

表示給予人物品、向人傳達事項的動詞，都需要有第三格以及第四格的受詞。☞ p.162 若兩個受詞都置於動詞之後時，其語序會依照以下的規則決定。

- **第三格及第四格皆為名詞**

  通常是以第三格、第四格的順序排列。

Der Reiseführer empfiehlt den Lesern KUNST HAUS WIEN als besondere Attraktion.
那本旅遊導覽書為讀者推薦的特別景點，是維也納藝術之家。

- **其中一項為人稱代名詞或反身代名詞**

  當第三格受詞或第四格受詞有一項為代名詞時，這使用代名詞的受詞一定式排列在不用代名詞的受格之前。

Er hat mir seine Zusage mitgeteilt.
他向我保證。

Sie haben viele Erfahrungen gesammelt und wollen sie der jüngeren Generation weitergeben.
他們獲得了非常多的經驗，並希望把這些經驗傳承給年輕一代。

Sie hat sich der Sozialarbeit gewidmet.
她投身於社會福利工作。

- **第三格、第四格皆為人稱代名詞或反身代名詞**

  若為此種情形，則以第四格、第三格的順序排序。跟兩個不用代名詞的受格相比，其位置剛好相反。

Hast du schon meine Adresse? Soll ich sie dir schreiben?
你有我的地址嗎？要寫給你嗎？

Unsere neue Lehrerin ist sehr sympathisch. Ich habe sie mir aber ganz anders vorgestellt.
我們的新老師很討人喜歡。不過和我想像中的完全不一樣。

（3）主詞與受詞並列時

在子句中，可能會出現主詞與受詞並列而動詞不在中間的情況。另外，在主句中也會因為前區已有說明語之類的要素，所以把主詞

和受詞放在一起並列在動詞之後。這種情況下，最基本的排列順序是主詞－受詞。

Bei der Sitzung haben alle Mitglieder ihre Meinung geäußert.
在會議上所有的成員都陳述自己的意見。

但當主詞為名詞，受詞為人稱代名詞或反身代名詞時，資訊含量較多的主詞（名詞），位置經常在受詞之後。 ☞ p.198

Die Schule war zwei Tage geschlossen, weil sich mehrere Kinder mit Grippe angesteckt haben.
學校關閉了兩天，因為有兩位小朋友罹患了流行性感冒。

5. 段 落 的 整 體 性

　　一般溝通的情況下，在說或寫一個句子時，不太可能說出或寫出與其他的句子沒有任何關係的句子。一個句子通常會和前面的句子有所關聯，並由此和後續的句子建立連結，以構成一個整體，也就是一個段落。段落可能是由單一的說話者或書寫者組織建構而成的，也可能會是由兩個以上的參與者，透過對話之類的方式完成的。像下面這則簡短的對話也可以算是一個完整的段落。

a. **Hast du heute Elke gesehen? – Sie war vorhin in der Cafeteria.**
你今天有看到艾爾克嗎？－她不久前在自助餐館。

但如果是以下的對話，則不能算是一個段落。

b. **Hast du heute Elke gesehen? – Sie war letzten Monat im Urlaub.**
你今天有看到艾爾克嗎？－她上個月放假。

　　例句 **b.** 中，雖然這兩個句子在文法上都沒有錯，但由於這兩個句子之間不具任何關聯性，所以不能算是一個段落。
　　要完成一個完整的段落須具備以下的要素。

● **透過代名詞、所有格冠詞、副詞指示**
　　一個名詞只要經過代名詞、所有格冠詞或是指示代名詞的代換，即可在句子與句子之間建立連結。這時的代名詞、所有格冠詞，一

定要與先行詞（名詞）的性別、單複數一致。

　　負責代替前面的句子或片語的 es 或 das，也可以協助建立一個完整的段落。alte Kirchen（古老的教堂）solche Kirchen（這樣的教堂）中的 solch，以及 ein Hybridauto（一部油電混合動力車）→dieser Wagen（這部車）的 dieser，這類指示性質的定冠詞類，也能在句子之間建立連結。還有像是 in der Stadt（在城市中）→dort（在那裡）這類指示性質的副詞也十分常用。

- **重覆使用同一詞語**

　　藉由一再地使用同一個詞語，尤其是重覆敘述同一個名詞，也可以在兩個以上的句子之間建立連結。只不過就文章寫作的層面而言，最好儘量避免同一個名詞以相同的形態，一再地重覆出現在文章中，所以關於這一點，在處理時可能也得多花點心思才行。

Die Spargelsaison hat angefangen. Diesjährige Spargel sind besonders aromatisch.
蘆筍的季節開始了。今年的蘆筍特別芳香。

- **把詞語換個説法表達**

　　把某個詞語換用另一個指涉相同事物的詞語代替，就能避免一再地使用同一個詞語，同時又可以完全表達相同的語意。例如 Kartoffeln（馬鈴薯）可以用 das Gemüse（那個蔬菜）代替，也可以用 die Grundnahrungsmittel（基礎食物）代替；Clara Schuhmann（克拉拉·舒曼）可以用 die Musikerin（那位音樂家）之類的詞語代替。

　　這種替換方式常見於名詞，但動詞也可以用其他的字詞代替。例如 bestehen（通過[考試之類的]）就可以改以 $sich^4$ bewähren（證明自己有能力做～）表示。另外像是 eine Mail schreiben（寫一封信）這類〔名詞 + 動詞〕的組合，也可以改用動詞的 $sich^4$ melden（通知）表達，或是改以 r Kontakt（連絡）之類的名詞表示。

- **冠詞的選擇**

　　當重覆使用同一個名詞，或是將原本的名詞換成以其他名詞表示時，必須像 Kartoffeln 改成 das Gemüse 一樣，即使一開始是用不定冠詞或是零冠詞，第二次開始一律要使用定冠詞表示。即便不是一再重覆使用或是換個説法的情況，只要敘述的是已知事物或是特定事物，就要用定冠詞。第一句先將未知資訊以〔不定冠詞 + 名詞〕或是〔零冠詞名詞〕的形式介紹出場，第二句再將這些介紹過

22
整體性
語序與段落的

291

的資訊加上定冠詞並當成已知資訊提出，這麼一來，這兩個句子之間便會自然產生連結。

Gestern war ich nach längerer Zeit bei einer Messe. Die Predigt hat mir gut gefallen.
昨天我參加了久違的彌撒。我很喜歡這次的佈道。

就像這個例句一樣，即使後句和前句中所提到的名詞並不完全相同，但只要是在語意上屬同一範圍內的事物，就可以當作是已知資訊。☞ p.62

● **依資訊重要程度決定語序**

第三節中所提到的依資訊重要程度排序，也是在和其他的要素建立連結的同時，建構一個完整的段落。尤其是把前句中的未知資訊以代名詞代替，或是利用別的詞語換一種說法表達以作為下一個句子的主題，藉由像這樣的方式，就可以在兩個句子之間建立緊密的連結關係。

Das Orchester hat endlich seinen neuen Chefdirigenten gewählt. **Der gebürtige Russe** wird 2018 das neue Amt antreten.
交響樂團總算選出了新的首席指揮。這位出生於俄羅斯的指揮，將在 2018 年上任。

● **連接詞及關係代名詞**

連接詞及關係代名詞可在兩個以上的句子之間形成緊密連結的關係。特別是連接詞，它可以透過讓句子與句子之間的邏輯關係更明確的方式，建構出段落的整體性，並勾勒出整個段落的走向。
☞ p.210

就算每個句子都符合文法規則，句中的用詞也都十分恰當，但只要未符合上述的這些要素，就整個段落而言，某些地方就是會顯得特別不協調。

以下就從海涅（Heinrich Heine）的作品《回憶》中節錄一段與他名字有關的內容。

(a) Hier in Frankreich ist mir gleich nach meiner Ankunft in Paris mein deutscher Name „Heinrich" in „Henri" übersetzt worden, (b) und ich mußte mich darin schicken und auch endlich hierzulande selbst so nennen, (c) da das Wort Heinrich dem französischen Ohr nicht zusagte (d) und überhaupt die Franzosen sich alle Dinge in der Welt recht bequem machen. (e) Auch den Namen „Henri Heine" haben sie nie recht aussprechen können, (f) und bei den meisten heiße ich Mr. Enri En; (以下省略)

(a)我的德語名字「海因里希（Heinrich）」在法國這裡被譯成「亨利（Henri）」，我一抵達巴黎，立刻搖身成為了亨利。　(b) 我只能被迫接受這個名字，並且最終在這個國家以此稱呼自己。　(c) 因為海因里希這個字，法國人就是覺得不悅耳。　(d) 而法國人通常就是會將所有事物調整到自己覺得舒服的樣子。　(e) 他們甚至無法以正確發音說出「亨利‧海涅（Henri Heine）」這個名字。　(f) 對於大部分的人而言，我是安利‧安（Enri Enn）先生。

※ mußte 是 musste 的舊正字法拼字。

　以上這一小節的內容，是由四句主句與兩句子句所構成。所有句子的內容都是和「自己的名字」有關，而首先，就是因為主題上的共通性，才創造了文章的整體性。

　其次，(b) 句的副詞 darin（=„Henri"）、so（=„Henri"），以及 (e) 句的人稱代名詞 sie（=Franzosen），都是用來代替前一句的詞語，並將這些詞語標示為已知資訊的要素，而這些要素也發揮了連結句子的作用。然後 (c) 句的從屬連接詞 da（因為）以及 (e) 句的 auch（也～），也是幫助句子在語意上建立關聯的句子元素。還有 (c) 句的 dem französischen Ohr，在 (d) 句中則是改換說法以 die Franzosen 代替，像這樣在前後的句子中改以不同的字詞表示，也能加強文章的整體性。

　在段落的資訊編排上，也是依照已知→未知的順序表示，前一句已經介紹過的資訊，會置於下一句的句首，而和已知資訊有關的未知資訊，則會置於動詞之後。前區所表達的主題，基本上都是已知的資訊，所以通常前區的內容是由附帶定冠詞的名詞或是人稱代名詞之類的詞語所構成。(c) 句為子句，連接詞 da 後方的 das Wort Heinrich 為主題，dem französischen Ohr 則是未知資訊。

22
語序與段落的整體性

第23章 表達說話者的判斷及內心想法的詞類

對於所見所聞能表達出自己的判斷及感受，是溝通中非常重要的一件事。而情態詞、語氣助詞、感嘆詞即是專門負責執行這項任務的詞類。

1. 表達說話者的判斷及內心想法的用法

　　我們在敘述事情時，並非只就事實本身做描述。我們通常會在敘述相關資訊時，加入個人對事物的判斷，如「可能～」、「一定～」之類的想法，或是驚訝、失望等情緒，亦或是對對方的顧慮、期待等。特別是在一般的日常對話中，這些表示個人判斷或情緒的用法，其重要程度並不亞於傳達的資訊內容。表達說話者內心想法的方式，我們已經在第 12 章與第 19 章學習過情態助動詞及虛擬式。本章將就其他的表現方式做介紹。

2. 情態詞

Wie heiß es ist! Die Regenzeit ist **bestimmt** vorbei.
天氣好熱！雨季應該已經結束了

Der unangemessene Bauplan wurde **natürlich** heftig kritisiert.
那份不恰當的建築計畫當然會遭到嚴厲的批評。

　　所謂的**情態詞**，是指像例句中的 bestimmt 或 natürlich 這種用於表示說話者對於某個事件的個人判斷的詞類。雖然被分配到副詞的類別下，但並不像副詞是用於修飾句中某個特定的詞，而是用於修飾整個句子，也就是用於傳達說話者對於句中所描述事物的看法。而這些情態詞之中，有些可用於表示對於事物可能性的判斷，有些則是用於表示對於事物性質的評價。

（1）表示事物可能性的情態詞

用於表示說話者判斷事物成真或是否為真的可能程度。

kaum　幾乎沒有（= vermutlich nicht）

vielleicht　也許

möglicherweise　可能地

vermutlich　大概，或許

wahrscheinlich　大概（可能性較高）

sicher/bestimmt/zweifellos　一定、絕對、毫無疑問

Es ziehen Wolken herbei. Vielleicht regnet es bald.
雲飄過來了。說不定很快就會下雨了。

kaum 是表示幾乎沒有任何可能性。**vielleicht** 是表示可能會也可能不會，約有一半的機率。以上面的例句來說，是表示說話者並不確定是否真的會下雨，認為有可能下，也有可能不下。如果是用 **wahrscheinlich**，是表示說話者認為下雨的可能性很高，如果是用 **sicher** 或 **bestimmt** 則是表示說話者認為一定會下雨。

（2）表示對於事物性質的評價的情態詞。

有一些情態詞是用於表示說話者對於事物的評價。像是讓人開心，或是感到可惜之類的評價。

bedauerlicherweise　很遺憾

leider　可惜

glücklicherweise　幸虧

erfreulicherweise　幸好

hoffentlich　但願

natürlich　當然

immerhin　至少

Das Fest wird leider wegen des Unwetters verschoben.
很可惜，慶祝活動因暴風雨而被迫延期了。

Hoffentlich kommt der Zug pünktlich an.
但願火車準時到達。

Die deutsche Mannschaft hat verloren. Aber immerhin hat sie ihr Bestes getan.
德國隊輸了。但至少他們盡力了。

上述這些情態詞的句子，可以以下列方式改寫。

Ich bedaure, dass das Fest wegen des Unwetters verschoben wird.
慶祝活動因暴風雨而被迫延期，我覺得很可惜。

Ich hoffe, dass der Zug pünktlich ankommt.
我希望火車準時到達。

Man muss aber anerkennen, dass die deutsche
Mannschaft ihr Bestes getan hat.
不過我必須承認，德國隊至少盡了全力。

3. 語氣助詞

Wo steckt **denn** meine Brille? – Du solltest sie immer in
diese Schublade legen, das sag' ich dir **doch** immer!
我的眼鏡放到哪兒去了？－我不是一直跟你說要放在這個抽屜裡嗎！

日常對話常會像上述的例句一樣，表現出說話者驚訝、疑惑的情緒，或是表達出對聽者的期待、不滿的心情。中文會透過各種助詞表達感嘆、責難之類的情緒，德語則是使用上述例句中的 **denn** 或 **doch** 這類一般稱為**語氣助詞**的字來表示。

語氣助詞是一些原本歸屬於其他詞類（連接詞、形容詞）的單字，但當放在某些句子中，則具有表示說話者情緒的功用。語氣助詞以前被當成副詞的一種，現在則被視為可以增進溝通效率的一種特殊、獨立的詞類。

由於並非用於描述具體的事件，所以語氣助詞不可能是句中的主題，也不會是未知資訊，也正是因為如此，語氣助詞通常會置於中間區域，有時還會放在動詞附近。

以下就來看看各類型的句子中會用到的語氣助詞。

（1）直敘句、感嘆句中的語氣助詞

aber

對於事件表示感到意外、驚訝、遺憾或是不滿等情緒。

Du bist aber groß geworden!
你長大了呢。

Sind die Karten schon ausverkauft? Das ist aber schade.
票已經賣光了嗎？真是可惜。

doch

承接前面的談話內容或情況，並對此表示駁斥、驚訝。

Das sind doch gute Neuigkeiten.
那不是好消息嗎！

Das ist doch unmöglich!
怎麼可能！

Du wolltest doch heute zum Arzt gehen.
你不是今天要去看醫生嗎！

猜測、預期對方可能反駁的話語，並陳述反對對方的理由，以反駁回去。

Schreib mir nicht alles vor. Ich bin doch kein Kind mehr.
不要每件事都要管。我已經不是小孩子了。

eben

判斷某事為無法改變的事實，對此表達灰心失望的情緒。

Man kann eben nicht alles haben.
人不可能擁有一切。

einfach

用於加強語氣的語氣助詞，有「簡直～、根本～」的意思。

Die Idee ist einfach genial!
這個想法簡直太有創意！

ja

在當下發現某事而感到驚訝、意外的語氣助詞。

Du bist ja schon da.
咦？你來啦。

向對方指出某項已知的事實，尋求對方的認同。

Ausstellungen mit Impressionisten sind ja immer gut besucht.
畢竟，印象派畫家的展覽總是人擠人。

23
表達說話者的判斷及內心想法的詞類

schon

相信某件事一定會實現，並以此鼓勵對方。

Das ist schon in Ordnung.

不會有事的（別放在心上）。

（2）願望句中的語氣助詞

bloß

表示渴望或後悔。

Wenn man es bloß vorher gewusst hätte!

要是早知道就好了。

doch

表示渴望或後悔。

Wenn dies doch ein Traum wäre!

要是這只是一場夢該有多好！

（3）用於命令式的語氣助詞

doch

用於強烈地希望自己的要求能夠實現時。

Hör doch endlich auf zu jammern!

你別再發牢騷了！

mal

口氣較為緩和的要求。

Schauen Sie mal im Wörterbuch nach.

請您試著查一下字典。

ruhig

安撫對方使其安心的語氣。

Greifen Sie ruhig zu!

（食物之類的）別客氣，儘管拿！

schon

表示不耐煩、希望對方儘快完成要求時。

Na, komm schon!
喂，快點！

（4）疑問句中的語氣助詞

bloß

在補充疑問句中，用於表示急切地想得知答案時，依據上下文有時甚至帶有懷疑或不快的語氣。

Warum hält der Zug bloß hier an?
為什麼火車會停在這種地方？

denn

在是非疑問句中，對於某件意想不到的事表示驚訝。

Ist das denn dein Ernst?
你認真的嗎？

在補充疑問句中，則可用於表達較為緩和的語氣。

Was ist denn hier los?
這些到底是發生什麼事？

doch

在直敘句形態的疑問句中，針對某件事再次確認。

Du hast doch ein bisschen Zeit, oder?
你還有一點時間，不是嗎？

在過去式的補充疑問句中，向聽者傳達某件事是「我應該知道但卻不小心忘了」。

Wie war doch Ihr Name?
你說你叫什麼名字？

etwa

在是非疑問句中，表示期望對方給予否定答覆時。

Wollen Sie etwa auch in Frührente gehen?
該不會您也打算提前退休吧？

為便於各位理解，到目前為止，這些最具代表性的語氣助詞都是以一字搭配一句的方式進行介紹，但其實在一個句子當中，也可以同時使用兩個以上的語氣助詞。

Sie sollten doch mal eine sachverständige Person zu Rate ziehen.

您應該諮詢專家的意見。

doch 與 **mal** 一起使用，是以較柔和的語氣，給予對方建議。

語氣助詞的意思會依對話的情境或脈絡而有些許的不同。字典上所刊載的字義只能算是其中一個例子，並不能套用在所有的情況。惟有透過多接觸實例，或是自己試著使用看看，才是學會語氣助詞最快的方法。

4. 感嘆詞

Oje, das habe ich vergessen!

噢！我忘了！

感嘆詞就像中文中的「欸！」、「也是啦」、「喔喔！」這些詞，是在口語上用來表示說話者情緒上的反應，或是向聆聽者施加壓力的一種詞類。不只是和情態詞、語氣助詞一樣，不會在字尾做變化，而且只需一個單字就可以當作發話內容，是獨立性很高的詞類。若搭配其他的句子一起使用，就像上面的例句一樣，大部分是置於前區之前，也就是框架之外的位置。感嘆詞並非在經過深思熟慮的情況下表達出來，而是對於當下的情況或對方的發言有所反應，自然地脫口而出。德語中有一些特有的感嘆詞。以下介紹最主要的幾個感嘆詞。

ach	驚訝	Ach, du bist es! 欸！是你啊。
aha	理解、同意	Aha, man muss an der Kasse bezahlen. 對喔！得去付款櫃台付錢。
au	痛感	Au! Lass mich los! 好痛！放開我！
	驚訝、喜悅	Au ja! 啊！對喔！；嗯，就這麼做吧！
igitt	厭惡、拒絕	Igitt! Das Brot ist total verschimmelt! 噁！麵包上都是霉菌！

juhu　歡欣　　　Juhu! Wir haben gewonnen!
　　　　　　　太好了！我們贏了！

na　連結下一句的發語內容，有時用於表示不滿或鼓勵。

　　　　Na, was sagst du?　那你覺得呢？

　　　　Na, dann eben nicht.　好吧，那就算了。

oje　驚慌失措　　Oje, ich hab' völlig verschlafen!
　　　　　　　哇！我完全睡過頭了！

pfui　厭惡、憤慨　Pfui, so was macht man doch nicht!
　　　　　　　看吧！就叫你別那麼做了！

名詞有時候也會當成感嘆詞使用。

Oh Gott! / Mein Gott!　表示驚慌失措、驚嚇

Oh Gott, der ganze Text ist jetzt weg!
天啊！整篇（寫好的）文章都消失了！

Mann!　表示憤慨

Mann! Lass mich in Ruhe!
喂！離我遠一點！

Du meine Güte!　表示驚嚇

Du meine Güte! Warum weinst du denn so?
天呀！你怎麼哭成這樣？

Mensch!　表示驚訝、憤慨

Mensch, du siehst aber schick aus!
哇！你看起來很漂亮！

Mensch, versteh mich doch endlich!
噢！不會吧！你怎麼就是不懂我說的話呢！

第24章 書寫方式

書面用語有一些口語用法上沒有的規則，像是標點符號、字母大寫及小寫的分別等。這些書寫方式的規則，是向讀者傳達該如何閱讀文章的一種方式。

1. 標點符號

　　書面用語是以讀者或是未來的自己為對象所發出的一種訊息，從這點來看與口語用法是一樣的。只不過，在口語表達上，只要透過說話時的停頓或是音調高低的變化，就可以清楚區分語意上的斷點，或是明白傳達說話者的說話意圖究竟是想要傳達事實，或是向對方表示詢問或要求等。書面用語就沒辦法運用聲音變化來傳達自己的意圖，這時就要藉助另一種輔助工具，也就是標點符號。

　　標點符號除了各位熟悉的句號（.）、問號（?）、逗號（,）以外，還有冒號（:）及分號（;）等，各自在句中負責扮演不同的角色。

（1）句號（.）

● 作為結束的符號

　　句號是在單一或一連串句子的結尾所加上的結束符號，表示句中所要傳達的所有訊息到句號就全部結束。文章的標題、新聞標題，或是 E-mail 的主旨，通常都不會加上句號。

● 作為序數的省略記號用

　　句號若加在數字之後，是表示該數字為序數。當序數置於句末時，一個句號就同時身兼句號與序數的省略記號兩種作用。

　　接著就以一則新聞的開頭為例，確認一下以上所提到的用法。請注意日期、標題、句末是否有打上句號。

Nachrichten 31. 01. 2025 (den einunddreißigsten ersten zweitausendfünfundzwanzig)

Bildungsminister tritt zurück

Der wegen seiner Aussage über die Kriegsvergangenheit unter Kritik geratene Bildungsminister tritt zurück.

2025 年 1 月 31 日報導

教育部長請辭

教育部長因其對於過去戰爭時期的評論遭到批評而請辭。

● **作為單字的縮寫記號**

句號也可作為單字以較簡短的方式書寫時的縮寫記號。

Professor Doktor　➡　Prof. Dr.（教授博士）

但以多個字組合而成的名稱（如團體名稱等），或是原本就是由多個字形成的複合字，其縮寫方式就不是如上述的例子一般，以省略單字部分字母的方式予以縮短，而是要將構成名稱或複合字的各單字的字首挑出來並列，並以大寫表示做為縮寫。而這一類的縮寫並不會加上句號。

Zweites Deutsches Fernsehen　➡　ZDF（德國電視二台）

Kraftfahrzeug　➡　Kfz（汽車）

※縮寫的重音在最後一個字。ZDF

（2）問號（?）與驚嘆號（!）

● **問號（?）**

問號正如其名，是表示疑問的符號。除了用在補充疑問句以及是非疑問句之外，有些句子即使從語序上來看是直敘句，只要該句的內容是用於詢問對方，就要在句末放上問號。此外，也可以放在單字或片語之後。

Was? Schon elf Uhr?

什麼？已經十一點了？

● **驚嘆號（!）**

表示強烈的驚訝或感嘆的符號。也可以用於表示要求、請託及願望，不過若是在書寫時認為該段內容若以口語表達時，語氣並沒有那麼強烈，就有可能不使用驚嘆號，而改用句號表示。

Schau mal! Wie entzückend!

喂！你看！那好美喔！

問號與驚嘆號有時會放在標題或標語之後，有時也可以將二者合併為「!?」，以表示混合驚訝與疑問的情緒。

Was soll denn das!?
這到底是怎麼回事？！

（3）逗號（,）

　在標點符號中，逗號的作用很多，也有很多種用法。特別需要注意的是，在句中將子句、帶 zu 不定式詞組、分詞句構、插入語與句中其他部分隔開的用法。

　以下介紹的是逗號最主要以及須特別注意的用法。

- **帶 zu 不定詞片語、分詞句構的分隔點**

　逗號可用來當作句子的分隔點，將帶 zu 不定式詞組或是分詞句構和句子其他的部分隔開，以突顯句子的結構。有時不加也沒關係，但若句子的架構較不易理解時，則會傾向加上逗號。

Sie haben mich eingeladen(,) sie zu besuchen.
他們邀請我去拜訪他們。

Er ist ins Zimmer zurückgegangen, um nach dem Kind zu sehen.
他回到房間去看看孩子的情況。

Der Greis ist(,) ächzend und sich auf den Stock stützend(,) die Straße entlang gegangen.
那位老人一邊呻吟，一邊拄著拐杖走在街上。

　不過有幾種情況，像是〔haben/sein ... 帶 zu 的不定式〕 ☞ p.269 、帶 zu 不定式詞組所搭配的動詞是像 brauchen 這類助動詞性質的動詞時 ☞ p.269 、或者是帶 zu 不定式詞組並不完整時（有一部分像是受詞之類的字仍留在主句之中），若遇到上述這些情況，就不會加上逗號。

Die Medizin ist kühl aufzubewahren.
那種藥必須保存在陰涼的地方。

Du brauchst dir keine Sorgen zu machen.
你不用擔心。

Dieses Formular bitten wir zu unterschreiben und an uns zurückzuschicken.
請在表格上簽名並寄回給我們。

- **分隔主句與子句**

  在主句與子句之間必定會放上逗號，將二者分隔開來。

  Wir standen dort, bis sich der Himmel aufklärte und der Große Bär zu sehen war.

  我們站在那裡，直到天空放晴可以看到大熊星座。

  Es gibt ein einfaches Gerät, mit dem man die Sonnenfinsternis beobachten kann: die Lochkamera.

  有一個很簡單的設備可用於觀測日蝕：針孔照相機。

  由表示比較的 **wie** 及 **als** 所引導的子句，也會在主句與子句之間加上逗號。

  Wir haben jetzt mehr Kunden, als wir erwartet haben.

  我們現在有比預期更多的客人。

  若 **wie** 及 **als** 之後為單字或片語而非子句，則 **wie** 及 **als** 之前不會加上逗號。

  Wir haben jetzt mehr Kunden als erwartet.

- **隔開相連的兩個句子**

  若是相連的兩個句子都尚未完結，就會以逗號分隔。

  Das Klavier gibt falsche Töne von sich, wir müssen es stimmen.

  鋼琴的音不準，我們必須幫它調音。

  不過若兩個句子之間是以 **und** 或 **oder** 連接，通常不會加上逗號。

  Der Kaffee war bitter und ich nahm Zucker und Milch.

  咖啡苦苦的，我加了糖和牛奶。

  Wir können in die Ausstellung gehen oder einfach in der Stadt bummeln.

  我們可以去看展覽，或者就在市區裡四處走走。

- **隔開相連的字詞及詞組**

  若同時列舉數個詞組，也會以逗號分隔。不過通常在最後的兩個詞組之間，大多會以 **und** 或 **oder** 連接，這時就不會加上逗號。

Im Garten blühen jetzt Flieder, Maiglöckchen und
Hahnenfüße.
丁香花、鈴蘭、毛茛正在花園開著。

Dorthin kann man mit der U-Bahn, mit dem Bus oder
mit der Straßenbahn fahren.
可以搭乘地鐵、公車或是電車到那裡。

aber 這類表示限定範圍、不一致、情況相反的連接詞前，要加上
逗號。

Die Stimmung war entspannt, aber nicht zu locker.
氣氛輕鬆，但又不會太過輕鬆。

當有多個修飾性質的形容詞並列，而這些形容詞與名詞之間的連
結程度又相差無幾，這時就會在各個形容詞之間加上逗號分隔。不
過如果是像下面第二個例句中的情況則又有所不同，**schwarzer
Kaffee** 是以〔形容詞 + 名詞〕這一整個詞組來表示單一的概念，
而這個概念同時又使用其他的形容詞來修飾，通常在這樣的情況
下，就不會在兩個形容詞之間放入逗號。

guter, aromatischer Kaffee
香醇美味的咖啡

heißer schwarzer Kaffee
熱的黑咖啡

（4）分號（;）以及冒號（:）

● 分號（;）

分號是介於逗號與句號之間的標點符號，當使用逗號分隔無法突
顯各句的獨立性，而使用句號又會破壞句子的完整性，就會使用分
號。此外，在排列數個詞語時，為了明確表示各詞語分屬不同的群
組時，也會使用分號。

Die Zahl der ausländischen Ärzte hat sich innerhalb zehn Jahren verdoppelt; 2012 waren gut 32 500 ausländische Mediziner gemeldet.

這十年間外籍醫師的數量增加了一倍。2012 年登記註冊的外籍醫師足足有 32,500 位。

Im botanischen Garten sind einige Wäldchen und Teiche; Treibhäuser mit tropischen Pflanzen; Blumen-, Gemüse- und Kräutergärten.

植物園有數個小樹林與池塘；熱帶植物的溫室；花園、蔬菜園、藥草園。

● 冒號（:）

置於句子之後，用以表示之後的內容為前句的例子，或是針對前句的詳細說明。

Man nehme folgende Zutaten: sechs Stück Eier, 20 ml Milch und 40 g Butter.

使用的材料如下：6 個雞蛋、20cc.牛奶、40g 奶油。

Eines ist sicher: Der Wandel ist eine Chance.

有一件事是肯定的：變化即是契機。

冒號之後的內容是用於說明 **Zutaten**（材料）或 **eines**（一件事），也就是具體地指出前面的名詞（句子）究竟是什麼樣的事物。如果是像第二個例句，冒號之後接續的是句子時，句子會以大寫開頭，以表示該句的獨立性較高。不過，如果是冒號可用逗號來取代的情況，冒號後方的句子則可以使用小寫開頭。

（5）連字號（-）

連字號的作用是連接單字與單字，或是用以代替複合字中省略的某一部分。

● 連接單字與單字

德語的複合字通常不會加連字號，但若該字較為複雜或是長度過長，可能導致難以理解時，就可以加上連字號。

ein deutsch-japanisches Wörterbuch　德日辭典

die Hochwasser-Vorhersage　洪水預報
（亦可為 Hochwasservorhersage）

縮寫或數字與其他的字連接時會加連字號。

der EU-Gipfel　EU 高峰會

die 72-jährige Königin　72 歲的女王

- **代替複合字中省略的某一部分**
  數個具有共通要素的複合字並列時，會省略複合字中共通的部分，並以連字號代替省略的內容。

Todes-, Geburts- und Hochzeitsanzeigen

(= Todesanzeigen, Geburtsanzeigen und Hochzeitsanzeigen)

訃聞、出生公告、婚禮公告

Flugpersonal und -passagier
(= Flugpersonal und Flugpassagier)

飛機上的空服員與乘客

2. 行尾的移行規則

所謂的移行規則，是指單一一個單字因為換行而必須分割時，句尾的字詞該如何分割的規則。在切割字詞時，並不是隨便怎麼切都可以，而是要遵照發音及語意斷點的相關規則。

斷行的最小單位為音節。所謂的音節是構成語音序列的單位，在德語中是以一個母音為中心，前後再加上子音。雙重母音 ai, au, ei, eu 或是長母音 ie 等都是不能切割的音節。

以下的例子中，可以斷行的位置會以連字號表示。

Was-ser　水　　　　Spar-get-der　儲蓄（複數）

se-hen　看　　　　be-in-hal-ten　（內容）包含

läs-tig　厭煩的　　mil-li-me-ter-ge-nau　分毫不差的

在查詢字典時，音節斷點處也會看到 | 或是 · 的記號。

由於斷行的最小單位為音節，所以單音節的單字不會斷行。不過單音節的字，轉為複數時就有可能在字尾加上音節，這時就可以做斷行的處理。

schnell ➡ schnel-ler　　　Geld ➡ Gel-der

並不是所有可以斷行的位置都能斷行。特別是遇到複合字時，讀者是否能夠順利閱讀並理解字義也必須列入考量，要儘量選擇切斷

後不會對複合字字義理解造成任何影響的位置做斷行處理。

	非		而是
非	Spargel-der	而是	Spar-gelder
非	bein-halten	而是	be-inhalten
非	millime-tergenau	而是	millimeter-genau

3. 大寫及小寫

德語中除了句首以外，名詞的字首也要以大寫表示。由動詞轉化而成的中性名詞 **das Essen**（餐點），或是由形容詞轉化而來的名詞 **die Deutschen**（德國人們）都要以大寫表示。

然而，若名詞轉為其他的詞類、或是難以從動詞或介系詞中分割、甚至被普遍認為是動詞或介系詞的一部分，就難以判斷該以大寫還是小寫表示。

以下便以上述情形中較具代表性的詞語為例，以釐清用法。

- **轉為介系詞的名詞**
  若是由名詞轉為介系詞，一般會被認定為介系詞而以小寫表示。

  dank et^2　多虧～^{2}（< Dank）

  dank seiner Vermittlung
  多虧他的調解

- **搭配介系詞組成新介系詞的名詞**
  這類名詞之中，有些仍舊被視為名詞，且字首能以大寫表示；有些則被視為新介系詞的一部分，字首只能以小寫表示。

大寫、小寫皆可
auf Grund et^2 / aufgrund et^2　基於～^{2}

aufgrund der Tatsache
基於事實

僅能以小寫表示
et^3 zufolge　根據～^{3}

einem Bericht zufolge
根據報告

- 搭配動詞組成慣用語的名詞

這類名詞中，有些仍被視為名詞，且字首只能以大寫表示；有些仍保有名詞的意涵，字首同時能以大寫及小寫表示；還有一些則被視為可分離動詞，字首僅能以小寫表示。

僅能以大寫表示

Ski fahren　滑雪

Ich bin schon seit Jahren nicht mehr Ski gefahren.
我已經好幾年沒有滑雪了。

大寫、小寫皆可

et^4 in Frage stellen / et^4 infrage stellen　對～^{4}質疑

Seine Fähigkeiten werden jetzt in Frage/infrage gestellt.
他的能力現在正受到質疑。

僅能以小寫表示

eislaufen　溜冰（< Eis laufen）
stattfinden　舉行（儀式之類的）（< Statt finden）

Wenn der See zugefroren ist, kann man darauf eislaufen.
湖面若結冰就能在上面溜冰。

Der Wettbewerb findet jedes Jahr im November statt.
比賽是在每年的十一月舉行。

這些是目前的區分方式，再過幾年後或許又會改變。在我的學生時代（儘管已是三十年前的事了），現在被視為慣用語的 **Rad fahren**（騎自行車），當時是被視為可分離動詞 radfahren。**eislaufen** 這個字在不久之前，要寫成 **Eis laufen** 才正確，但現在則又被視為是可分離動詞。至於 **stattfinden** 這個字，則是從以前就一直被視為是可分離動詞，這個用法目前仍傾向繼續延用，但另一方面，也有另一種說法，認為這個字應追溯其字源，若為名詞就應該要視為名詞，不過目前仍舊未有定論。

- 搭配副詞用於表示某一天中的某一時段的名詞

像 **gestern Abend**（昨天晚上），即是由表示一天中某一段時間的名詞搭配副詞而成的用法，在這樣的用法之下，其中的名詞仍舊會被視為名詞，因此字首以大寫表示。

而「星期日的晚上」這類以星期幾和某一段時間組合而成的字，

由於二者皆為名詞，所以會以複合字 Sonntagabened 的形式表示，不過，若作為時間的說明語使用，則會加上 **am**，以 **am Sonntagabend** 表示。

- **省略名詞的修飾型形容詞**

  修飾型形容詞所規範的名詞如果被省略，雖然整個詞組看起來會像是轉為名詞的形容詞，但形容詞終究是形容詞，還是要以小寫表示。

  Das blaue, ja, das dritte von links ist mein Auto.
  那輛藍色的，對，從左邊算起的第三輛車是我的車。

- **〔介系詞+ 形容詞最高級〕**

  表示形容詞最高級的 **am –sten**，或是表示絕對最高級的 **aufs –ste**（極為～）中的形容詞，也是以小寫開頭。不過 **aufs –ste** 也可以用大寫開頭。

  Am besten machen wir eine Pause.
  我們最好還是稍做休息。

  Wir haben uns aufs königlichste /aufs Königlichste amüsiert.
  我們感到無比地開心。

德語索引

台灣廣廈 國際出版集團
Taiwan Mansion International Group

國家圖書館出版品預行編目（CIP）資料

德語文法大全 / 鷲巢 由美子著.
-- 初版. -- 新北市：台灣廣廈, 2018.08
面；　公分
ISBN 978-986-454-073-0(平裝)
1. 德語 2. 語法

805.26　　　　　　　　　　　107004176

 國際學村

德語文法大全
專為華人設計真正搞懂德語構造的解剖書

作　　　者／鷲巢 由美子　　　編輯中心／第七編輯室
翻　　　譯／劉芳英　　　　　　編 輯 長／伍峻宏・編輯／古竣元
審　　　訂／張秀娟　　　　　　封面設計／林嘉瑜・內頁排版／菩薩蠻數位文化有限公司
　　　　　　　　　　　　　　　製版・印刷・裝訂／東豪・明和

發 行 人／江媛珍
法 律 顧 問／第一國際法律事務所 余淑杏律師・北辰著作權事務所 蕭雄淋律師
出　　　版／台灣廣廈有聲圖書有限公司
　　　　　　地址：新北市235中和區中山路二段359巷7號2樓
　　　　　　電話：（886）2-2225-5777・傳真：（886）2-2225-8052

行企研發中心總監／陳冠蒨　　　整合行銷組／陳宜鈴
媒體公關組／徐毓庭　　　　　　綜合行政組／何欣穎

代理印務・全球總經銷／知遠文化事業有限公司
　　　　　　地址：新北市222深坑區北深路三段155巷25號5樓
　　　　　　電話：（886）2-2664-8800・傳真：（886）2-2664-8801
郵 政 劃 撥／劃撥帳號：18836722
　　　　　　劃撥戶名：知遠文化事業有限公司（※ 單次購書金額未達1000元，請另付70元郵資。）

■出版日期：2018年8月　　　ISBN：978-986-454-073-0
　　　　　　2024年5月10刷　　版權所有，未經同意不得重製、轉載、翻印。